星空の16進数

逸木 裕

角川文庫
22944

目次

プロローグ　5
第1章　11
第2章　52
第3章　183
第4章　340
エピローグ　412
解説　似鳥鶏　424

プロローグ

愛している。愛している。私は、この子を愛している。

言葉を自分にぶつけないと、愛情がコーヒーに落とした角砂糖のように溶けてしまう。

私は、祈りのような愛を心の中で唱え続ける。

「行くよ、藍葉《あいは》」

娘は、真っ黒なコートに身を包んでいる。本人は「烏みたいで怖い」と嫌がっているけれど、やっぱりこの子は黒が似合う。

長靴を履いた藍葉は、大人しくついてくる。私は、ほっと息をついた。こういうときは、愛情を保つことができる。

――雨。

スーパーからの帰り道。傘を握る反対の手には、重いビニール袋があった。こんな日に米袋を買うことはなかった。タクシーに乗ればいいのだが、無駄な出費はしたくない。

びしゃり。後ろから派手な音がする。藍葉が水たまりに両足を突っ込んでいた。

「水たまり、入らないの」

藍葉は頷《うなず》き、そこから出る。注意されたことへの反省も、行為を咎《とが》められたことへの気恥ずかしさも、そこにはない。一眼レフのボタンを押したら、シャッターが下りる。そんな機械のようなリアクション。

愛している。愛している。

いつから、こんなことをするようになったのだろう。はじめは禁忌を犯すように、後ろめたさを感じながらそっとやっていた祈りも、いまでは何の抵抗もなくなっている。藍葉への愛情に満たされた瞬間を、私は覚えている。藍葉が生まれ、腹部を包丁で刺されているような陣痛が治まった瞬間でも、彼女を初めて抱いた瞬間でもない。それは、ひとつのチェックボックスだった。

出生届。「子の氏名」を書く欄の、すぐ右。

――父母との続き柄。

そこには、チェック用の四角がふたつある。「嫡出子」「嫡出でない子」。多くの親は、何の疑問もなく「嫡出子」にチェックを入れるだろう。だが、私のペンは止まった。

藍葉は、不倫相手との間に生まれた子供だった。相手は、職場の部長だった男だ。出世頭で、四十代半ばなのにすでに取締役の椅子を窺《うかが》っていると言われていた。

最初は、仕事の相談だった。当時の私は経理の仕事をしていて、それが自分に合っているかいないかで悩んでいた。飲み屋で相談をしていたときの彼の声を、よく覚えている。揺れている私の精神を安定させてくれる、チェロのような声だった。

何度か、身体を重ねた。相手に妻子がいることは知っていたし、深入りするつもりはなかった。避妊も、必ずするようにしていた。完璧《かんぺき》な避妊などないと思い知ったのは、妊娠検査薬の赤い線を見たときだった。

――堕《お》ろすんだよね？

ラブホテル。妊娠したことを告げたとき、男はそう言った。当たり前のことを確認するような口調だった。

――望まれない子供を産んでも、子供が不幸になるだけだよ。僕のためじゃない。香《か》織《おり》のために、堕ろしたほうがいい。

男の物言いに、血の気が引いた。奪われたくない。そう、感じた。堕胎をしても、別に男に子供を取られるわけではない。でもそのときは、なぜかそう感じた。

――産もうと思ってる。

弾みで言い出したら、引っ込みがつかなくなった。堕ろしたほうがいい。それが子供と香織のためだ。男は何度もそう忠告してきたが、私は聞かなかった。

突然、男は私の腹を蹴《け》った。

痛みが走り、私はうずくまった。男は私を抱き、仰向けにしようと力を入れた。私は何かを叫びながら、殴り、転がそうとする男から子宮を守っていた。

隣の客が通報してくれたのか、従業員がやってきた。私は、逃げるようにホテルをあとにした。幸い、流産はしなくて済んだ。だが、職場は去らざるを得なかった。男がやったことを正確に訴えたのに、職場は男を守るという判断を下したのだ。

――父母との続き柄。

私は「嫡出でない子」のほうにチェックを入れた。自分の肌に、印を刻む感じがした。覚悟と愛情が身体の中で混ざりあい、強いもので満たされた。

――でも。

雨が、強くなる。

ぱしゃ。ぱしゃ。

水を蹴りながら、藍葉がついてくる。父親の面影がどことなく出てきたときはショックだったが、それにももう慣れた。

ぱしゃ。

大きめの音が響き、足音がやんだ。振り返る。藍葉はまた水たまりの中に入り、虚空を見つめていた。

「水たまり、入っちゃ駄目だって」

藍葉は固まっている。

その目線の先を追う。そこには、枇杷《びわ》の木があった。灰色の雨雲の下、黒々と茂る葉の間に、黄色い実が生《な》っている。

「おなか空《す》いてるの？　藍葉」

藍葉は枇杷を見つめたまま、返事をしない。手に持つビニール袋に雨が降り注ぎ、細かく爆発し続ける。

「早く帰って、ご飯食べよう」

声は聞こえているだろう。聞こえていても、聞かなくていい。藍葉の中で、自分がそういう存在になっている。

「藍葉」

愛している。愛している。その言葉が、小さくなっていく。

「藍葉」

藍葉は動かない。返事をしない。この子が、何を考えているのか判らない。私は、この子をどうすればいいのだろう。

「……いい加減にしてよ」

言葉が口をついた。

「どうしていつも私を困らせるの？　藍葉、あなたはどうして……！」

止められない。抑えていた言葉が、決壊する。

「あいつの言う通りだった。藍葉なんか、産まなければよかった！　お前のせいで人生めちゃくちゃだよ。どっか行け！」

前を向き、私は歩き出す。

またた、と思った。また、こんなことになってしまった。

いままで、こういうことが何回あっただろうか。思い通りに動いてくれない藍葉。どうすればいいのか判らない私。両方から綱で引っ張られ、私を支えているものがぶつんと切れてしまう。

藍葉は何かの病気なのだろうか。こんな風に言葉が通じないことが、あまりにも多すぎる。カウンセリングに行ったほうがいいのかもしれないが、気が進まない。検査の結果、おかしいのはあの子ではなく、こんな程度のことで切れてしまう私だった――そんな診断が下るのが恐ろしかった。

虫の群れに突っ込んだように、雨が傘に当たる。右手のビニール袋が、水を吸い込んだ麻袋のようにどんどん重くなっていく。

最低だ。私は、最低なことをしている。判っている。足を止めなければいけない。足が止まらない。

愛している。愛している。

どれほど歩いただろう。私はそこで我に返った。

「藍葉」

私は振り返った。

――雨。

遠くにあるはずの藍葉の姿は、なくなっていた。

第1章

1　藍葉

夢だ。また、あのときの夢を見ている。

真っ暗な空間の中心に、私はいる。暗さの中に、少しずつ何かが見える。

それは、色だった。暗がりの奥。闇に滲《にじ》むように、ぽつぽつと色が見える。暗闇の中に点在する、星空のような、色、色、色……。

動きたい。動けない。この夢を見ているときは、いつもそうだ。夢は私の脳が作っているはずなのに、座席に座って映画を見ているように展開がコントロールできない。

かたんと、床から音がする。ポケットに入れていた飴玉《あめだま》が落ちた音だ。私はそこで、椅子に座っていることを知る。かたん、かたん。音がやけに響く。

私の正面には……。

私の正面にあるのは、色の壁だった。

#FF0000《Red》。#0000FF《Blue》。#FFC0CB《Pink》。#ADFF2F《GreenYellow》……。

それは、巨大な枠の形をしていた。四角くて大きな枠。その中に、縦長に切り取られた長方形の色たちが、びっしりと格子のようにちりばめられている。数えきれないほどの、色、色、色。これは何なのだろう？　とても巨大で、とても綺麗《きれい》な枠。

——起きてるの？

声。私のことを覗《のぞ》き込む、あの人の顔。その顔は知っているのに、よく見えない。

「きれい」

私は言った。私を覗き込む目が、少し驚いたように見開かれた。

——これが、好きなの？

頷《うなず》く。この夢は、決まった場所で何度か身体を動かせる。これがその、最初の一回。

——おいで。

私は手を引かれ、立たされた。寝不足なのか、ふらふらとする。夢を見ているのに寝不足なんて、変な話……と、いままで何度も思ったことを、また思う。

あの人はいなくなる。私は、少し遠くにある「枠」を見つめる。

格子の形をした色は、それぞれ違っていた。そのひとつひとつも綺麗だったが、並んだ感じも素敵だった。色同士がぶつかり合って、混ざっているようでもあり、弾《はじ》けているようでもあり、その個々が、その組み合わせが、その全体が、私を夢中にさせた。

——一番左上にあるのが、やまぶきいろ。

背後から声がした。

――その下が、てつこん。

――その右は、るり。

――その右が、ぐんじょう。

それは、色の名前のようだった。初めて聞く色ばかりだった。そのひとつひとつを、私は耳に染み込ませるように聞いた。

――誰にも言わないでくれる？　これのこと……。

あの人は、私を覗き込むようにして言った。私は頷いた。あの人は、微笑んだように見えた。

――あなたみたいな子供が、いればよかったのにね……。


マリンバの音が聞こえる。

私は机に突っ伏していた頭を上げた。スマホにセットした、目覚まし時計だった。

「おはよう」

前の席から成貴《せいき》さんが声をかけてきた。「あれ……？」現実に、頭がついていかない。

「なんだ、寝ぼけてるの？」

「いえ……その、夢を見てて」

「微動だにしてなかったよ。藍葉ちゃんがそこまで深く寝るの、珍しいな」

職場で夢を見たのは初めてだ。私は石臼《いしうす》をひくような頭で、ぎぎぎと考えた。

「あの……その」

「ん？　何」

「深くはないです」

「はい？」

「いえ、だって、深く眠っているときは、夢って基本見ないって言いますよね。確か、レム睡眠とノンレム睡眠というのがあって……」

「はいはい、仕事仕事。もう十三時だよ」

成貴さんはそう言って立ち上がり、どこかへ行ってしまった。

ぐっと背中を伸ばし、モニタに向かう。ブラウザを立ち上げ、社内チャットを開くと、成貴さんからの指示が三件きていた。バナーを三点作り、今日中に送って欲しいという依頼だった。

株式会社ゴーイングホット。ここでウェブデザイナーのアルバイトをはじめてからもう一年が経つ。ゴーイングホットというのは、射撃場で使う「いまから撃つぞ！」という掛け声らしく、拳銃《けんじゅう》マニアの雁部《かりべ》社長がつけたらしい。設立してまだ五年のウェブ制作会社で、社員は二十人。昼休みを終えた職場には少しずつ熱気が漂いはじめていて、私は一ヶ月だけ入っていた吹奏楽部の雰囲気を思い出していた。

今月、私は十七歳になった。本来なら高校に通っている年齢だろうが、もう退学している。ゴーイングホットは息苦しかった学校よりも遥《はる》かに快適だ。

私は共有フォルダからzipファイルをダウンロードし、解凍した。中に入っているのは、バナー素材用の漫画だった。漫画には、過激な性描写が描かれている。

ポピー出版の仕事だった。電子書籍の漫画を主に扱う出版社で、過激なエロ描写で有名な会社だ。ネットでは悪名高く、「気持ちの悪いバナーを表示するな」「政府はいい加減ポピーのバナーをなんとかしろ」みたいな書き込みが日々されているらしい。ごめんなさい、それを作っているのは私です。

私の主な仕事は、バナーの制作だった。成貴さんからくる指示書をもとに、バナーを作る。入社以来、毎日、それを繰り返している。

――助かるよー、藍葉ちゃん。

成貴さんはいつか、そんなことを言っていた。

――アダルトの仕事、みんな嫌がるから。無理やりやって、精神を病んじゃう人もいるし。その点、藍葉ちゃんは肝が据わってる。本当に助かるよ。

これを見て、精神を病むというのがよく判らない。絵の中では四歳の女の子が義父にレイプされているけれど、これは、ただの絵だ。実際にあったことではない。

――過激なエロ漫画も、世の中には必要だと思うんだよ。こういうものじゃないと満足できない人だって、世の中にはいるわけだしね。それに、アダルトは単価が高い。会社にとってもありがたいんだ。

私の仕事で成貴さんが助かっている。それは紛れもないリアルだった。

私は素材に目を通す。レイプ。近親相姦《そうかん》。獣姦。正常とは言えない性行為が、画面上にぐわっと広がる。私はその一枚を選択し、フォトショップに読み込ませた。

都会には、色が溢《あふ》れている。

小学三年生のころ、秩父《ちちぶ》に遠足に行ったことがある。ロープウェイで宝登山《ほどさん》に登ったり、荒川《あらかわ》の上流で水遊びをしたり、森の中をハイキングしたりした。そのときに、同級生が言ったことを、いまでも覚えている。

「やっぱり田舎はいいなあ。色が一杯溢れてて」

私はその言葉に、心からびっくりした。周りの生徒がうんうんと頷くのを見て、さらに驚いた。私が見る限り、山の中はたいして色に溢れてなんかいなかった。どう見ても都会のほうが色が多い。

「二十一個しかないよ」

私は色を数えて、みんなに向かって言った。

「この景色には、色は二十一個しかない」

山の景色は単調だ。空。葉。幹。土。花。その中に濃淡はあるにしても、私には二十一個の色しか数えられなかった。いつも見ている東京の色の数とは、四倍くらい違う。

「みんなも数えてみてよ。ほら、一、二……」

だが、実際に数えてくれる子はいなかった。私の言葉なんか聞かなかったように、みんなは歩き出した。

——藍葉って、空気読めないね。

あるころから、そんなことを言われるようになった。どうも私は、人よりも空気を読む力というのがないらしい。「らしい」というのは自分でもそのことがよく判らないからだ。ただ、私が何かを言うと、周りの人がきょとんと白けたみたいな感じになる。そんな光景を、子供のころからよく見てきた。

私は、他人とつながることができない。

小学生のころだけじゃない。中学に入っても高校に入っても、私は上手《うま》くつながれなかった。周りにいる人は入れ替わっているのに、周りにある光景はいつも同じだった。

それに比べると、仕事はいい。やることが決まっているし、与えられたことをこなしていれば周囲とも上手くやることができる。学校での生活なんかより、アダルトバナーを作っているほうがよほど生きてるという感じがする。私は誰かにこんな風に頼られたことがなかった。誰かの力になれているという実感は、私を支えてくれる。

ゴーイングホットは、上野《うえの》の中央通り沿いにあるテナントビルの一室を借りている。退社後の私は少し離れた鐘《かね》ヶ《が》淵《ふち》にある自宅へ、ママチャリを走らせていた。

途中、浅草寺《せんそうじ》を通りかかる。雷門《かみなりもん》の前には、夜なのに大勢の観光客がいる。色とりどりの服がひしめきあっていて、その向こうに真っ赤な提灯《ちょうちん》が見える。私の好きな風景だった。街灯。スマホ。車のライト。光が散らばった夜の底を、私は自転車で横切る。

——朝と夜が、逆ならいいのに。

よく、そんなことを思う。夜の爆発するような色は、朝の穏やかな色よりも好きだ。この色彩の中に、もっといたい。だけど、一日中モニタを見つめ続けたことで、私の頭は疲れ切っている。浅草寺を越えたあたりで、もうそれ以上色を処理したくなくなる。

それが毎日のパターンだった。

隅田川《すみだがわ》を越え、住宅街に入る。風景から色がなくなっていく。そこから二十分ほど自転車を漕《こ》ぎ、じっとりと汗をかいたころに、自宅に着く。

古いアパートの一室。私は、ここにひとりで住んでいる。


部屋に入り、下着だけになる。ベッドに寝転がると、無機質な天井が見えた。

2DKの古い部屋だ。家賃は、お母さんに払ってもらっている。

生まれてからずっと、私はお母さんとふたりで暮らしてきた。お父さんはいない。子供のころに「なんで私にはお父さんがいないの？」と聞いたら、お母さんは不機嫌になって何も言ってくれなかった。それ以来、理由を聞いたことはない。

お母さんが出て行ってから、一年が経つ。きっかけは、私が高校を辞めたことだった。話を切り出したのは、去年の五月、ゴールデンウィーク明けだった。高校に入ってから一ヶ月ちょっと。相変わらず周囲と上手くやれず、疲弊していたころだ。

——高校を辞めようかと思ってる。同級生と上手くやれないし、勉強をやる意味も、よく判らないし……。

私なりに、結構覚悟をして切り出した話だった。喧嘩《けんか》になるとも思っていたし、怒鳴られる想定もしていた。お母さんは私をじっと見つめて、言った。

——じゃあ私、出てっていい？

びっくりした。私は、顔を上げた。

——仕事は探してあげるし、見つかるまではいてあげる。このアパートの家賃は私が払うから。どう？

お母さんは、少し疲れた表情で言った。

——お互いにとって、それがいいんじゃないかな。

なんて返事をしたかは、よく覚えていない。三ヶ月ちょっとでお母さんはゴーイングホットの仕事を探してきて、東京の西のほうに移り住んでしまった。

どこかで、こんなことになるのではないかと予感していたところはあった。私は子供のころからお母さんと折り合いが悪く、何を考えてるか判らないとよく怒られていた。私も、お母さんとつながっていないと感じることがよくあった。

名前も、そのひとつだ。

小学生のころ、英人《えいと》くんというクラスメイトがいた。聞くと、弟の名前が英治《えいじ》くんで、妹の名前が英里加《えりか》ちゃん、父親の名前が正英《まさひで》と、全部「英」の文字がつく家庭だった。その話を聞いたとき、とても羨《うらや》ましく思ったのだ。

お母さんの名前は、香織だ。藍も葉も何も関係ない。私には、名前でつながっている人がいない。多くの子供はそうなのかもしれないし、些細《ささい》なことなのかもしれないけれど、私はそれをとても孤独なことだと感じた。

夕食を食べていなかったのでキッチンに向かい、冷凍庫からたらこスパゲティーを取り出してレンジに入れた。つまみを捻《ひね》ってから部屋に戻り、もう一度ベッドに寝転ぶ。

私の部屋には、何もない。

絵も、ポスターも、時計もない。ぬいぐるみもないし、花瓶もない。あるのはベッドと座卓、窓にかけられた黒い遮光カーテン。そして、写真の入った額縁。

引っ越しのときに大量の荷物を残していったのでお母さんの部屋だけは例外だが、私の部屋にあるのはこんなものだ。持たない暮らしを気取っているわけではない。会社で一日中モニタの光を見つめたあと、家ではあまり色を見たくない。それだけだった。

チン、という音で我に返る。私は立ち上がり、部屋着を取りにクローゼットに向かう。

ピンポン。

立て続けに、インターホンの音が鳴った。

宅配便でも頼んでいたっけ？　私は慌ててスウェットの上下を着込み、玄関に向かう。

「はい……？」

チェーンをかけたまま、ドアを少し開ける。そこにいたのは、小柄な女性だった。

「菊池《きくち》藍葉さんですか?」

女性は微笑みながら言った。

長めの髪を後ろでまとめている。たぶん、三十代だと思う。童顔で二十代にも見えるけれど、雰囲気が若くない。ぐっと落ち着いている。

「お休みのところすみません。私は、こういうものです」

女性はハンドバッグから名刺入れを取り出し、ドアの隙間から一枚差し出してきた。

㈱サカキエージェンシー　調査部女性課
森田《もりた》みどり

「森田と申します。弊社は、調査業を営んでいる会社法人です」

「調査業?」

「平たく言うと、私立探偵の会社、です」

「私立探偵?」

存在は知っていたが、音として聞くのも、言葉にするのも初めてだった。シャーロック・ホームズ……という名前が頭に浮かんだが、そのホームズすらもどんな人なのかよく判らない。

「あるかたから、藍葉さんに届けものを預かってます。少しお時間をいただけませんか」

「あるかた？届けもの？」

「ちょっとこの場所では話せません。ここでは、その……」

みどりさんは、そう言って周囲に目を走らせる。何か探しているのだろうか。私も合わせてきょろきょろするが、特に何もない。

「えーと……お食事中ですか?」

「え?」

「いや、たらことバターのいい匂いが」

みどりさんは、鼻をひくひくと動かして、私の背後を見る。

「このあたりの喫茶店とファミレスは調べてきたので、何か食べながらでも……と思ってたんです。でも、お食事中でしたら、お済みになる時間までどこかで待ってます」

「でも……私、食べるの、遅いですよ」

「終電を過ぎるようなら帰ります」

みどりさんはそう言うと、悪戯《いたずら》っぽく笑った。私は時計を見た。

「大丈夫です。五時間もかかりませんから」

「五時間?」

「はい。いまは十九時十分ですよね。終電は零時過ぎですし」

みどりさんはきょとんとする。学校でよく見た反応だった。そこで私は、冗談を言われていたのだと気づいた。

「あのー、家に上がりますか？　外で待つよりは、いいと思うんですけど」

「いいんですか？　お邪魔でなければ」

「邪魔じゃないです。あんまり掃除してなくて、汚いですけど」

「大丈夫です。仕事柄、失踪《しっそう》した人間のゴミ屋敷も、散々見てきましたから」

みどりさんはふっと笑う。さっきから思っていたが、素敵な笑顔だった。この人は、見ていて気持ちがほぐれるような笑みを持っている。

名刺を見て、あることに気づく。森田みどり。

この人の名前には、色が入っている。


「本当は、育児休暇中なんです、私」

座卓を囲み、たらこスパゲティーを食べていると、みどりさんが言った。

「別の人間がやってくる予定だったんですけど、こられなくなりまして。私、越谷《こしがや》に住んでるんです。東武線一本でこられるので、それで近い私が呼ばれました」

みどりさんは、持参した水筒でお茶を飲みはじめる。口にしているものは全然違うが、こうやって誰かと食卓を囲むのは久しぶりだと気づいた。

「子供は何歳なんですか」

「ちょうど一歳になりました。男の子です。もう少ししたら預けて働こうと思ってます」

「女性の私立探偵って、珍しいですね」

「ええ。でも、これからどんどん需要が増える業種です。女性というだけで警戒されにくくなりますし、尾行をされていても感じる圧迫感が違います。聞き込みでも、女性が相手というだけで、口が軽くなる人は多い。追いかけっこや取っ組み合いになったら勝てませんが、社会の隙間に入っていくことには、女性のほうが向いてます。あ、お誘いしてるわけじゃないですよ。危ないですし、知人からは好奇の目で見られますし」

みどりさんはそう言って笑う。やっぱり心地いい。釣られて笑いたくなってしまう。

そんなことを考えながら、私はみどりさんの服装に目が行く。

落ち着いた物腰に比べて、みどりさんの服装は少しエキセントリックだった。#000080《Navy》のスーツはいいとして、インナーに #00FF00《Line》と #FFFFFF《White》のストライプのシャツを着ている。色がてかてかとしていて、少し目が痛い。

「綺麗な写真ですね」

みどりさんの視線の先には、写真の収められた額縁がある。

「お母様、カメラマンなんですよね。フォトグラファーと言ったほうが正しいですか」

「え？ なんで知ってるんですか……？」

「仕事ですから。勝手に調べて、ごめんなさいね」

みどりさんの言う通り、お母さんはフリーランスの写真家だった。もともと写真を撮るのが趣味で、最初は会社員と兼業をしていたが、私が中学に入ったころに独立して専業になった。

「メジロですよね、この鳥」

みどりさんが見ている写真は、お母さんの代表作だった。木に留まった鳥のアップで、#9ACD32《YellowGreen》と #FFFF00《Yellow》の羽毛に覆われたメジロが綺麗に写っている。

「昔、調布《ちょうふ》市のポスターに起用されたんです。市内のあちこちに貼られてたらしいです」

「ああ、調布の市鳥ですものね。そう言われれば見たことがある気がします、この写真」

「本当ですか？　ていうか、探偵さんって鳥にも詳しいんですね」

「調査であちこちに行くので、そのときに見た記憶があるんです。鳥に詳しくはないです。けれど、記憶力はいいんです、私」

この人は、話しやすい。私はスパゲティーをくるくると巻きながら、そう感じた。最初の冗談は判りづらかったけれど、家に上がってからのみどりさんは、なぜだかとても話しやすい。こんなに会話をしやすい人に、初めて出会った気がする。

私は写真に目をやった。

平凡な写真だ。お母さんの写真はアマチュア時代からたくさん見てきたが、残念ながら平凡なものばかりに見えた。梅の枝に留まったメジロ。確かに綺麗な写真だけど、それだけだ。いままで、この手のものは何万枚撮られてきたんだろう。大きな砂山の上に、新しい砂を一粒置いただけの仕事。

外してもいいのだけれど、それをするとお母さんがきたときに怒られるかもしれない。

そんな理由で飾り続けているが、お母さんはもう半年以上もきていない。

「じゃあ、そろそろはじめましょうか。本題」

気がつくと、皿の上のスパゲティーはなくなっていた。みどりさんはバッグの中から、白い封筒を取り出した。

「あるかたから、これを藍葉さんに渡して欲しい。そう依頼されて参りました」

みどりさんはそう言って、封筒をこちらに渡してくる。なんだろう。スマホが二台くらい入ってるのかと思うくらい、分厚い封筒だった。

私は封筒の口を開き、中を見た。そこで、声を失った。

「百万円、あります」

中に入っていたのは、札束だった。

2　藍葉

「九十九、百」

三回数えたが、それは間違いなく百万円だった。こんな大金は、持つどころか目にするのも初めてだった。

「どういうことなのか、教えて欲しいんですけど……」

もちろんですと言い、みどりさんは身を乗り出す。

「といっても、私から説明できることは少ないです。あるかたから、藍葉さんにそれを渡して欲しいという依頼があり、弊社のほうであなたを捜しました。その結果、こちらにお住まいということが判り、伺いました」

「え？　それだけですか」

「はい。説明できることは以上です」

「その『あるかた』が誰かくらい、教えて欲しいんですけど……」

みどりさんは眉《まゆ》を寄せる。

「守秘義務があるので答えられないのですが……それ以前に、我々も知らないんです」

「知らない？」

「ええ。依頼をしてきたのは、代理人のかたです。代理人の向こうに誰がいるのかは、我々も知りません」

「代理人って誰ですか」

「それは、答えられません。ただ、怪しい組織とかではありません。行政書士、司法書士、弁護士……公的な資格を持っている士業のかただと思ってください」

みどりさんはぺこりと頭を下げる。

「気持ち悪いのは判ります。私も、夜に私立探偵を名乗る人間がきて、いきなり大金を受け取れと言われたら気持ち悪いと思います」

「じゃあ、誰がやっているのかを教えてください」

「ごめんなさい、それだけは……。この場で受け取るか否か、決めなくても大丈夫です。一筆、委任状を書いていただければ、持ち帰り弊社のほうで保管します」

みどりさんはそう言って、ハンドバッグに手を入れる。そこで、軽く指を鳴らした。

「大事なことを言い忘れていました。代理人から、伝言を預かっています」

みどりさんはスマートフォンを取り出し、何やら操作をはじめる。

「読みますね。『以前は、大変なご迷惑をおかけしました。お詫《わ》びとして、少ないですがこちらをお送りします。お収めください』」

「はい」

「以上です」

「え？」

あまりにも短い伝言だった。みどりさんはスマートフォンをしまい、「委任状」と書かれた書類を机の上に並べはじめる。ものすごくてきぱきとした手際だ。もう書類は準備できていて、私がサインをすればそれで体裁が整うらしい。

「とりあえず、委任状を書いてみてはどうですか。ご家族と相談するのもいいと思います。一ヶ月くらい弊社で保管させていただいて、その間に決めてもらうというのは」

諭すような口調。みどりさんの声を聞いていると、心が落ち着いた。私は少しだけ生まれた余裕を使って、考えを巡らせる。

――送り主は、誰だろう？

ものすごい大金だ。私がこんな大金を貯めるのには、何年もかかる。

小学校と中学校。私をいじめてくる人間はいたけれど、働いてもいない同級生がこんなことをするはずはない。大人だ。私に迷惑をかけた、大人。

「梨本朱里《なしもとあかり》さん？」

「はい？」

みどりさんを無視して、私は目を閉じた。瞼《まぶた》の裏の暗闇に、色彩にまみれた「枠」が蘇《よみがえ》った。

鉄紺、瑠璃《るり》、群青……。

「大丈夫？　藍葉さん」

目を開ける。白と黄緑のストライプ。エキセントリックな服装が、気つけ薬のように私を現実に引き戻した。

「……少し、考えさせてもらえますか」

「それがいいと思います。ご家族とも相談なさったほうがいいでしょうし」

「家族……」

「はい。気持ちが決まったら、サカキエージェンシーまでお電話をもらえますか？　私は休暇中ですが、きちんと引き継いでおきますから」

ということは、この人とはここでお別れだ。いままで見たことがないくらい、柔らかい雰囲気を持った人。「みどり」という名前が、ぴったりな人。#00FF00《Lime》みたいなてかてかした色じゃなく、#006400《DarkGreen》みたいな、引力と深さを持った色が。

「じゃあ、帰りますね、藍葉さん、お元気で」

みどりさんはそう言って、ハンドバッグを摑《つか》む。そして、思い出すように言った。

「そうそう……普段は私、こんな格好してないですから」

「え？」

「ダサい服着てるなーって、思ってますよね」

心臓を摑まれた気がした。みどりさんは、ふふと笑って言う。

「さっきも言った一歳の子。これが悪戯を覚え出して、最近クローゼットの中のものを引きずり出して遊ぶんです。それで今日、出掛けに少し目を離したら、離乳食のトマトをシャツに全部ぶちまけてて。もう、まともな服は全滅。残ったのが、この服だったんです。これ、友達に冗談でもらったやつで。自分でもおかしいと判ってましたけど、普段着でくるわけにもいかないなーと思って」

「あ、あの、ごめんなさい。私、そんなつもりはなくて」

「あの写真のことも、気に入ってないみたいですね」

みどりさんはメジロの写真を指差して言う。

「私がお母様の写真を褒めているとき、少し嫌そうな空気が出てました。本当は外したいけど、外しているところをお母様に見られると困る。そんなところですか」

私は呆気《あっけ》に取られた。すごい洞察力だった。

「どうしてそんなことが判るんですか。私、何も言ってないのに」

「そうですね……」みどりさんは座り直し、それから言った。

「個性だと思います」

「個性？」

「ええ。個性って曖昧《あいまい》な概念ですけど、私は個性って、結局のところ『情報をどう解釈するか』だと思ってるんです」

「ええと……どういうことですか？」

「簡単な例を挙げれば、同じ写真を見ても、素敵だなと思う人もいれば、そう思わない人もいる。つまり、情報の解釈が違いますよね。それが個性です」

　みどりさんはぐっと身を乗り出す。

「情報の解釈には、先天的な性格だけじゃなく、後天的な技術も関わってきます。例えば、うちの夫は野球が好きで、私もたまにプロ野球を見に行くんですけど、同じ試合を見てても、私と夫では読みとる情報が違います。いまのカーブは、その前に投げた直球があるから生きるとか、あのバッターはこのピッチャーとは因縁があるからこの打席は燃えているはずだとか、とても多角的に情報を解釈しています。それは夫がもともと持っていた興味の上に、勉強を積み重ねてできるようになった技術だと思うんです」

「技術、ですか」

「ええ。一般的には、先天的に持っているセンスだけを個性と呼びがちですけど、人間は後天的に積み重ねてきた技術も大きい。センスと技術を合わせたもの、つまり同じ情報をどう捉《とら》えるかを、私は個性だと考えているんです」

初めて聞く内容だった。情報をどう読みとるか。それこそが、個性。

みどりさんはおもむろに、ぺこりと頭を下げた。

「ごめんなさい、悪趣味でした。久々に現場に出るのが楽しくて、つい調子に乗っちゃって……。帰ります。さようなら、藍葉さん」

「あの」

声を出していた。

「私、ダサいなんて思ってないです。ちょっと変わった服だなって思ってただけで。悪くないと思います、その衣装」

「ありがとう。それが藍葉さんの個性なんですね」

「それに、みどりさんには、緑色が似合ってると思います。だから、緑を着たほうがいいと思います。だって、名前にも色が入ってますし」

「仲間ですね、私たち。藍葉さんにも、藍《あい》って色が入ってます」

それにも、気づいてる。私は、意を決して言った。

「その百万円、やっぱりもらえますか。ください。いますぐ」

「え？」

「それで人捜しをお願いしたいんです。できますか。人捜し」

ブレーキの壊れた自転車のように、言葉が止まらなかった。

「私、誘拐されたことがあるんです……」

3　みどり

奇妙なことになった。

わたしは西新井《にしあらい》のカフェで書類を広げていた。

探偵業というのは、不測の事態が多いように見えて、ほとんどの場合は予定通りに仕事が終わる。なぜなら、予算と納期があるからだ。浮気調査にしても、企業の内偵にしても、予算か期限が尽きたら、そこで打ち切って報告書をまとめなければいけない。

今回は、予定通りに終わる仕事の典型だった。お金をある少女に届けるだけ。住所も判っているし、受け取らなかった場合のプランも全部できていた。なのに、仕事は終わっていない。

——私、誘拐されたことがあるんです……。

そんな話は、引き継ぎのときにも聞かされていない、全くの新情報だった。

書類に目をやる。ネット情報もあるが、大部分は藍葉にもらった新聞記事のコピーだ。

事件は十一年前、足立《あだち》区の西新井で発生している。犯人は地元に住む梨本朱里という女性で、事件発生後すぐに逮捕されている。犯行時、二十六歳。

藍葉は六歳で、母親の香織とふたりで住んでいた。なかなか癖のある母親だったそうで、藍葉は頻繁にネグレクトをされていたらしい。怒られた挙げ句、よくひとりで街中に置いて行かれたと藍葉は言っていた。

事件当日、西新井の路上で藍葉は香織からネグレクトを受けた。香織は藍葉を置いてどこかへ行ってしまう。その間隙《かんげき》をついたのが、朱里だった。路上にいた朱里は、藍葉に近づき、彼女を捕まえた。そして、近くに停めていた自分の車に乗せ、逃走を図った。

ただし、事件はその後、たったの二時間で解決している。

藍葉を攫《さら》った朱里は、近くの駐車場に車を停めたまま、二時間そこに佇《たたず》んでいたらしい。藍葉は、車の中で眠っていたそうだ。出庫し、車で街中を走っていた際に、朱里は職務質問を受けて逮捕された。行き当たりばったりの、衝動的な犯行と言えた。

「子供がどうしても欲しかったんです」

朱里は、裁判でそう証言している。

「結婚してから、ずっと子供ができずに悩んでいました。不妊治療を続けていましたが、三年経っても子供ができなかった。そんなとき、目の前でネグレクトをされている女の子を見つけました。どっか行け、という言葉も聞きました。なら、もらっても、いいよね……。気がつくと、子供を誘拐していました」

朱里は当日もまさに不妊治療へ向かう途中だったらしい。そして産婦人科の近くで、ネグレクトされている藍葉に遭遇した。

わたしは、自分が産婦人科に通っていたときのことを思い出していた。

夫の司《つかさ》とは、仕事を通じて三年前に知り合った。一年半交際し、結婚の話が出はじめたとき、自分が妊娠しているのが判った。親への挨拶《あいさつ》から結婚、引っ越しまで一気にやってしまったが、妊娠初期につわりが出た程度で出産までの経過は極めて順調だった。

産婦人科は、様々な人生が交錯する場所だ。出産に向けて準備をしている人間と、妊娠ができないことで自分を責め続けている人間とが、同じ待合室で肩を並べて座っている。わたしはつわりこそ多少ひどく、一時期はビタミン剤を飲んでいたが、不妊に悩む夫婦を見ていたら、自分がこんなことで苦しんでいること自体が贅沢《ぜいたく》のように思えてしまい、精神的に少し辛かった。

——気がつくと、子供を誘拐していました。

朱里は、懲役二年、執行猶予四年の判決を受けている。

「私を攫った梨本朱里さんを、捜してくれませんか」

藍葉の思い詰めたような表情を、わたしは思い出していた。

「私に迷惑をかけた人間といえば、朱里さんしかいません。この百万円の出処は、朱里さんのはずです。だから、使ってください。朱里さんに、会ってみたいんです」

ストックホルム症候群の一種だと、感じた。犯罪被害者が加害者と時間をともにすることで、絆《きずな》が芽生えてしまうという心理だ。ほんのわずか会っただけにしては思い入れが強すぎる気もするが、藍葉は母親と上手くやれていない。母の代わりを、梨本朱里に求めているのかもしれない。

この依頼は、請けないほうがいい。わたしの直感が、そう告げていた。

二〇〇七年に、探偵業を法的に位置づけた探偵業法が施行されてから、家族以外の第三者を調査して欲しいという所在調査は請けづらくなっている。調査結果がストーカー犯罪などに使われるようなことがあっては、公権力から睨《にら》まれる羽目になりかねない。そういう依頼をものともしないのは、探偵の届出だけをとりあえず出しているゴロツキのような連中だけだ。

藍葉は、コミュニケーションに難のある人間に見えた。空気を読むのが下手で、冗談があまり通じない。昨日は迂遠《うえん》な物言いをやめ、途中からストレートな言葉のみで話をすることにしたら、途端に会話が転がりはじめた。

純粋な個性は、ボタンをひとつ掛け違えると危険を呼び込んでしまう。ここで断ると、ゴロツキの事務所に向かってカモになりかねない。

「お金はいりません。アフターサービスの範囲内で、少しだけ捜してみるというのはどうですか？」わたしが出した提案は、それだった。

「捜すのは、彼女が住んでいた西新井限定です。ひょっとしたら、朱里さんは釈放後も、前の住所に住んでいるかもしれません。もし見つけたら、百万円を渡したかを聞いてみる。会ってもいいという回答をもらったら、引き合わせます。ただし、もう引っ越していたり、会いたくないと言われたりしたら諦《あきら》める。それでどうでしょうか」

わたしの提案に、藍葉は乗ってきた。そんなわけで、わたしはいま西新井にいる。

アフターサービスで捜すと言ったのは、この件に金を絡めないほうがいいと考えたからだ。金が絡むと、人間の執着は粘着性を増す。金を払ったのにどうして捜し出せない。詐欺じゃないのか。どちらも、所在調査の定番の苦情だ。

コーヒーを飲みながら、わたしはスマートフォンを見る。

未成年者略取事件は、年間で百件程度起きている。発覚した数がこれなので、実際はもっと多いだろう。藍葉の事件はすぐに解決しており、当事者にとってはともかく、社会にとっては小さなありふれた事件といえる。だが、ひとつ特異なことがあった。

藍葉が誘拐された瞬間の動画が、残っているのだ。

現場の近くに、路上を撮影していた防犯カメラがあったらしい。映像は報道され、ネットでも誘拐の瞬間を捉えた動画として拡散された。いまもコピーが、ネットの中に残っている。

動画を見ると、母親の香織が藍葉に向かって何かを叫んでいる。雨の向こう。藍葉の着ている黒のコートが、闇をくり抜いたようにくっきりと見える。

去っていく香織。しばらくしたあと、藍葉の背後から、人影がやってくる。人影は、藍葉の手を摑み、香織が去ったのとは反対側に勢いよく引っ張る。藍葉は連れ去られ、人影とともに映像から消える。

この動画があったせいで、事件はそれなりに話題になったらしい。話題というか、いわゆる炎上だ。ネグレクトをした親が、次の瞬間に捨てたはずの子供を奪われ、おまけに犯人は「子供が欲しかった」と供述している。大衆の正義感を煽《あお》り立てるには、絶好のシチュエーションだった。

見終わり、わたしの心にはさざ波が立っていた。どちらの気持ちも、理解ができた。梨本朱里の顔は、動画ではよく見えない。不明瞭《ふめいりよう》な表情が、産婦人科で見た暗い顔の人々と重なった。不妊治療に苦しんでいた彼女たち。目の前でネグレクトされている女児を見て、朱里が抱いたであろう感情を、わたしは理解できる。

だが、より深く感情移入したのは、香織のほうだった。

引き継ぎのとき、わたしは藍葉の戸籍謄本を見ていた。藍葉には、法律上の父親がいない。父親の認知がないままの非嫡出子として生まれ、母子家庭で育てられている。経済的な不安がなく、什夫のサポートが多少なりともある自分であっても、子育ては大変だ。子供を抱いている最中、何度叫びたくなったか判らない。ネグレクトは褒められたことではないが、ひとりで子育てをしていた香織が、ときにすべてを打ち捨てたくなるほど苦しかったであろうことは理解できる。

方向の違う、ふたつの感情移入。その裂け目に、六歳の藍葉が佇んでいる。

映像を見る限り、藍葉はさほど抵抗していないように見える。子供とは言え、六歳だ。この体格の子供が本気で抵抗をすれば、簡単には連れ去れない。藍葉は、朱里についていくことを、自ら選んでいたのだろうか。

雨の壁の奥。朱里は、どんな表情をしていたのだろう。

――いけない。

わたしはこの事件に、惹《ひ》かれている。

探偵という仕事に、深く潜っていたからこそ、判ることがある。それは、過度に思い入れを持ってはいけない、ということだ。

クライアントや被調査人《マルヒ》、案件そのものに、過度にのめり込んではいけない。浮気調査に入れ込んで、自分が愛人になってしまった探偵。ストーカーの片棒を担ぎ、傷害事件の共犯になってしまった探偵。情報を取るために行政書士を騙《かた》り、逮捕されてしまった探偵。のめり込み、再起不能になった同業者たちの屍《しかばね》を、わたしは散々見てきた。

依頼を受け、解決のために動く。あとは野となれ山となれ。いくらでも複雑になりうる仕事だからこそ、シンプルであるべきだ。それが業界不変の、長生きの秘訣《ひけつ》だった。

わたしは立ち上がり、飲み干したコーヒーカップをゴミ箱に入れた。


朱里の情報は、十軒目の聞き込みであっさりと出てきた。

「ああ、梨本さん……知ってますよ、もちろん」

初老の女性だった。表札には喜多村《きたむら》と書いてある。住居はおんぼろの一軒家で、長年この土地に根を下ろしている古木といった印象だった。

被調査人《マルヒ》の住所を特定する方法はいくつかあるが、今回採った手法は古典的なものだった。報道記事には、逮捕された容疑者の住所が細かく書かれている場合があり、今回は丁目まで記載されたものが新聞に残っていたので、同じエリアを地道に聞き込んだ。

「ご存じなんですね、梨本さんを」

「ええ。古いつきあいですから。ようく知ってますよ」

わたしは微笑んだ。情報提供者に友好的な顔を見せておくのは基本だが、単純に嬉《うれ》しいということもあった。ここまでの九軒では、話すら聞いてもらえず追い返されるか、困ったように知らないと言われるだけだった。空振りには慣れているし、いまさらなんとも思わないが、有力な情報提供者に会うことができるというのは、やはり嬉しい。

「古いつきあいというのは……すみません、詳しく伺ってもいいですか」

「ええ、もちろん。梨本の家は、いわゆる名家ってやつでしてね」

「名家、ですか」

「古くからの地主で、不動産なんかも随分たくさん持っていたんですよ。あそこに住んでいた清治《せいじ》くんと美代子《みよこ》さん、このふたりと私は同級生でね。ずっとこの土地で一緒に育ったものです。まあ、清治くんはだいぶ前に亡くなりましたし、美代子さんも何年か前に亡くなりましたけどね。いまは、息子さんの豊《ゆたか》くんがひとりで住んでいます」

たくさん出てきた名前を、頭の中で整理する。梨本豊というのは、朱里の夫の名前だった。ずっと住んでいたということは、朱里は義父母と同居していたのだろう。

「豊さんは、まだお住まいなんですね」

「よく道端で見かけますよ。『ああ、喜多村のお母さん』とか、挨拶もしてくれます。いい子ですよぉ。私にも娘がひとりいるんですけどね、とっくに家を捨てて出てっちゃって。最近の若い人は、家を守るという気概がないから困るわ。豊くんを見習わせたい」

わたしは曖昧に笑みを作った。それを同調と受け取ったのか、おばさんの口はますます軽くなる。

「うちの娘も、豊くんみたいな子と結婚してくれればねえ。聞いたこともないような会社で働いてる変な男でね。盆暮れにも帰ってこないような非常識な男で。なんだったかしら……山口？　そんなところに引っ越しちゃって。三十すぎても孫も作ろうとしないし。そりゃあ、私もこんなこと面と向かっては言いませんよ。でも、言わなくたって判るでしょう？　家族なんだし……」

「家族といえば……先ほど、豊さんはひとりで住んでると仰《おつしや》いましたね。独身なんですか」

「そうですよ。してたなら、そういう話も流れてきますから」

「でも、豊さんは以前は結婚されていましたよね」

わたしは、すでに渡してある名刺を指差した。「ライター」という肩書きで、旧姓の榊原《さかきばら》みどりという名前を記している。聞き込み調査中は、探偵や調査員という名刺を使うことはあまりない。ライターは使い勝手のいい肩書きだ。

「十一年前、このあたりで誘拐事件があったのは知ってますか？　実は私、その事件を調べているんです」

「ああ、誘拐。そういうこともありましたねえ」おばさんの顔が、少し歪《ゆが》んだ。

「豊くんも可哀想に、あんな嫁をもらったばかりに、人生が滅茶苦茶《めちゃくちゃ》になっちゃって」

「奥様の朱里さんを、ご存じなんですね」

「ええ、もっともあれ以来姿は見ないですよ。全く、嫁のくせに家に泥を塗るなんて、考えられませんよ。最近の若い嫁は、家を守るってことを知りません。結婚したら、男は戦う、女は守る、きちんと役割分担をしてこそ、家って栄えるものじゃありませんか？　家族っていうのはね……」

やれやれと感じたが、好機でもあった。わたしは同意するように頷いた。

「私も、夫のお母様にはよく注意をされます。でも、年長者の言うことを聞いて自分を直し、家を守《も》り立てていくのも嫁の役割ですよね」

おばさんはぱっと花が咲いたような表情になった。

「よく判ってるわね、娘にも聞かせてあげたいわ。最近の若い人は、年寄りの言葉を全然聞かないから。だから世の中、おかしくなっちゃうんですよ。変な名前の子供とかも、増えてるんですってね。アダムとかイブとか……。おかしな犯罪も増えてるし……」

「私が若いころよりもおかしくなってます、日本は。保育園なんか行っても、キラキラネームって言って、変な名前ばかりで……」

同意をし続けると、おばさんの表情がどんどん和らいでいく。わたしは同意を続けることに加え、ミラーリングのテクニックも使っていた。おばさんの手を振る仕草、目線の動き、そういうものを真似し、さり気なく同じ行動を取る心理学の技法だ。即効性はないが、こういうものを地道に積み重ねておくと共感の度合いが深まっていく。

喜多村というこのおばさんを、好きになりかけていた。思想はどうかと思うが、探偵にとっていい人間というのは、進んで喋《しゃべ》りたがる人間だからだ。

「朱里さんは、逮捕されたあとは一度も西新井には戻ってきていないんでしょうか？」

「そりゃあ一日か二日はいたかもしれませんけど、豊くんとよりを戻していたなんてことはないですよ。そんなことがあったら、私の耳に入ってきますし」

「反対に、豊さんはなぜここを去らなかったんでしょうか。身内から誘拐犯が出て、居心地が悪かったのでは？」

「そりゃあ悪かったでしょうよ。でも、あそこは代々梨本の土地ですから。当主としての責任もありますからね。責任感の強い子なのよ、豊くんは」

話しながら、納期のラインを引く。梨本豊には話を聞けそうだ。彼が朱里と連絡を取っているなら聞き出せばいいし、取っていないなら追跡不能という報告をする。そして、藍葉の執着をなだめる。これで丸く収まるはずだ。

「最後に伺いたいのですが、梨本さんのお住まいって、ここでしたよね。いまから会いに行くつもりなんですが」

スマートフォンを取り出し、マップの一点を出鱈目《でたらめ》に指差した。おばさんは手を振る。

「違うわよ、ここです、ここ。ここに交差点があるでしょう？　この角です」

「ああ、この小学校のほうでしたか。勘違いしてました」

難なく住所を手に入れた。本当に最高の証言者だ。

「ありがとうございます。何か思い出したら、その携帯までご連絡いただけますか」

「もういいの？　何かお役に立てるといいのだけど……」

「また判らないことが出てきたら、お話を聞かせてください。よろしくお願いします」

わたしは丁寧に頭を下げ、踵《きびす》を返した。


百万円を送ってきたのは、朱里ではなく、豊なのではないか。歩きながら、わたしは考えていた。

断定はできないが、過去にあったことをお金で償おうとするのは、女性よりも男性のやることのように思えた。誘拐犯の家族が、ある日思い立ち被害者に賠償金を送る。ありえない話ではない。

——楽しい。

歩いていると、自分の中から声が湧き出てくる。やっぱり、探偵は楽しい。

認めざるを得なかった。藍葉からの「アフターサービス」を受けたのは、彼女のためであると同時に、自分のためでもあったことを。子育てから離れての、久々の探偵稼業。

自分はその中に、もう少し浸《つ》かっていたかったということを。

探偵は、天職だ。

いままでの人生で、何度もそんなことを感じていた。

もともとは、父の影響だった。いまでこそサカキエージェンシーは東京・埼玉・神奈川の三箇所に拠点を持つ業界大手になったが、もともとは父がひとりでやっていた個人事務所だった。わたしは高校生のころから、アルバイトとして父の仕事を手伝っていた。

探偵の仕事は、楽しかった。

人、家、組織。世界にはたくさんの暗幕がかかっていて、わたしたちは普段その表面しか見ていない。調査を積み重ね、暗幕の奥に顔を突っ込み、普段見えない世界の裏側を見る。こんなに楽しいことは、ほかにはない。

大学まで通い、就職口に困らない程度の学歴も得たが、結局わたしは拡大をはじめたサカキエージェンシーに就職をした。当然、反対もされた。反対したのは、母よりもむしろ父だった。だが、折れるつもりはなかった。雇ってくれないのなら、個人で開業をすると宣言して、実際に探偵業の届出を警察に出し、資金調達とテナントのあてまでつけたところで父が折れた。産休を取るまでの九年間、わたしの生活は探偵漬けだった。

気がつくと、おばさんに教わった場所まできていた。「梨本」という表札が出ている一軒家が、そこにあった。

綺麗な家だった。門の向こうに、平屋の家と駐車場。古い家だと聞いたが、何年か前に建て直したのだろう。ただ、名家という割には小ぢんまりとしている感じも否めない。

チャイムを鳴らしてしばらく待ったが、返事がない。もう一度鳴らす。「梨本さーん」。少し大きめに声をかけてみたが、家の中で何かが動くような気配すらない。横に駐車場があるものの、車が停まっていない。豊は、どこかに出かけているのかもしれない。

わたしはそこで、あることに気づいた。

門の脇にあるポストの隙間から、新聞紙の束が見えた。今日の分だけではない。数日分は溜《た》まっている。

旅行にでも行っているのだろうか。それならいいのだが、豊はひとり暮らしだ。中で倒れている可能性もある。わたしは迷った挙げ句、門を開けて敷地の中に入った。

「梨本さん。梨本豊さん」

どんどんと玄関を叩《たた》く。リアクションがない。そう思ったのも束の間、家の中からどたどたと音がした。

扉が開く。現れたのは、スキンヘッドの大きな男だった。

「なんだ、あんた」

明らかに堅気ではなかった。男の纏《まと》う空気はやさぐれていて、暴力の臭いがした。

「どうしたんですか、マサさん？」

奥から、瘦《や》せた男が現れた。彼もまた、普通の勤め人には見えない。

どちらも、梨本豊ではなさそうだ。わたしは瞬時に会話のプランを組み立てた。

「すみません、梨本豊さんに所用がありまして。それで伺ったのですが」

「あいつならいないよ。留守だ」

「え？　留守ですか？　あのう……おふたりは、どういう？」

「豊の友達だよ。誰も家に上げるなって言われてる。あんたは？」

「高校時代の後輩なんです。この辺に久しぶりにきたので、顔を出そうと思いまして」

わたしはとっさに思いついた設定で答えながら、男たちを観察する。

探偵には、天敵がふたつある。警察と、やくざだ。依頼で行ってみたら暴力団のフロント企業で、なし崩し的にトラブルに巻き込まれてしまったという話は、たまに耳にする。探偵業法が施行されて以来、昔のように暴力団が探偵社を直接経営しているケースこそ聞かなくなったが、所詮《しょせん》はアンダーグラウンドに棲《す》むもの同士だ。距離は遠くない。

「本当に友人か？　女じゃないよな」

「違いますよー。なんで私と豊さんが」

「親戚《しんせき》じゃないよな。大体あいつ、友人なんかいたのか。どこのつながりだよ」

「だから、高校時代ですって。風紀委員の後輩だったんですよ、私」

正直、見た目だけでやくざかやくざでないかを見分けるのは難しい。だが、会話の中で、わたしは結論に至りつつあった。

「お金を貸してるんですか、皆さん」

男ふたりが、ぎょっとしたように目を開く。判りやすい連中だった。親戚か恋人かを聞きたがるのは、債権を目の前の相手から回収できるか否かを探っているためだ。

「実は……私もお金を貸してるんです。今日はそれを返してもらいにきたんですよ」

すぐにつけ加えた。同じトラブルを抱えたふりをして、同類意識を刺激する。この場だけをごまかせばいい嘘だ。多少大きなブラフでも構わない。

「ああ……そうなのか。そりゃ気の毒だったな。あんたの言う通りだよ。俺たちも困ってんだ。あの野郎、失踪しやがってよ」

「失踪？」

「一ヶ月くらい前からな。舐《な》めやがって」

「それは困ったな。私、三万円も貸してるんですよ。もう何年も前から」

「はっ、可愛いもんだな。こっちは五十万だ。金利だけは払ってたから油断しちまった」

「ほかにも私たちみたいな人がいるんですかねぇ」

「いるんじゃねえのか。金にだらしなかったからな、あいつ。ていうか、あんたみたいな一般人からも借りてたとはな」

情報をどんどん出してくれる。この連中は、闇金融の業者なのだろう。消費者金融の没落と、スマートフォンの普及。理由は色々あるが、いまはこういう小さな闇金が、小規模に貸して細かく儲《もう》ける時代だ。フロントに立って回収している彼らは、恐らくやくざではないだろう。金主は暴力団かもしれないが、最近は金主すらも一般人がやっていることが多いので、なんとも言えない。

はっきり言えることはひとつ。豊は、彼らから金を借りた挙げ句、失踪した。

——随分、話が違うじゃないの、おばさん。

「豊さんにお金を貸しているのは、いつからですか？」

「あ？　なんでそんなこと聞きたい」

「いや、お金を借りて返さずに逃げるような性格じゃなかったんですよ、彼。いつの間にそんなことになったのかと思って」

「ああ……うちは、確か二年くらいだったか？」

スキンヘッドは、背後の痩せた男に向かって言った。「ちょうど二年です」という答えが返ってくる。これで、可能性は、完全に消えた。

百万円の出処は、豊ではない。

闇金を騙《だま》し、金を集めて藍葉に送り、贖罪《しょくざい》を果たした豊は失踪する。そういうシナリオもわずかにありえたが、二年間も闇金をつまみ続けているのなら、それはないだろう。

「すみません、そろそろ帰ります」

「ああ、お疲れさん。もし、豊を見つけたら連絡くれるか？　ここによ」

男は名刺を差し出す。名前と携帯番号だけが書かれている、簡素なものだ。わたしは手を伸ばす。

「ああ、よかった！」

背後から、声がした。振り返ると、そこには喜多村のおばさんが立っていた。

「よかった、見つけられたのね。私、ちゃんと着けたか心配になってついてきちゃった。ごめんなさいね、気が利かなくて。最初から案内すればよかったわ。そうそう、ここが梨本の家よ。豊くんの顔は判る？　初めて会うなら、私が先に話してあげましょうか？あれ？　えーと、この人たちは……？」

おいおい……。こめかみに一筋、汗が垂れた。

振り返る。友好的だったスキンヘッドの顔が、強張《こわば》っていた。

「お前、なにもんだ？」

わたしは動いた。鞄《かばん》の中に手を突っ込み、紐《ひも》を引っ張る。百デシベルの防犯ブザー。電車の高架下と同じ大音量で、デジタル音が鳴った。スキンヘッドが耳を塞《ふさ》ぐ。わたしはそれを、豊の家のほうに投げ、走り出した。

「待て、おい！」

わたしは振り返らずに走った。すぐに息が上がる。頭の中を空にして、走り続ける。大通りに出て、振り返る。男たちは追いかけてきていなかった。追跡するほどのことではないと考えたのだろうか、それとも、ブザーを止めるのに手間取っているのか。わたしは通りがかったタクシーを捕まえ、「西新井の駅まで」と告げた。

車が走り出したところで、大きく息をつく。危なかった。防犯ブザーは確実な護身方法ではなく、男たちがブザーを無視して追いかけてくる可能性も充分にあった。

「よかったー……」

「なんですか？」

運転手が振り返ってくる。わたしは「なんでもないです」と笑顔で答えた。

鞄の中を見ると、小さなスプレー缶があった。男たちが追いかけてくるなら、これを使わざるを得なかった。ＯＣガスの詰まった防犯スプレー。通報されはしないだろうが、会社に報告しなければならないし、できるなら荒っぽい真似はしたくない。

心臓が痛いほどにはねる。平穏な日常ではまず感じることのない、強い鼓動だった。そうだった。これが、探偵だ。調査だけではなく、こういう危険と、常に隣り合わせだ。このところ息子との生活を送っていたおかげで、それを忘れていた。

全身に震えが走った。色々な感情を乗せた血液が、身体を駆け巡る。わたしは目を閉じながら、自分の中を巡るものを感じ続けた。

第2章

1　藍葉

「襲われた？」

私たちは、みどりさんの住む越谷のカフェで会っていた。育児のさなか、なんとか一時間だけ空けてくれたらしい。そこで私が聞いた話は、ちょっと驚くような話だった。

「襲われたといっても、特に何もされてないし無事ですから。まあこの仕事をやってると、こういうこともありますよ。それに……」

「すみませんでした！」

頭を下げた瞬間、ガン、と衝撃が走った。テーブルに頭をぶつけた。それに気づいたのは、目の前がちかちかとしはじめたときだった。

「ちょっと、何やってんの！」

「す……すみません。大丈夫です」

「大丈夫じゃないよ。見せてごらん」

　みどりさんは私の顔を覗《のぞ》き込む。「赤くなってる。これ、当ててなよ」と言って、飲み干したアイスコーヒーの氷入りのグラスを額に当ててくれる。気持ちいい。グラスはひんやりとしているのに、ひんやりしていない。冷たくて、温かかった。

「君のほうが重傷だよそれ。全く、元気だねえ、十七歳」

　みどりさんが笑う。さっきからタメ口になっているけれど、悪い気はしない。

「とりあえず結論をまとめると……朱里さんは、事件後に西新井を出ている。私は、百万の出処は梨本豊かと思っていたんだけど……慢性的に借金をしていたみたいだしたぶん違う。そして、梨本豊は失踪《しっそう》してる。それも、最近」

「やっぱり、百万円の送り主は、朱里さんなんでしょうか」

「ほかに心当たりはない？　例えば……子供のころ、車にはねられたとか」

「ないです、そんなの……」

「ご家族は？　財産を残してくれる家族とか」

「親戚《しんせき》がいるらしいんですけど、つきあいがなくて。私、母以外の親類に会ったことがないんです」

「嫌だったら答えなくていいけど、お父様は？」

「父は……違うと思います。母も、もう会うことはないって言ってましたし」

　みどりさんはうーん、と唸《うな》って首をかしげる。

「あの……朱里さんは、やっぱり見つからなそうでしょうか」

「判らない。個人情報を探す手段はあるから、詳しく調べれば簡単に見つかるかもしれないけど……駄目なときはそれも駄目だし」

みどりさんは、確認するように言う。

「本気で捜すつもり？」

「……判りません。まだ、自分でもよく判らなくて」

「捜したいならうちの会社を紹介するけど……ただ、十一年前の事件だからね。正直、あまりのめり込まないほうがいいと思う。難易度は高い」

やはりそうなのか。みどりさんが言うのだから、間違いないのだろう。

「それで、どうする？　百万円」

「そうですね……まだ、母と話していなくて。それが終わるまで、預かっておいてもらっても、いいですか？」

「もちろん。それに、百万円あれば色々できるよ。お母様と豪華な旅行でも行くとか」

「旅行、ですか」

「美味《おい》しいディナーを食べることもできる。お店を知らないなら紹介してあげようか」

お母さんに、そんな提案をしたことはない。そういうことをやれば、少しは距離が縮まるだろうか。

「じゃあ、決まったら連絡をください。元気でね、藍葉ちゃん」

みどりさんはそう言って、鞄《かばん》を肩にかけた。

翌日は、ゴーイングホットの進捗《しんちょく》会議だった。週に一度、タスク管理ツールを見ながら、進捗を部内で共有するというものだった。会議室には、プログラマーやデザイナーなど、ウェブ制作チームのメンバーが集まっている。

「今週は、バナー制作が二十点、あと亀井《かめい》不動産向けのパーツを作成していました。来週の予定も半分くらいは空いてますので、何かあったら振ってください」

大型モニタに映し出されたタスク一覧を見ながら言う。私の発表は、毎週ほとんど同じだ。先週も同じような作業しかしていない。

「じゃあ、次は僕の番ですね」

成貴さんが口を開く。成貴さんの報告は多彩だ。ウェブサイトのモックアップの作成から、お客さんとの企画の業務、果てはベトナムへのオフショアの話まで入っている。

「もうひとつ、大事な報告があります。来週、『コタン』の黒須《くろす》社長が見学にきます」

少し場がざわついた。コタン？　よく知らなかったが、黒須という名前はなんとなく聞いたことがある。社長の雁部さんが、たまに口にしている。

「ご存じの通り、黒須社長は雁部さんのサークルの先輩です。職場見学が好きなかたですから……何か話しかけられたら、適宜応《こた》えてください。判らないことがあったら僕を呼ぶように。ほかに何かありますか」

「一個、いいですか」

プログラマーの、小杉涼子《こすぎりょうこ》さんが手を挙げた。職歴の長いベテランだが、見た目はギャルっぽくて、全然プログラマーには見えない。今日はタンクトップを着ていて、肩のあたりから蓮《はす》の花のタトゥーが覗いている。

「菊池さんのタスクについて提案があるんですけど、いいですか」

いきなり私の名前が出てきて、驚いた。涼子さんは私に軽く微笑みかける。

「そろそろ、仕事の幅を増やすべきじゃないですか。量の話じゃなく、質の面で」

「どういうこと？」

「雑用以外も振っては、ということです。バナー制作、パーツの作成。菊池さんはそんな仕事ばっかですよね。デザイナーの業務にあまり口出ししたくはないですが、もっと色々経験を積んでもらったほうが、将来的に会社のためにもなると思うんですけど」

涼子さんはそう言うと、私のほうを向く。

「藍葉も、もっと経験したいでしょ？ずっとバナー、バナー、パーツ、パーツじゃスキル伸びないよ。武器を増やさないと転職もできないぞ」

「ちょっと、社内で転職の話なんか出さないでよ」

成貴さんが口を挟んだ。涼子さんはそちらに向き直る。

「でも、デザイナーもプログラマーも個人技の世界ですからね。転職を考えてるくらい優秀な人のほうが、会社に貢献できたりもしますし」

「菊池さんはゴーイングホットに骨を埋《うず》めるつもりなんだよ。小杉さんとは違って」

「やだなあ……私だってここに骨を埋めるつもりですよ。ゴーイングホットってタトゥー、こっちの肩に彫ろうと思ってますし」

涼子さんが空いている肩のほうを指差すと、場が少し沸いた。私も一瞬遅れて、笑顔を作る。だが、どこが面白いのか、よく判らなかった。会社にずっと居続けるのが、面白いのだろうか。

「私も同じです」

手を挙げて言った。

「私も、この会社に骨を埋めるつもりです」

その瞬間に場が静まった。何かまた変なことを言ってしまったらしい。涼子さんのときには沸いたのに、どうして？

「藍葉も彫る？　タトゥー。プール行けなくなっちゃうけど」

涼子さんが言うと、場の温度がまた少し上がる。プールなんか、高校を辞めて以来一度も入っていないと言おうとして、やめた。またいい結果にならないであろうことが、なんとなく見えていた。

「あーいは」

会議を終えて外に出ると、涼子さんに捕まった。中学や高校では、こういうギャルみたいな女子によくからかわれたものだが、涼子さんはそういうことはしない。距離は近いけれど、嫌なことは言ってこない。

「ちょっとまた、見てくれない？　例のサイトなんだけど」

「あ、あれですね。いいですよ」

一緒に席に向かうと、あるサイトがモニタに表示されていた。涼子さんがひとりで作っているウェブサービスだった。ツイッターに投稿された内容を話題ごとにまとめ、自動的に記事にするというものだ。地味なサービスに見えて、毎月国内旅行に行ける程度には儲《もう》かっているらしい。

「もうすぐ秋だからトップページのキービジュアルを入れ替えたんだけど、なんかしっくりこなくてね。ちょっとコンサルしてよ」

私は画面を見た。シンプルなデザインのサイトだ。メインの写真がトップに表示されていて、その下が記事のエリアになっている。

メインの写真には、秋らしく紅葉の画像が使われている。以前は海の画像だったが、確かに、新しい写真が背景の色と合っていない。

「背景の色、変えてください」

「CSSの調整ね。どうしよう？」

「#8B0000とか、どうですか。メインビジュアルと合うと思います。見出しの下線は、少し明るく、#DC143Cに。記事エリアの色も、ちょっと変えましょうか。ここは……」

涼子さんがエディタにコードを書き込んでいく。コーディングが終わり画面をリロードすると、サイト全体が深い赤系の色合いになった。メインの紅葉の画像が、燃えるように映える。

「藍葉、やるぅ」

「これくらい、涼子さんでもできますよ。色々試してみたらいいじゃないですか」

「いや、できないよ。自分でもやってみたけど、藍葉に頼むと仕上がりがなんか違うんだよねー。天才的っていうか、色が上手《うま》くまとまる感じ」

涼子さんは私のほうを見つめる。

「藍葉さ、なんでそんな風に色を呼んでるの？」

「え、カラーコードのことですか」

「そう。CSS書くときだけじゃなくて、普通のときもそれで呼んでるよね。なんで？」

理由は簡単だ。色を、正確に呼びたいからだった。

この仕事をはじめて感激したのが、色の呼びかたが無数にあるということだった。ウェブの世界では、RGB方式という方法を使って色を呼ぶ。赤、緑、青の三つの光を絵の具のように混ぜて色を作るというもので、それぞれ0から255まで濃さを指定することができる。255は十六進数でFF。#FFFFFFは、全部の光を255の濃さで混ぜるという意味で、真っ白になる。

この方式で色を呼べば、実に16777216色を呼び分けることができる。しかも、常に正確に、だ。例えば「緑」という色は、とても曖昧《あいまい》だ。#00FF00も、#006400も、#20B2AAだって「緑」と呼べる。でも、#00FF00は常に #00FF00だ。世界のどこに行っても変わらない。

私はこの方式を知ってから、身の回りの色も十六進数で呼ぶことにしていた。もちろん瞬時に十六進数に変換できるような超能力はない。でも、ことあるごとにスマホで調べて見比べた結果、ざっくりとした精度でなら変換できるようになった。

というようなことを涼子さんに説明する。理解してもらえないだろうと思ったが、涼子さんは意外と真面目な表情になった。

「藍葉さ、あんたそういうことができるんだから、もっと色んな仕事をしたらどう？」

「色んな仕事、ですか」

「そう。バナーの制作も大事な仕事かもしれないけど、もっと藍葉の才能を活《い》かせる仕事があるでしょ？　上位の仕事にもチャレンジすべきだよ」

「でも……バナーの制作も楽しいですよ」

実際に、バナーを作る仕事は好きだった。ひとつひとつはすぐに終わるし、指示書の内容が曖昧なときは、自分なりに色味を工夫することもできる。何より、私なんかが会社に貢献できるなんて、思ってもみなかった。

「あんた、自分が若いって思ってるでしょ」涼子さんの声が、硬くなった。

「二十歳すぎると時間の経ちかたが本当に速いから、ぼさっとしてたら時代に置いていかれるよ。これからはバナーの制作なんて、ＡＩがやるとか言われてるんだから」

「でも、私、そんな難しい仕事、できないですし。それに、バナーの仕事って、気持ちいいんです。仕事が片づいていくと、なんか汚い部屋を掃除してる感じがあって……」

「雑用をこなしてくのが楽しいのは判るけど、そればっかりじゃ成長しないでしょ。四十、五十までバナー作ってる気？」

うーん。五十歳までバナーを作っていても、それなりに楽しく毎日を送れそうな気がしている。それに、簡単な仕事かもしれないが、誰かがやらないといけない。

「藍葉さぁ、あんまり成貴さんの言いなりにならないほうがいいよ。あの人、会社の利益しか考えてないから。自分が金を集めて、社長を支えるみたいな変な使命感があるからね。ほっとくと会社の都合ばかり押しつけられて、集金マシーンにさせられちゃうよ」

「集金マシーン……」

「そもそも、いま持ってるスキルを、お金儲けだけに使っちゃ駄目だよ。それをやったら、確かに利益は最大化できるし、会社も、派遣やバイトにはそれを求める。でも、スキルアップできる仕事をコスパ関係なくやって、経験を買っとくのも必要なわけ。できることだけやってたら、どんどん先細りになる」

涼子さんはさらに顔を寄せて言った。

「藍葉さ、何か夢とかないの」

「夢、ですか？」

「そう。夢……がピンとこないなら、作りたいものはないの？　私はいま、週末に友達の会社を手伝っててね。まだボランティアでやってるだけだけど、軌道に乗ったらもう少しそっちに関わろうと思ってる。友達と働くのって、楽しいから」

「私、友達いないんです」

「友達と働けって言ってるわけじゃないの。何か、自分ならではの中心を持てってこと」

「中心、ですか」

「身体の中心ならあるとか言わないでよ。これをやっていたいっていう中心。それがあれば目標もできるし、目標があれば壁にもぶつかるでしょ？　そこで経験を得られる」

「そうですね……」

涼子さんの言いたいことは理解できたが、かといって夢を作れと言われても難しい。自分がやっていたいもの……。

「じゃあ、成貴さんに聞いてみます。何かできることはないかって」

「だからさぁ……」

涼子さんはもういいや、と言って、モニタに向き直ってしまう。

その背中を見て、私は久しぶりに思い出していた。ふたりの間にある透明な紐《ひも》が、引っ張りあって切れてしまう、この感じ。学校で何度も味わってきた、この感触。

作りたいものはないの？

空っぽの洞穴に問いかけるみたいに、その言葉は自分の奥に吸い込まれてしまう。

その夜。私は、スマホを持って部屋のベッドに腰掛けていた。

電話帳を開き、「お母さん」の項目を表示する。しばらく、この番号にはかけていない。並んだ電話番号が、知らない外国の地名のようによそよそしい。

お母さんが家を出て行ってから、電話をしたことは三回あった。どれも簡単な事務連絡だったが、会話は全然弾まず、物理的な距離以上に遠くにいる気がした。

通話ボタンを押そうとする指先が、上手く動かない。何から話せばいいのか、よく判らなかった。いきなりかけるのではなく、何をどういう順序で話すのか、きちんと整理しておくべきかもしれない。私はスマホをベッドの上に置き、ノートとペンを出した。

《こんばんは》

最初は挨拶からだろう。お母さんもこれには、こんばんはと返してくれると思う。

《ちょっと相談があるんだけど、百万円をくれるっていう人がいて、それをもらおうかどうかで迷ってるの。お母さんはどう思う？》

お母さんはなんて答えるだろうか。百万円？　誰からもらったの？

《梨本朱里さんだと思う。ほら、私を誘拐した》

私は書いてから、それをぐちゃぐちゃと消した。こんなこと、絶対に口に出せない。

朱里さんの話題は、私たちの間のタブーだった。

あの誘拐事件がきっかけで、私たちの間は決定的におかしくなった。私が誘拐されたときの動画が出回り、お母さんが世間から非難されたせいだ。

私は怖くてほとんど見ていないが、ネットにはお母さんを罵倒《ばとう》する言葉がたくさん投稿されていたらしい。よせばいいのに、お母さんは罵倒の言葉を検索し続け、いちいちショックを受けていたようだ。「子供が可哀想だ」という声もあったらしいが、本当に可哀想だと思うのならそんなことも書かないで欲しかった。

あの事件以降、お母さんは私から距離を取った。それまでなら怒られていた場面でも、お母さんは何も言わないようになった。開いていく距離を前にしながら、私はどうすればいいのかよく判らなかった。

《どこかの知らないおじさんがくれたの。ひとり暮らしが大変だろうっていう理由で》

我ながら情けなくなる。もう少しマシな嘘は考えられないのだろうか。

《ゴーイングホットからボーナスが出たんだ。いつも頑張ってるからって》

正社員にもボーナスが出ない会社なのに、そんなことがあるはずがない。それに、お母さんがゴーイングホットに問い合わせをしたらバレてしまう。

《家の前で拾ったの。このまま、もらっちゃっていいかなあ？》

駄目と言われるに決まってる。警察に届けなさい。そんなお母さんの声が聞こえる。

《宝くじを買ったらたまたま当たっちゃってね。これで温泉旅行でも行かない？》

うーん、未成年って、親がいないと換金できない気がする。

《誰からかよく判らないんだけど、とにかく百万円をくれるんだって。誰だろうね？》

書いて、またぐちゃぐちゃと消す。

私には嘘をつくセンスが絶望的にない。いままでも、嘘を上手くつけずに困ったことがたくさんあった。正直に発言することで、同級生に疎まれて、嫌われてきたことが。

――でも。

なんでお母さんにまで、嘘をつかないといけないんだろう？

たったひとりの家族に対しても正直に接することができないというのは、正しいことなんだろうか。気まずくなろうとも、きちんと真正面から話すべきなんじゃないか。

覚悟を決めた。スマホを持つ。電話帳からお母さんを選び、通話ボタンを押す。

その指が、途中で止まる。覚悟を決めたはずなのに、どうしても指が動いてくれない。

「駄目だあ……」

私はスマホを床に放り投げた。

顔を上げると、メジロの写真が目に入ってきた。枝に留まった、#9ACD32《YellowGreen》と#FFFF00《Yellow》。

その写真の平凡さに、私は少し苛立《いらだ》ちを覚えた。気がつくと、私は立ち上がり、写真の前に立っていた。

――私なら、こんな写真は撮らないのに。

私が写真を嫌っているように、写真も私を嫌っている感じがした。私は額縁を壁から外し、裏返してから床に置いた。

2　みどり

子供を寝かせて横になっていたところで、スマートフォンに着信があった。見たことのない番号だった。「もしもし?」。名乗らずに出る。

「あの……菊池です」

「藍葉ちゃん?」

藍葉からは、また連絡があるかもしれない。心のどこかでそう考えていたことに、わたしは気づいた。予期していない電話だったのに、心があまり驚いていない。

「どうした? 百万円のこと、決まったかい?」

「はい、その……あのお金、もらってもいいですか? すみません、急で」

「全然大丈夫だよ」

母親と話し合いをしたのだ、と思った。藍葉は意思決定の早い人間ではないように見えた。それが一晩で決断できたというのは、外側から力が加わったからなのだろう。

「でも、私はしばらく休暇だから、直接うちの会社に連絡を取ってもらってもいいかな? 菊池藍葉、って言えば通じるようにしてあるから」

「あのっ」

藍葉の声がはねた。

「やっぱり、朱里さんを捜してもらうことって、できないでしょうか？」

「捜す？」

それは、本当に予期していなかった。

「百万円を使ってください。だから、それで捜してもらえませんか。朱里さんを」

「構わないけど……お金、使っちゃって大丈夫なの？　親御さんとは話した？」

「それはもういいんです。私がもらって、私が使います。私のお金ですから」

切迫した口調だった。何があったのだろう。昨日会っていたときと比べ、様子が違っている。「藍葉ちゃん。ちょっと落ち着こう」。わたしは言った。

「依頼を請けることはできると思うけど、正直見つけるのは厳しいと思う。日本のどこにいるかも判らないし、手がかりもない。百万円は大金だよ。朱里さんに会いたいのは判ったけど、もう少し前向きに……」

「手がかりは、あります」

藍葉の口調が変わった。何かを覚悟したような口調だった。

「ひとつだけ、あるんです……」

「色彩の、部屋……？」

翌日の夜。わたしは再び越谷で藍葉と会っていた。そこで彼女の口から出てきた話の内容は、考えてもいなかったものだった。

「はい。いまでも夢に見るんです。私は誘拐されたときに、変な部屋に連れていかれました。そこは真っ暗で、闇の奥に、ぽつぽつと色が見えて……」

「色って、絵とかが飾られていたってこと?」

「判りません。ちょっと広い部屋だったと思います。飴玉《あめだま》を落としたんですが、そのときの音がよく響いた感じがしました」

藍葉は少し遠くを見つめる目になる。

「正面にあったのは、枠でした。朱里さんは私を立たせて、少し遠くからそれを見せてくれました。四角くて大きな枠の中に、縦長で長方形の色がたくさん描かれている、そういうオブジェみたいなものがありました」

巨大な、色の枠。前衛芸術か何かだろうか? もしそんなものがあるのなら、ちょっと普通の部屋ではない。

「朱里さんは、たぶん美術に優れた人だと思うんです。美術家、イラストレーター、デザイナー……。そういう線から追っていけば、行き着くんじゃないでしょうか」

「うーん……作品が手許《てもと》にあるならともかく、正直、それだけだと難しいと思う。それよりも、いままで、その部屋のことを誰にも言ってなかったの? 警察にも?」

「誰にも言うなって、朱里さんに言われて……」

「ちょっと待ってよ」

藍葉は、自分が何を言っているのか、判っているのだろうか。

「公には、君の事件は駐車場の周辺で完結したことになってる。朱里さんは君を攫《さら》い、ずっと駐車場に停めた車の中にいた。でも、君は駐車場から移動したのかい？」

「それがよく覚えてなくて……。たぶん、車の中で寝ちゃったんだと思います。気がついたら、その部屋にいて、また気がついたら、私は自宅にいて朱里さんが捕まってました。夢じゃないとは、思うんですけど」

「誘拐されたのに眠ってたの？　何か、お茶でも飲まされた？」

「えーと……なんか、飲んだ気もします。たぶん」

アモバンやハルシオンのような即効型の睡眠薬を飲まされたのかもしれない。警察は当然把握しているだろうが、公表されていないのだろう。

だが、それが本当なら、おかしなことになる。

「あの事件は、衝動的な誘拐だった。朱里さんは、そう証言してる。衝動的に攫ってしまって、そのまま近くの駐車場にいたんだって。でも、君の言ってることが真実なら、そこから移動してる。一体、何のために……？」

朱里は誘拐の発生からわずか二時間で逮捕されている。その間に自宅に連れ込んだのだとしても、家にいられた時間はわずかだろう。そしてもう一度駐車場に戻り、出庫したあとに逮捕されている。なぜわざわざそんな行動を取ったのだろう。

「それに、その『枠』をわざわざ藍葉ちゃんに見せたっていうのもおかしいよ。そんな特徴的なものを見せるなんて、捕まる危険性が高くなるだけだし……」

しかも、それを見せた上に口止めまでしている。口外してほしくないのなら、そもそもそんなものがある部屋ではなく、トイレやクローゼットに閉じ込めておけばいい。

「ひとつ、いいですか」

藍葉はさらに真剣な表情になる。

「朱里さんは、自分にあの部屋を見せるために、私を誘拐したんじゃないでしょうか」

「どういうこと？」

「私は、色が好きでした。朱里さんはそんな私に、あの部屋を見せたかった。だから、私を誘拐したんです」

「朱里さんと、事件の前に会話をしたことはあるの？」

「ないです。でも、私は道端の花とか、壁の色合いとかをよく見てました。朱里さんは、それを見て……」

ありえない話だが、そう即答するのが憚《はばか》られるほど、藍葉の表情は真剣だった。

藍葉が朱里に惹《ひ》かれていた理由は、これなのだろうか。藍葉は、色彩に興味があるようだ。初対面のときも、わたしの服をじろじろと見つめていた。子供のころから、色に対する関心が強かったのかもしれない。

――仲間ですね、私たち。藍葉さんにも、藍《あい》って色が入ってます。

梨本朱里。彼女の名前にも、色が入っている。

だが、わたしがそれに気づけたのは、彼女と時間をかけてきちんと話をしたからだ。

藍葉が覚えていないだけで、朱里は彼女とそういう機会を持っていたのだろうか。だから と言って、自分の作品を見せたいがために誘拐までするだろうか。何か、ほかの理由があるのでは……。

むくりと、自分の中で、何かが目覚めるのを感じた。

予感はあった。西新井で聞き込みをしていたときに、感じた気持ち。息子を産んでから、忘れていた部分。それが、身体の中でむくむくと頭をもたげはじめている。

仕方ない。

受け入れることにした。わたしはわたしだ。それを、変えることはできない。

「ふたつ提案をするから、どっちか選んでくれる？」

わたしは言った。

「ひとつ、君にうちの会社を紹介する。ただし、私はまだ休職中だから、そっちには参加できない。別の人間を紹介することになる」

「もうひとつは、何ですか？」

「私が個人的に請ける」

「え？」

「サカキエージェンシーじゃなく、私個人がやる。探偵業の届出は、昔出したものがある」

「でしたら、みどりさんにお願いしたいです。百万円で、足りますか」

「百万円はいらない。それは何かのときのために取っておきなよ。その代わり、必要経費だけ、払ってくれないかな。交通費と食費。たぶん、二万円くらい」

「二万円？　そんなに安く？」

「ボランティアでいい。人件費はいらない」

藍葉が驚いた表情になる。

「ただ、条件がある。ひとつ、調査方法は私に任せてほしい。もうひとつ、捜すのは、来週の月曜から五日間、平日限定。それくらいなら、夫に子供を預けられる」

「でも、朱里さんは見つからないって」

「見つからない可能性のほうが高い。でも、やりようはあるし、私なりに最善は尽くす」

「でも、なんでですか。ボランティアなんて」

「君のことを手伝いたい。と言いたいところだけど、正直個人的な事情も半分ある」

額を掻《か》きながら、少し恥ずかしそうに見えるよう、表情を調整する。

「実は、前から、リハビリをしたいと思ってたんだ。しばらく探偵の現場から離れてて、そろそろ仕事に復帰するつもりなんだけど、いきなり戻るのはちょっと怖い。何か、身体を慣らすような案件がないか、会社と相談もしててね。今回の件は、ちょうどいい」

「ちょうどいいって……」

「判るよ。失礼なことを言ってると思う。もう半分は、君を手伝いたい。それは本当。気に入らないなら断ってもらっていい。うちの会社を紹介することもできるから」

両面提示。交渉をする際に、都合の悪い情報をあえてテーブルの上に晒《さら》すテクニックだ。まっすぐな藍葉を騙《だま》すようで気が引けたが、少しでも確率を上げておきたかった。

「判りました。私としても、みどりさんに頼みたいです。お願いします」

「決まりだね。よろしく。精一杯頑張ります」

ぺこりと頭を下げると、藍葉も釣られて頭を下げる。改めて、純朴な子だなと思った。

「あの」。顔を上げると、藍葉が言った。

「私も何か、手伝えませんか」

「何か、って？」

「ただで動いてもらうのは、申し訳ないので。手伝えるなら手伝いたいなー、なんて思ったんですけど」

「申し出はありがたいけど、大丈夫。むしろ、ひとりでやりたい。危険な目に巻き込まれたとき、君を守れるか判らない」

「私は別に、平気です。みどりさんだけを危ない目に遭わせるほうが、私……」

「君が怪我をしたら、私が困るんだ。一般人を同行させて怪我させたなんて、プロ失格」

「怪我しないように気をつけますから。襲われたら、私が盾になりますし」

「だから、それが困るんだってば」

砕けた調子で言った。この子はやはり、少し思い詰める傾向にある。摩擦係数が低く、一方向に滑り出すと、どこまでも行ってしまう。

「ね、餅《もち》は餅屋だから。ここは私に任せておいて」

藍葉の肩を叩《たた》くと、彼女は納得のいかない表情で頷いた。

3　みどり

週が明け、月曜日。わたしはまず綾瀬《あやせ》にある法務局に向かった。サカキエージェンシーは赤坂《あかさか》にあり、通勤ラッシュの凶悪なまでに混んでいる千代田線はよく知っていたが、午前十時の車内は別の路線かと思うほど空《す》いている。一時間ほどかけ、法務局で仕事を済ませ、今度は西新井に向かう。

「みどり」

駅前のカフェに入り、コーヒーを飲んでいたところで、声をかけられた。

「浅川《あさかわ》さん」

わたしは立ってその男——浅川芳洋《よしひろ》を迎えた。梨本豊の家で見た男も大きかったが、それよりもさらに大きい。その体軀《たいく》には、重機のような存在感があった。

「お久しぶりです。お元気ですか」

「元気だよ。七年ぶりか。結婚式にも呼ばないで、この野郎」

「出来婚でしたから、式自体やらなかったんですよ。お知らせはしたはずですが……」

「結婚式くらいやれって言ってるんだよ。この年になると、後輩の結婚式くらいしか華やかな場がない。まだ籍入れて一年だろ？　いまからやれよ。いい記念になるぞ」

浅川さんはそう言って、歯を見せて笑う。昔からよく笑う人間だったが、どんなに笑っても、瞳《ひとみ》の奥に一グラムほどの正気が残っている。そのバランスを味わうのが久々で、わたしは懐かしかった。

浅川さんは、サカキエージェンシーの元社員で、わたしの先輩だった。当時から西新井に住んでいて、調査に当たって真っ先に思い出したのが彼の名前だった。

前職は、神奈川県警の警察官だ。武闘派の彼にはお似合いの仕事に思えるのだが、官僚組織が肌に合わなかったらしく、職を転々とした挙げ句に探偵に落ち着いたと聞く。警察ＯＢの探偵というのはいつの時代も一定数いて、普通の探偵ではまず得られない警察とのパイプを持つことで重宝されるのだが、彼がその手のコネクションを使っている場面を見たことがない。それでも問題がないくらい、浅川さんは優秀な探偵だった。

「子供が生まれたのに、まだ探偵なんかやってるのか」

「ええ、まあ。そういう浅川さんこそ、いまでもやられてるんですか。探偵」

「一応看板は出してるけどな。主な仕事はゴミ掃除だよ」

「ゴミ掃除？」

「人間が生活してるとゴミが出てくるだろ？　街のために、それを頑張って掃除してるんだ」

なんでも屋、ということだろう。個人の探偵が食べていくには、仕事を選んでいられない場合も多い。独立した別の同僚は、転売屋の手伝いからパチンコ屋の並び、監視カメラの卸など、色々な仕事をして食いつないでいた。

浅川さんは、わたしが入社して三年ほどでサカキエージェンシーを辞めている。妻が病に冒され、介護をするからという理由だった。看病の甲斐《かい》なく妻はその後亡くなったと聞くが、葬儀は密葬で行われたらしく、弔問にも行けなかった。健康状態はよさそうだが、ゴミ掃除をしているという自虐的な言葉からは、彼の喪失の残滓《ざんし》が感じられた。

「サカキにいるときよりは自由だぞ。自分の裁量で、とことん仕事ができる。ただ、お前は大手にいたほうがいい。裁量で仕事をはじめたら、ビジネスを度外視するタイプだ」

「よくご存じで」。わたしは微笑んだ。

「それで、なんだよ今日は」

「ええ……。いま、西新井近辺での所在調査の案件を抱えてるんです。土地勘がないので、浅川さんにお話を聞きたいなって。コーヒー、飲みますか？　好きなものをどうぞ」

「土地勘、ねえ」

浅川さんはそう言って立ち上がる。

「デートしようぜ」

「デート？」

「散々教えただろ。探偵なら、足を使え。案内してやる」

浅川さんは歩き出した。わたしは飲みかけのコーヒーを放置し、慌てて店を出た。

浅川さんに連れられるままに歩いていると、突然景色が変わった。閑静な住宅街と、車が飛ぶように行き交う環状七号線。それを越えると、古風な街並みが姿を現した。

「西新井と言えば、大師さんだよ。きたことあるか」

「ないです」

「越谷に住んでるんだろ。大師くらい見にこいよ」

浅川さんはそう言って、どんどんと歩く。彼の歩く速度が、懐かしかった。女性に対する気遣いも、パートナーを引っ張っていこうという強さもない。ただただマイペースに歩き、それにひたすらついていく。彼の速度とは、そういうものだった。

古風な街並みは、西新井大師の参道だった。古い寺の周囲だけ景観が保存されているのか、団子屋やだるま屋、煎餅《せんべい》屋に食事処といった昔ながらの店が並んでいる。わたしは、大学時代に住んでいた京都のことを思い出した。古都の小さな路地に迷い込んだような雰囲気が、少し懐かしい。

「お前とこうやって歩くのも、久しぶりだな」

「私も、同じこと考えてました」

「あのころのお前は、危なかったよ。よく七年も生きてこれたな」

額を掻いた。この話をされるのは、どうも気恥ずかしい。

探偵をはじめたばかりのころのわたしは、かなり無茶をやって浅川さんたちに迷惑をかけたものだった。暗幕の奥を見たい。その感情だけが先走って、危険な場所にも随分足を踏み入れた。聖人君子に見えた人間が、ちょっとした小金のトラブルで悪魔のように豹変《ひょうへん》する瞬間。堅物で通っていた人間が、女子高生と援助交際をしていたのが判った瞬間。対外的には愛妻家として知られていた人間が、DVの常習者だったと知れた瞬間。

そういう人間の裏の顔を見たくて、危険な目に遭うことも厭わなかった。

「イカれたやつだと思ったよ。際どい盗撮もしてたし住居侵入もしてた。男相手にも喧《けん》嘩《か》吹っかけてたし、やくざ相手にも情報を取ろうと突っ込んでた」

「若気の至りです」

「もうそんな火遊びは、やめたんだろうな」

「私も、もういい年ですから」

浅川さんは豪放磊落《らいらく》に見えて、仕事は繊細だ。違法なことは絶対にやらないし、依頼人が求めるもの以上は踏み込まない。そういう領域にずかずかと踏み込んでいっていたわたしは、よく叱られたものだ。

「みどり、お前何年の生まれだっけ?」

「昭和六十年ですけど」

「てことは、お前、今年が本厄だぞ。厄、落としていけよ」

「厄除《よ》けもやってくれるんですか?」

浅川さんは少し呆《あき》れたような表情になる。

「厄除けで有名な寺だ。もっとも、交通安全から七五三まで、百貨店のようになんでもやってる。正月にきてみろ。ディズニーランドより混んでるぞ」

「浅川さん、ディズニーランドに行ったことあるんですか」

「ディズニーシーもある」

浅川さんはにやりと笑い、本堂のほうに上っていく。賽銭《さいせん》箱の前に立ち、小銭を投げ入れて手を合わせる。身に染みついた所作に見えた。わたしもそれに倣う。願いごとを考えながらその横顔を盗み見ると、浅川さんは少し驚くほど真剣に拝んでいた。

「つきあわせて悪かったな。日課なんだ」

「いえ、おかげで、この土地の空気が少し摑《つか》めました」

「そろそろ本題に入ろうぜ」

本堂から下り、境内のベンチに並んで座ったところで、わたしは言った。

「梨本朱里という人物を、捜しています。十一年前、このあたりに住んでいた人物です。何かご存じないですか」

「お前な、西新井駅の乗降者数は一日六万五千人だぞ。それだけで判るかよ」

「十一年前、このあたりで誘拐事件がありましたよね。そのときの犯人です」

「ああ……」浅川さんは思い出すように言う。

「その事件のことは覚えてるが、犯人のことは記憶にないな。確か、早期解決の未成年者略取だろ？　執行猶予《弁当》はついたんだよな」

「はい。懲役二年、執行猶予四年です」

「ならとっくに娑婆《しゃば》には出てきてるよな。この辺には戻ってきてないんじゃないか。戻ってきてるなら、耳には入ってくるはずだが」

「戻ってきていないという証言は、地元の古いかたからも聞いてます。夫のほうはどうですか。梨本豊っていう名前なんですが」

「梨本豊？」

じろりと、わたしのほうを見る。

「その朱里っていうのは、梨本豊の妻なのか？」

「はい。元妻、ですけど」

「そりゃ、ちょっときな臭いな」

浅川さんは腕を組んで続ける。

「梨本豊は、まあ一言で言えばトラブルメーカーだ。店のつけを払わないだとか、知人からの借金を踏み倒したとか、金のトラブルをよく聞く。知人が債権の回収を依頼されたって話もある。士業じゃねえぞ。際どいこともやるような〝専門〟の業者だ」

「先日、梨本豊の家に聞き込みに行ったんです。そこで、男たちに囲まれました」

「囲まれた？」

「ええ、たぶん闇金の業者です。彼らも豊のことを捜してました。豊は、一ヶ月前に失踪してるんです。多重債務者のようですし、別の闇金業者に攫われたのかもしれません」

「そんなやつ、攫う価値もないだろ。ただの旅行かもしれんぞ」

「浅川さん。これを見てもらえますか」

わたしはそう言って、鞄から書類を取り出す。午前中に綾瀬の法務局に行き、入手した、豊の家の不動産登記簿だった。

二〇〇八年に戸籍法の改正があってから、探偵の仕事も変革を余儀なくされた。それまで行政書士経由で取得できた住民票や戸籍謄本が、一切取得できなくなったのだ。その点、不動産登記簿なら誰でも自由に入手できる。あくまで土地建物の記録なので個人情報としては弱いが、それでもつぶさに読んでいくと見えてくることも多い。

「梨本豊の土地は代々梨本家が継いでいたようです。豊はそこに父の清治、母の美代子と三人で住んでいた。二十一年前に豊に所有権が移転していますが、これはこの時期に父が亡くなったんでしょう。十五年前に家屋の建て替えをしていて、十一年前朱里と離婚したあとも、その家にずっと住み続けている。誘拐事件が起きて、世間的に糾弾されたのに、家だけは捨てていない」

「愛着があるんだろ」

「でもこの家、抵当権も設定されてないんですよ」

浅川さんが覗き込んでくる。わたしは登記簿謄本を見せながら言う。

「闇金で金を借りるような状態なのに、家を担保に入れてローンを組むこともしてない。真っ白です」

公的な文書は、そっけない。そんな無機質な文書の中にも、持ち主の人生が貼りついている。梨本家の不動産登記簿、その真っ白な紙面からは、父親が愛する娘の純潔を守り続けているような、少し病んだものを感じた。

「大事に守っていた家を捨てた。自らの意思で失踪をしたのなら、もう帰ってこない。そんな覚悟が感じられるんです」

「ふうむ……」

浅川さんはそう言って、難しい表情になる。

「大体、豊のことなんか調べてどうするんだよ。お前が捜してるのは、朱里のほうだろ。まだ豊と朱里がつながってると睨《にら》んでるのか？」

「判りません。取っ掛かりを探っている段階です。失踪したてなら、豊のほうが追いやすいかもしれません」

「そもそもお前、その梨本朱里ってのを捜してるのは、なんでだ」

「これを見てください」

守秘義務がどうこうという話をするような間柄ではない。わたしは鞄の中から、足立区で配られている地方紙のコピーを取り出した。地方紙というと文化欄が中心になるのだろうが、なぜか事件の経緯がどの新聞よりも詳《つまび》らかに載っている。

「ここに書いてある被害者の、菊池藍葉が私のクライアントです。彼女は加害者の梨本朱里に会いたがっています」

「まさか復讐《ふくしゅう》目的じゃないだろうな」

「違います。藍葉は、家庭が上手く行っていないようなんです。当時も、母からネグレクトをされていて、自分を連れ出してくれた加害者に過度に思い入れを持っているようで」

「まあ、全く聞かない話じゃないな」

浅川さんは新聞に目を通しはじめる。

「浅川さんだから言いますけど、これ、世間に公表されているような事件じゃないと思うんです」

「どういうことだ」

「理由はふたつあります。ひとつは、菊池藍葉の周辺で、変な金の動きがあります。誰かが、藍葉に百万円を送ってるんです。迷惑料という名目で」

「送り主は、梨本豊か？」

「私も最初はそう思いましたけど、豊の金回りを聞いてるとそうじゃない気がします。梨本朱里かもしれません」

「もうひとつの理由は？」

「こっちが決定的です。被害者の菊池藍葉は、犯人に攫われたあと、ずっと車の中にいたことになっていますが、犯人の家に連れ込まれてるんです。警察も知らない事実です」

「あ？　何だよその話」

「被害者が黙秘をしていたんです。朱里は、こう供述してます。『不妊に悩んでいて、ふと目の前にネグレクトされた女の子が歩いていたから、つい攫ってしまった。そして、近くの駐車場にそのままずっといた』。ところが、実際は家に連れ込んでいるんです。そしてそこで、作っていた美術品を藍葉に見せています」

「美術品？」

「はい。藍葉の説明が不明瞭《ふめいりょう》で、どんなものかまでは判らないのですが……。朱里は藍葉にそれを見せた上で、そのことを言わないで欲しいと、口止めもしています」

「妙な話だな」

「なぜそんなことをしたのか、不明です。しかも、朱里はせっかく被害者を家に連れ込んでおきながら、二時間で家から出しています。そして、車を走らせているところを逮捕されている。そのこともよく判らない。ただ、ひとつだけ言えることがあります。家に連れ込んだのなら、朱里と豊は共犯だった可能性がある」

「だが、捕まったのは朱里だけだ」

「たぶん、罪をかぶったんです。罪でつながった関係は、簡単には断ち切れません。いつまでも連絡を取り合っていてもおかしくない」

「だが、みどり。もし豊が犯人だとしても、もう時効は切れてるぜ」

わたしは頷いた。

「判ってます。未成年者略取の時効は五年。とっくに切れています」

「仮に共犯だったとしても、豊にとっちゃ痛くも痒《かゆ》くもない。交渉のネタには使えない」

浅川さんはそう言って、記事に目を落とす。こういうときの彼は、哲学者のように思慮深く見える。

「お前、四苦八苦って知ってるか？　仏教用語だが」

「生・老・病・死。あと、なんでしたっけ」

「愛別離苦。愛するものとの別れ。怨憎会苦《おんぞうえく》。憎んでいる人間に会うこと。求不得苦《ぐふとくく》。求めているものが得られないこと。五蘊盛苦《ごうんじょうく》。自分の肉体と心に振り回されること」

「それがどうしたんですか」

「俺は、朱里の動機が引っかかるんだよ」

「動機？」

「犯罪の動機なんて、とどのつまりは四苦八苦に行き着く。愛別離苦。愛している夫と別れたくなくて、殺す。怨憎会苦。憎んでいる相手を殺す。求不得苦。欲しい金を求めて殺す。五蘊盛苦。頭がおかしくなって、手当たり次第人を殺す」

浅川さんはそう言って、新聞記事をとんとんと叩く。

「この朱里の言っている動機は、綺麗《きれい》すぎる。求不得苦にしては、気まぐれで攫ってしまったっていうのは弱い。俺はこういうものは信じない」

少し歩こうと言って、浅川さんが立ち上がる。わたしは黙ってそのあとについた。

「浅川さん、仏教、お好きでしたっけ」

四苦八苦などという話が彼の口から出てくるのを、初めて聞いた。そういえば本堂の前での浅川さんは、かなり真剣に祈りを捧《ささ》げていた。

「好きじゃないというか、昔は嫌いだったよ。実家のほうで揉《も》めごとがあってな」

「揉めごと？」

「ああ。俺の実家は鹿児島なんだが、菩提寺《ぼだいじ》が金にがめつくてな。檀家《だんか》にしつこく寄付をせがむんだよ。親が生きているうちはまだよかったんだが、兄が実家を継いでから、関係がおかしくなった。兄は吝嗇《りんしょく》だからな」

「ということは……墓を置かないとか、そういう話になったんですか」

「察しがいいな。寄付をしないなら、墓は出てってもらう。揉めごとが進んでそんな話になったんだが、兄は俺に似て頑固だ。絶対に金は払わないという。結果、俺が長年肩代わりしてんだよ。そういう金で、坊主どもはベンツに乗ってんだぜ。たまんねえよ」

「じゃあ、どうして」

「生臭坊主は嫌いだが、仏教の教え自体は面白い。仏教の根底にあるのは、一切皆苦という概念だ。人生は思い通りにならない。成功しようが金を持とうが、苦しみは消えないから、それと上手くつきあっていこう。仏教ってのは、元来そういうものなんだよ。死後の世界で幸せになりましょう、みたいな考えよりも、俺の性に合ってる」

ああ、と思った。ひょっとしたら、妻を失ったことが、影響しているのかもしれない。仕事を辞めてまで看病をしたが、浅川さんの妻は亡くなってしまった。一切皆苦。あれほど強かった浅川芳洋という人間を支えたのは、そんなどこかニヒリスティックな思想だったのではないか。

「まあ、俺のことはどうでもいいよ。お前、何を企《たくら》んでる」

浅川さんの口調が変わっていた。

「何のことですか」

「とぼけるなよ。所在調査をするのに、なぜ情報屋を使わない」

遅かれ早かれ、この話にはなると思っていた。個人情報の取得が難しくなってから、所在調査というのは足を使った仕事ではなく、机上の仕事になりつつある。その中核をなすのが、情報屋だ。情報屋に依頼をし、返ってきた個人情報をもとに被調査人《マルヒ》を捜していく。事務所から一歩も外に出ずに解決することも多いし、逆に言うと情報屋からろくな情報が得られない場合、調査は難航する。

情報屋がどういう風に情報を取っているのかは、探偵からはよく見えない。ただ正規ルートでは絶対に取れない戸籍謄本も普通に取れたりするので、役所や携帯会社といった組織に協力者がいて、そこから「商品」を買っているのだろう。情報屋によって得手不得手があるようで、どうやっても取れない情報というのもたまにある。

「父に、聞いたことがあるんですよ」

「誠一郎《せいいちろう》さんに？　何を」

「昔の所在調査です。個人情報の取得がもっと大らかだったころ、父は所在調査が好きだったそうです。じっくりと調査を積み重ねて、被調査人《マルヒ》の人生を追っていく。出張も多くて、北陸や山陰、果てはタイまで行ったこともあるとか。そこには、ミステリー小説のページをめくっていくような楽しさがあったらしいです」

「お前、まさか、それをやろうとしてるのか？」

頷くと、浅川さんは目を剝《む》いた。

「何考えてんだ。サカキはそんなやりかたを許してるのか」

「会社は通してません。私が、無料で請けた仕事なんです」

それだけで、浅川さんは事情を呑み込んだようだった。その表情に、激しいものが見えた。

「クソだな。お前、変わってないな。ちっとは丸くなったと思っていたが」

「丸くなりましたよ。別に危ない真似をするつもりはありません」

「お前、ちょっとこっちこい」

浅川さんはそう言ってぷいと前を向く。足音の音量が、少し上がった。

本堂の階段を上がり、中に入っていく。畳敷きの堂の中には、小ぶりの仏像があった。

浅川さんはそちらに向かって、ぺこりと頭を下げる。

「ゴータマ・シッダッタが、悟りを開いたときの話を知ってるか」

「いえ。何のことですか」

「ゴータマは菩提樹の下で瞑想《めいそう》をして、悟りを開こうとした。その最中に、ゴータマはマーラという悪魔に何度も襲われた」

「マーラ？」

「煩悩の悪魔だ。美女による誘惑をしたり、毒矢や岩石で脅したり……マーラはありとあらゆる誘惑を行ったが、ゴータマはそれらをすべて撥《は》ね除《の》けて、悟りを開いた。仏教が生まれた瞬間だ」

浅川さんは横目で睨みつけてくる。

「お前も見習え。いい加減、くだらない煩悩から解き放たれて、己の生きかたを定めろ」

「私の、生きかたですか」

「無茶な真似ばかりしなくても、もっとまともに生きる道があるだろ？　考えろよ」

仏像を見る。仏様は、柔らかい表情でこちらのほうを見つめている。

わたしに、ほかの生きかたなんかあるのだろうか。

心の中で呟《つぶや》いた。返事はない。その声は、心の奥のほうに落ちて消えていった。

昼食を一緒に食べたあとも、浅川さんは帰る気配を見せなかった。「今後の調査の手助けをしてやるよ」。そう言って、店を出てからもわたしを先導しようとする。

「手助けってなんですか」

「俺の本職、ゴミ掃除だよ」

薄々感づいてはいたが、その言葉ではっきりした。わたしを脅した闇金業者たちに、釘《くぎ》を刺すつもりだ。

「そこまでお力を借りようとは思ってません。もう大丈夫ですから」

「気にするなよ。お前には借りがあるからな」

お前には借りがある。それは浅川さんの常套句《じょうとうく》だった。

昔、わたしはある調査で、浅川さんを助けたことがあった。それ以来、もう貸しは返してもらったと何度も伝えたのに、ことあるごとにこの言葉を言ってくる。

借りを、借りたままにしておく状態。それが彼にとっては心地いいのだと気づいたのは、しばらく経ってからだ。借りを借りのままで固定しておけば、いつまでも相手の世話を焼き続けられる。そういう自分を下に置くようなつながりが、浅川さんは好きなのだ。わたしにとってはありがたい反面、少し重たいつながりでもあった。

案の定、浅川さんが向かった先は、梨本豊の家の方向だった。家まで百メートルほどのところで、浅川さんが止まる。言葉を交わさなくても、お互いの腹の底は見えている。

「ひとつ、約束してください」わたしは言った。

「少し、時間をください。あいつらと、話をさせてくれませんか」

「話？　何をだよ」

「この前のことを謝罪して、お互いに誤解を解く。その話です」

「そんな会話が通じる相手なのか」

「判りません。でもできれば、浅川さんの力を借りずになんとかしたいんです。それに、私としては、もう充分貸しは返してもらったと思ってますから」

「俺は返したとは思っていない」

「条件を呑んでくれないのなら、帰ります。本気ですよ」

なんと言われようと、本当に帰るつもりだった。じっと見つめあう。浅川さんは諦《あきら》めたように「判ったよ」と答えた。

豊の家の前まで歩く。周囲を見回すが、前にいた男たちの姿はない。わたしは敷地に入り、玄関の扉をノックする。前は中から男たちが出てきたのだが、今度は無反応だった。

勝手に家に忍び込んで、彼らは何をしていたのだろう。金目のものを勝手に持っていこうとしていたのなら、少しイカれた連中だ。少なくとも犯罪に気軽に手を出すというのは、プロのやりかたではない。

「いないみたいだな」

気がつくと浅川さんが、門の前まできている。

「くるの、早いですよ。私ひとりでやりたいって言いましたよね」

「相手がいないと判断した。それは正しかっただろ」

浅川さんは悪びれずに答える。

「じゃあ、誘拐の現場に行ってみようぜ。一緒に現場を見てやるよ」

浅川さんはすぐに踵《きびす》を返す。どうもペースを握られっぱなしだ。わたしは黙ってその後ろについた。

誘拐現場は、東武線の線路を挟んだ反対側だった。時間を計算して歩いていたが、豊の家からは徒歩で二十二分かかった。

わたしが立っている場所は、十一年前に藍葉が誘拐された、まさにその場所だった。あの日は強い雨が降っていたが、今日はじりじりと太陽が照っている。こめかみを垂れて行く汗を手の甲で拭《ぬぐ》う。

わたしはイメージをした。

六歳の少女と、若い母親が目の前を歩いている。母親は少女を罵倒し、前方へ去っていく。少女が取り残される。

わたしは彼女に近寄り、その手を引く。六歳の少女を無理やり引きずるのは、成人女性でも大変だ。反抗されたときのことを考え、手に力を入れる。だが、少女は思いのほか、従順についてくる。わたしは路肩に止めた車に少女を乗せ、走り去る。

わたしは、朱里たちがいたという駐車場まで歩いた。歩いて五分ほどの距離にあった。車なら二分といったところだろう。

「随分奥行きのある駐車場だな」

浅川さんが言う。

駐車場は、住宅地の狭間《はざま》に造られることが多いせいか歪《いびつ》な形のものもままあるが、それにしても変則的な駐車場だった。縦長の土地に車が横一列になってずらっと停められていて、櫛《くし》のような形になっている。奥のほうが見えにくい。わたしはそこまで歩き、振り返った。

「道路からじゃ見えんな、ここまで奥にくると」

浅川さんの言葉通り、道路がかなり遠くに見える。車が十二台駐車できるので、道路まで三十メートル以上はありそうだ。

朱里は藍葉を誘拐したあと、この駐車場にずっといたと証言している。実際、あの雨の中だと、二時間誰からも気づかれずにいてもおかしくない立地ではあった。

わたしは駐車場の入り口に戻った。頭上を見たが、防犯カメラはついていない。料金精算機にカメラが仕込まれている場合もあるが、そういったタイプではないようだった。

「藍葉は朱里に誘拐されたあと、車の中で飲みものを飲んだそうです。睡眠薬が入っていたようで、すぐに眠った。でも、そう考えるとおかしくないですか」

「おかしいよな」

「朦朧《もうろう》状態の女児を連れるとしたら、背負うしかないでしょう。ただここから朱里の家までは、徒歩で二十分以上かかります。雨が降っていたとはいえ、誰にも目撃されずに歩ける距離じゃない」

「だが、車で運ぶのも無理だぜ」

浅川さんはそう言って、駐車スペースのフラップ板を足で触る。

「このタイプの駐車場は、入庫したら出庫の処理をするまで車は出せない。いつ入庫していつ出庫したかは、記録が取られる。朱里の車は、間違いなく二時間、ここにあった」

「タクシーを捕まえたのでしょうか」

「誘拐事件の足に使われたのに名乗り出ないなんて、そんなことあるか？」

確かに、その可能性は低いだろう。結局、藍葉がどのように豊の家に運ばれたのかは、いまひとつ判らない。

やはり、この事件には何か裏がある。そして、朱里はそれを隠そうとしている。この駐車場にしても、あえて道路から見えづらい駐車場を選んだのではないか。

駐車場を出る。そこでわたしはハッとした。どこにでもある住宅地が、いつもと違って見えた。

家は、不思議だ。一戸建て。マンション。アパート。どこにでもある住宅の中では、それぞれ誰かが生活をしていて、赤の他人には一生知ることができない営みを続けている。そこで行われているのはちょっとした会話かもしれないし、激しい衝突かもしれない。念願が叶《かな》った歓喜の宴《うたげ》かもしれないし、不倫相手とのセックスかもしれない。

家のひとつひとつに、暗幕がかかっている。その奥には、外からは見えないドラマがあり、忘れたくない綺麗な瞬間も、忘れてしまいたい悪夢のような瞬間もある。何気ない住宅地の中に眠る、とてつもない情報量。そう考えると、一見平穏なこの景色が、とてもエキサイティングな空間のように見えてくる。

その中に、藍葉の誘拐もあったのだ。

「くそ」

「あん？」

怪訝《けげん》な表情で、浅川さんが聞いてくる。「なんでもないです」と答え、首を振った。

——やっぱり、楽しいな。

心の中で呟き、歩き出した。

4　みどり

インターホンを鳴らすと、「はーい」という声がした。ドアの奥から覗いた顔が、一瞬で強張《こわば》るのが判った。

「どーも。この前はお騒がせしました。喜多村さん」

以前に訪れたおばさんの家だった。相手を安心させるように微笑んだが、さすがにあまり効果はなさそうだ。浅川さんがこの場にいたら、もっと警戒されていただろう。ここから先はひとりでやりたいと帰しておいたのは正解だった。

「あなた、何者なの？　この前は、いきなりあんな変なのを鳴らしたりして」

「その前に、お礼を言わせてください。ありがとうございました、喜多村さん」

「お礼？」

「この前は助けていただいて、本当に助かりました」

先手を取ることにした。一方的にまくしたて、頭を下げる。数秒待って顔を上げると、おばさんは戸惑った表情になっていた。

「豊さんの家に行ったら、突然変な男たちに囲まれたんです。それで、逃げる機会を探ってました。あのとき喜多村さんに声をかけていただいて、本当に助かりました」

「え? ああ、あれって、そういうことだったの?」

「そうです。驚かせてしまって、申し訳ありませんでした」

謝罪は、それを受け流す訓練をしていない人間に対して強力に働く。人間は、相手の仕草が作為的に見えても心が動いてしまうものだ。もう一度頭を下げてから再度顔を上げると、おばさんはもうリラックスした表情になっていた。さあ、ここからが、仕事だ。

「ところで、喜多村さんに伺いたいんですが……あの連中、見たことありますか?」

「さあ……知らないわよ。あんな人たち、初めて見たし……」

「豊さんはここのところ、ずっとお金に困っていたみたいですね。たぶん、あの連中は金貸しと思われます。喜多村さんは豊さんから、お金の相談とかはされてませんでしたか」

「私が親しかったのは、豊くんというより、美代子さんのほうですから……。そんな、お金の相談なんて」

「でも、豊さんはこのあたりではトラブルメーカーとして有名だったと聞きますよ。喜多村さんのお話とは、随分違う」

あまり強くない口調で、少し追い込む程度の言葉を投げる。

「もしかして、もともとはそんな人じゃなかった。そうじゃないですか？」

おばさんは、何を話せばいいのか迷っているように見えた。

「喜多村さんは仰《おっしゃ》いましたね。梨本家は名家だと。でも、私が見た限り、戸建ての家があるだけの普通の中流家庭に見えました。もともとは違ったんじゃないですか？」

「それは……その……」

「豊さんがその資産を食いつぶしていた。それを喜多村さんは信じたくなかった。そういうこと、ですか？」

理解を示すように言った。おばさんは頷いた。自分を納得させるような首肯だった。

「豊くんが資産を食いつぶしていたかまでは、判らない。二十年くらい前に、清治くん……ご主人が亡くなるまでは、梨本家はもっと色々土地も持ってたりしたの。美代子さんと豊くんが残されてからは……ちょっと、家が上手く行かなくなっていたみたいで」

「なるほど」

「美代子さんも、相当金遣いが荒かったみたいだし……。それなのに、美代子さんは家を建て直したりしてたから。設計からかなり気合いを入れてやったとか言ってましたし、お金もかかってるはず。ちょっと、大丈夫かなとは思ってたんです」

不動産登記簿を思い出した。梨本の家は、十五年前に改築をしている。

「確かに、豊くんの悪い話は聞こえてきていたの。でも、昔は礼儀正しかったし、私なんかを相手にも色々な話をしてくれました。部活動の話とか、受験の話とか。私の夫が死んだときにも、葬式にきて、励ましてくれましたし」

「いい人ですね。なかなかできることじゃない」

「ええ。でも、梨本の家が小さくなるにつれて、豊くんはなんだか変わってしまって。このあたりで揉めごとを起こしたり、お金のトラブルを起こしたり。あなたの言う通り、それを信じたくなかったのかもしれないわね……」

「そこに、朱里さんがきたんですね」

その名前を出した瞬間、おばさんの表情に、攻撃的なものが混ざった。

「よく美代子さんが愚痴を言ってました。とんでもない嫁を摑まされたって。家事もできない、礼儀作法もなってない。おまけに孫も産まない。梨本家が頑張らなきゃいけないときにそれじゃあ、正直言って、私は美代子さんに同情しちゃいましたね」

「豊さんと朱里さんも、相性がよくなかったんですか」

「豊くんはあまりそういうのを外に出す人間じゃないですから。でも、よくはなかったんじゃないの？　一緒に歩いてるところとか、あまり見たことないし……ねえ、知ってます？」

おばさんの表情に、悪意が一滴垂れた。

「あの女、商売女なんですよ」

「美代子さんが言ってました。梨本の家に、あんな売女《ばいた》の血を入れるなんて、考えられないって。こんなこと言ったら怒られるかしら？　そりゃあ、関係のない外野はあれこれ理想を言えるけど……でも、現実問題、嫌よね」

「判ります、大変ですよね。当事者になると、綺麗ごとでは済まされませんから」

理解を示すつもりで微笑むと、おばさんが前のめりになった。どのような言葉も、心に蓋《ふた》をして笑顔で言うことができるようになったのは、だいぶ昔のことだ。

「商売女って、どういうところで働いていたんですか」

「詳しくは知らないけど……とにかく、ふたりはそういういかがわしいお店で知り合ったみたいですよ。あの女が誘惑したに決まってますよ。豊くんは、真面目な子だったもの」

「そういう女性は、人の心を摑むのが上手いですから。朱里さんとお話をしたことは？」

「ないですよ。話しかけてきても、話すもんですか。大体、最近の若い嫁は、家のことを大事にしないから困るわ。隣の内田《うちだ》さんの長男と結婚した嫁も……」

商売女と言っても、水商売には色々な種類がある。ただ、客と店の女性とが結婚に至るケースというのは、珍しい。普通に考えたら、ケツ持ちと揉めるパターンだ。

「……とにかく、あの女がきてから、梨本の家はもっとおかしくなっていきました。喧嘩してたんでしょう、怒鳴り声がよく聞こえるようになって、そうしたらあんな事件が起きて。美代子さんも亡くなって、今度は豊くんの悪い噂が聞こえるようになって……」

「それに、朱里さんは関与をしていたんでしょうか。豊さんたちが転落することに」

「さあ……そんなこと、判りません。でも、そうかもしれないわね、言われてみたら。だらしなさそうな女だったし」

「直接お話ししたことはないんですよね？　朱里さんは、地元の人たちとあまり交流を持っていなかったんでしょうか」

「ないけれど、見ていれば判ります。亀の甲より年の劫《こう》。長い間生きてるとね、あなたみたいな若い人には見えないような……」

話を聞くだけでは、朱里はこのあたりの出身でもなく、地元とも密接なつながりを持っていなかったようだ。そういう人間をいちから追っていくのは、かなり骨が折れる。

「……まったく、うちの人が生きててくれればねえ……。膵臓《すいぞう》がんになっちゃって、見つかったときにはもうステージっていうの？　あれが……」

梨本豊を見つけ出し、朱里の居場所を聞く。やはり今回の解は、そこにしかないのかもしれない。

「西新井大師……」

そのとき、聞いたばかりの単語が耳に触れた。

「西新井大師がどうかしたんですか」

「いえ、私、大師さんまで散歩をするのが好きで、よく行っているんですけどね。そういえば、境内でよく見かけた気がしますよ。あの女」

「そのあたりで働いていた、とかですかね？」

「働いてなんかいませんよ。美代子さんが、嫁を働きに出すわけないじゃないですか」

「仏像が好きだったとか」

「知りませんよ、そんなの」

提供される情報の質が劣化してきているのを感じる。わたしは微笑んだ。

「ありがとうございます。とても参考になりました」

「あら、もういいの？　よかったらお茶でも飲んでいかない？　友人から、カステラをたくさんもらっちゃってね」

「すみません。次の予定があるものでして。また伺ってもよろしいですか？」

「いつでもきてくださいね。私も色々、思い出しておくから」

それは危険だ。話したがりの証言者は、話のネタが尽きたら創作をはじめる。本人にもその自覚がなかったりすることがあるのでタチが悪い。井戸の涸《か》れどきを判断するのも、探偵の仕事だった。


一日の聞き込みを終え、夕方になるころ。わたしは久しぶりに、オフィスに向かった。

フロアにはデスクが並んでいて、三十人ほどの社員がいた。久々に顔を出したせいで、社内が少し沸く。「お久しぶりです。お元気ですか」「もう復帰したんでしたっけ？」。

友好的な反応も多かったが、「あれ？　退職したのかと思ってました」「いい加減復帰してくださいよ、忙しいんですから」といった棘《とげ》のある言葉もあった。それらを適当にいなしながら、わたしは目的の相手を探す。

「井《い》ノ原《はら》さん」

「みどりか」

フロアの奥にいた、眼鏡の男。井ノ原鉄雄《てつお》だった。わたしの姿を認めると、彼は表情を曇らせた。

彼を見るたびに、わたしは蠟燭《ろうそく》を連想する。ほとんど脂肪がないような細身の上、肌が白く、質感が蠟のように乾いている。年齢もキャリアもわたしよりだいぶ上だが、わたしと同じ時期に中途入社したため、社内では同期のような扱いを受けている。

「この前は悪かったな助かったよ」

やけに早口で言う。台詞《せりふ》とは反し、嫌々言っているのが伝わってくる。藍葉の所在を調査し、金を渡すというのは、もともとは井ノ原さんの仕事だった。彼が急に法事に出なければならなくなってしまい、唯一空いていたわたしにお鉢が回ってきたのだ。

「構いませんよ。育児ばかりやってたので、いい息抜きになりました」

「まあそれならいいんだがありがとう」

井ノ原さんはそう言って、読みかけの新聞にぷいと視線を移してしまう。儀式は終わり、といった感じだった。簡単な感謝であっても、述べるのに労力がいったのだろう。

わたしと井ノ原さんは、決していい関係ではなかった。新人時代から無茶な調査をやっていたわたしは、社内でも毀誉褒貶《きよほうへん》が激しかった。その毀と貶の先鋒《せんぽう》に立っていたのが、井ノ原さんだ。叩き上げの彼にとって、わたしの行動は社長の娘が道楽で探偵業をやっているように見えていたのかもしれない。きちんとした調査手法をわたしが覚え、自らに首輪をつけたあとでも、井ノ原さんが距離を縮めてくることはなかった。

「みどり。この前のことは感謝してるが、お前、いつまで会社の金で遊んでるんだ」

新聞に目を落としたまま言ってくる。口調が変わっていた。

「探偵が育児休暇なんて、そんな話がどこにある。労働法に守られたいんだったら、市役所にでも就職したらどうだ。京大卒のエリートさん」

「そんなこと言わないでください。これから女性の調査員も増えていく時代です。福利厚生を確立させて長期雇用を守っていくのも、業界大手の使命ですよ」

「口ぶりはすっかり次期社長だな。父親のあとは継ぎたくないって言ってなかったか？」

「私から手を上げるつもりはないですよ。後継ぎを父が考える時点で、一番向いている人が指名されるでしょうし。そもそも私は管理職より、現場のほうが向いてます」

「現場に出たいなら、子供と遊んでないで復帰しろよ。俺たちが汗水垂らして稼いでる金で、だらだらとしてて申し訳ないと思わないのか」

「いま、準備をしてるとこですから」

わたしは笑顔で井ノ原さんの小言を受け流した。

自分のこういう態度も、よくないのかもしれない。小言を受け流すことは、簡単だし、同僚同士で衝突をするのも職場環境にとって悪いだろうと考え、いままで下手に出続けてきた。その結果、井ノ原さんとの関係は歪《いびつ》な形で安定してしまった。彼が上を取り、わたしは殴られ続ける。一度安定してしまった関係は、歪《ゆが》んでいようともなかなか直すことができない。

「井ノ原さん。ひとつ、お聞きしたいことがあるんですが」

これは、望み薄かな。わたしは半ば諦めながら言った。

「例の、菊池藍葉の件です。彼女に渡した百万円。あれの出処って、どこなんですか」

「お前、頭おかしいのか」

井ノ原さんは新聞から目を上げて言った。

「守秘義務がある。言えるわけないだろ」

「というより、知ってるんですか、依頼主を。代理人を経由してるとは聞いてますけど」

「おいお前、気をつけて話せよ」

井ノ原さんは疑《うたぐ》り深い目になる。探偵は基本的に人と距離を取るものだが、井ノ原さんはそれが人一倍遠い。自分しか信用していない、そう言うと格好がつくが、要は他人を信じるという回路を持っていないのだ。

「菊池藍葉に言われたのか。百万の出処を知りたいとか」

「言われてませんよ。そんなにケンケンしないでくださいよ。自分の仕事について知りたいだけです」

「お前の仕事じゃない。俺の仕事だ」

「判ってますって」

わたしが笑みを浮かべ続けると、井ノ原さんはふーっとため息をついた。

「芦田《あしだ》法律事務所だよ」

おもむろに答える。

「調査記録は社内の共有フォルダで見れるだろ。調べれば判ることを聞くな。言っておくが、芦田さんが誰から頼まれたのかなんか、知らんぞ。そんなもの聞かないし、教えてくれるわけがない」

芦田法律事務所。わたしは関わったことがなかったが、名前はもちろん知っていた。老舗《しにせ》の弁護士事務所で、大きな事務所ではないが、太い客をいくつも摑んで堅実な経営をしていると聞く。父の古い友人で、サカキエージェンシーに仕事をよく振ってくれている上客だ。主に法人を相手にしていて、朱里のような一般人が飛び込みの依頼をするのはハードルが高い。

芦田の仕事は、井ノ原さんが長年引き受けていた。彼とクライアントとの信頼関係を考えると、つつけば百万円の出処が判るかもしれない。

「芦田法律事務所って、赤坂でしたよね」

あえて、調べれば判ることを聞いた。井ノ原さんの表情が歪む。

「おい、変なこと考えてないよな」

その口調から少し余裕が失われているのを、わたしは感じた。

「芦田さんに迷惑をかけたりしたら、社長の娘だろうがただじゃすまんぞ。うちが、クライアントを逆調査する調査会社だという評判が出回ってみろ。下手したら傾くぞ、この会社」

「やだなあ井ノ原さん。私だってそのくらい、わきまえてますよ」

「何言ってやがる。お前の滅茶苦茶《めちゃくちゃ》に、俺たちがどれだけ振り回されたと思ってる。さっさと帰ってガキにおっぱいでもしゃぶらせとけ」

「井ノ原さん、セクハラですよそれ」

冗談のように言うと、井ノ原さんは再び新聞に目をやってしまう。つつこうにも、その隙が見当たらない。

芦田法律事務所を調べれば、百万円の出処は判るかもしれない。だが、彼の言う通り、芦田は大事な得意先だ。

探偵であると同時に、いまの自分は会社員だ。会社の利益に反することはできないし、部下たちの規範にもならないといけない。だからこそ、育児休暇のような権利も使うことができるし、個人では請けられない仕事にも関わることができる。

――サカキにいるときよりは自由だぞ。自分の裁量で、とことん仕事ができる。

浅川さんの言葉を思い出した。自分の裁量で、自由に探偵を。そんなことを考えたこともあったが、それをするのが最善かどうか、わたしには判らなかった。後進の女性探偵のために、職場環境を整備したい。そういう気持ちも、本心だ。

「お騒がせしました」

頭を下げる。自分の中の葛藤《かっとう》に比べれば、頭を下げることなんかなんともなかった。

5　藍葉

今日から、みどりさんは調査をはじめている。

私はバナーの制作を進めながら、そわそわとして落ち着かなかった。朱里さんが見つかって欲しいという気持ちはもちろんあったが、襲われたと言っていたみどりさんが、少し心配だった。やっぱり、無理を言ってでも手伝ったほうがよかったんじゃないだろうか。

「藍葉ちゃん、さっきから手、動いてない」

前の席から、成貴さんがパンパンと手を叩いてくる。今日二度目の注意だった。調査のことが心配で、正午を過ぎているのに仕事がほとんど進んでいない。

「藍葉ちゃんさ、どうしたの。珍しいじゃない」

成貴さんが私の隣にきた。悩みを解消しないと、先に進めなそうだった。

「成貴さん。ちょっと相談してもいいですか？」

「ん？　どうしたの。仕事の悩み？」

「いえ、プライベートなんですけど……成貴さん、昔会った人に会いたいときに、どうやって居場所を調べますか?」

「何? 初恋の相手かなんか?」

成貴さんはにやにやとする。初恋の相手ではないが、一方的に思い入れているということでは、同じようなものかもしれない。説明するのも面倒なので、私は頷いた。

「マジか、やるねえ」

「別にやりはしませんけど……それで、成貴さんなら、どうやって」

「そうだなー、探偵に頼む、とか?」

「それはもうやってます」

成貴さんの笑みが、一瞬で消える。「あとはなんですか?」と、念を押すように聞いた。

「あとは……そうだな、SNSで捜すとか?」

それももうやっていた。フェイスブックやツイッター、インスタグラムなどを捜してみたが、朱里さんらしき人はいない。そう言うと、成貴さんは言った。

「こっちから呼びかけてみるってのは? ブログとかを使って」

それは私の中にないアイデアだった。「どういうことですか」と、私は聞く。

「エゴサーチってあるでしょ。自分の名前で検索をするってやつ。確か日本人の七十パーセントがエゴサーチをするという統計を前に見たことがある。だから、ブログを作って、相手の名前を書く。そして、会いたいとかなんとか書いておく。そうすれば、いずれ相手が自分の名前を検索したときに引っかかるってわけ」

いい案のような気がした。成貴さんは首を捻《ひね》って言う。

「でもまあ、いきなり会いたいなんて書かれてたら気持ち悪いな。こういうのはどう？　相手の名前を書いておいて、何か自分と相手にだけ判る符号を書いておく。もしそういうものがあれば、だけど」

「符号ですか」

「昔行った場所の思い出とかさ。例えば、俺、昔の彼女とよく不忍池《しのばずのいけ》でボートに乗ってたんだけど、一台だけ緑色の白鳥ボートがあったわけ。俺たちにとってはラッキーアイテムだったっていうか、それに乗れたら運がいい日ってことにしてた。そういう符号を、書いておく、とか」

「なるほど」

「まあ、相手の名前を書くのが気持ち悪いなら、自分の名前を書いておくのもいいと思うよ。相手が藍葉ちゃんのことを検索してくれる、そんな自信があるならね」

成貴さんはそう言って、もう一度パンパンと手を叩いた。

「はいはい、初恋の話もいいけど、いまは業務中だからね。ワークワーク」

成貴さんは自分の席に戻る。

私は自分の名前を、グーグルで検索した。出てくるのは姓名判断のサイトくらいで、事件の記録もほとんど消えているようだった。

朱里さんは、私の名前を検索するだろうか。誘拐犯にとって、誘拐した相手のことは、それなりに気になっているものではないだろうか。それなら、私の名前でブログを作れば、朱里さんのアンテナに引っかかるはずだ。

私たちの符号になるもの。それは、ひとつしかない。

自分の部屋。私は何もない部屋を、見つめていた。

色のない部屋。この中にいると、部屋に溶けて同化してしまいそうな感じがする。壁紙の凹凸に、カーテンのひだに、フローリングの床に。色がないということは、反発がないということだ。沼にずぶずぶと沈み込んでいくような安息は、これはこれで心地よかった。

私はイメージする。あのときの、色に満ちた部屋を。

暗い部屋だった。闇の奥に色が滲《にじ》んでいて、星空のようだった。私の正面には「枠」があった。

巨大な枠だった。その中に、色とりどりの縦長の長方形がモザイクのようにびっちりと配置されていた。子供のころはステンドグラスかと思っていたが、中学生のときに実際に教会で見たそれは、イメージしていたものとは違っていた。あの正体がなんなのかは、よく判らない。でも、色だけを再現することは、できる気がした。

私は紙を一枚取り出した。#808000《Olive》の折り紙だった。それを縦長に切り、セロテープで壁に貼りつける。#FFFF00《Yellow》。#008000《Green》。#87CEEB《SkyBlue》。矩《く》形《けい》の十六進数が、少しずつ壁に増えていく。

どの色がどこにあったのかなんて、細かいところまでは覚えていない。とりあえず気の赴くままに、貼り続ける。

二十枚ほど貼ったところで、これは駄目だと判った。並べられた色はただ雑然としているだけで、輝いてもいないし、美しくもない。どうすれば、あのときの「枠」になるんだろう。

あの「枠」は、そもそも何で着色されていたのだろう。長年考えているものの、よく判らない。絵の具がキャンバスに塗られていたのだろうか。紙がぺたぺたと貼ってあったのだろうか。ガラスだろうか。金属だろうか。

色も、何を使えばいいのだろう。鉄紺、瑠璃《るり》、群青——どれも日本の色の名前だ。和紙のような、特殊な素材を使っていたのだろうか。色と色との組み合わせの問題もある。同じ色を使うのでも、もっと組み合わせを考えないといけないのかもしれない。

私は「枠」に向き直った。雑然としている色合いを、じっと見つめる。もっと考えなければ駄目だ。考える。考える。あのときの色を、再現するには……。

「あれ？」

深いところまで思考が潜っていた気がする。気がつくと、肘《ひじ》から先にかけて鳥肌が立っていた。

「ん？　ん？」

よく判らなかった。鳥肌は次第に肩のほうに上がってきて、背中のほうに回る。気がつくと、全身がびっちりと鳥肌に覆われていた。なんだ、これ。身体が震えた。鳥肌が止まらない。

――そうか。

私は、私の感情を理解した。

私は、楽しいんだ。

私は、この作業を楽しんでいる。

楽しいなんてことを感じるのは、久しぶりな気がする。もっと「枠」を作ってみたい。輝くように美しかった、あの光景を再現したい。私の身体が、かたかたと震えることで、私にそれを伝えている気がした。

――作りたいものはないの？

涼子さんの言葉を思い出した。私は折り紙を切り、壁に貼りはじめた。

6　藍葉

そんなことをやっていたので、翌朝は完全に寝不足だった。いつの間にか床で寝ていて、起きたときには身体がギシギシと痛んでいた。

結局、深夜の三時まで「枠」作りに熱中してしまっていた。一度貼った折り紙はどうもしっくりこず、すべてを剝《は》がして貼り直した。作り、壊し、また作る。そんなことをやっているうちに、時計の針は見たこともない時刻になっていた。

「おはよう」

成貴さんが出社してくる。私の顔を見るなり、近寄ってきて言った。

「藍葉ちゃん。今日、ちょっと特急の作業、頼める？」

「特急？　どういう作業でしょうか」

「ポピー出版ってあるじゃない。前にバナーを作ってもらった。そこ、サイトの制作を頼んでたフリーランサーが逃げちゃったらしくて、うちに発注がきたんだ。で、締め切りが今日。サイトは俺のほうで作れそうだけど、新刊を大量に発行するらしくて、広告用のバナーが欲しいんだって」

「何種類ですか」

「十種類。間に合う？」

直しの時間も入れてひとつ一時間くらいだと考えると、残業をすれば間に合う。頷くと、成貴さんはにこりと笑った。

「素材は共有フォルダにある。指示はチャットに書いとくから、よろしくね」

私は頷いた。こんな風に頼られるのは、やはり嬉《うれ》しい。

共有フォルダからファイルを落とすと、バナー素材用の漫画のコマが大量に出てきた。正常とは言えない性行為の漫画が、画面上にぐわっと広がる。私はそのひとつを、フォトショップに読み込ませた。


業務が一区切りしたころには、もうお昼の二時を過ぎていた。同じ姿勢を取り続けていたせいか、肩が異様に凝っている。私はぐっと背伸びをして、席を立った。間に合わないかもしれない。

私は焦っていた。どうも、いつもよりパフォーマンスが悪い。寝不足で頭が上手く動かないということもあるが、それだけじゃない。

目を閉じる。昨日、自分が作っていた「枠」が、瞼《まぶた》の裏に浮かんだ。あれを作っているときの、身体が踊り出したくなるくらいわくわくする感じ。それに比べると、バナーの制作は無味無臭の作業という感じがした。

おかしい。昨日までの私は、この作業を楽しんでいたはずなのに。

コンビニでおにぎりを買って、席に戻る。おにぎりを頬張りながら、フォトショップで新しいプロジェクトを立ち上げる。こんなことをやってる場合じゃない。昼休みを潰《つぶ》しても、バナーの制作を進めるべきだ。でも、衝動が止まらなかった。

私はパレットを使い、無色のプロジェクトに、長方形の色を並べていく。#000080《Navy》。

#FFFAFA《Snow》。#FF6347《Tomato》……。様々な色の小さい長方形が、画面上に増えていく。
　ぽっと、自分の中で火が灯《とも》る。私はその火に導かれるように、作業を続ける。

　やってみてすぐに、ソフトならではの特徴に気づいた。折り紙に比べて、使える色の数が多い。同じ水色にしても、#00FFFF《Cyan》と#87CEFA《LightSkyBlue》は全然違う色だ。また、いちいち切ったり貼ったりする手間がないので、どんどんと色を並べることができる。#FFFFE0《LightYellow》。#B22222《FireBrick》。#00FFFF《Cyan》。たくさんの色を並べるうちに、そういう微妙な差異が色の波のようなものを生み出すことに気づく。いままで知らなかった発見だった。

　ただ、作っているうちに、やはり違和感が出てくる。色を気の向くままに並べても、なんだか全体がぼんやりとしてしまうのだ。朱里さんの作っていた「枠」は、もっと緊張感に満ちていた。こちらを圧倒してくるくらいの、迫力と美。あれは、どうやったら出せるんだろう。

　ふと、私は背後に気配を感じた。

　振り返ると、小柄な若い男性が立っていた。#D2B48C《Tan》のパーカーに#00008B《DarkBlue》のジーンズ、スニーカーというラフな格好だったが、いい服なのか質感がしっかりしている。

　男性は、モニタを見つめていた。

「あの、なんですか？」

「続けて」

　男性はそう言って、顎《あご》をしゃくる。私は仕方なくモニタに向き直り、作業を続けた。

誰だろう。新しい社員の人だろうか。だとしたら、サボっている姿を見せるのはよくない。私はプロジェクトを閉じ、アダルトバナーのプロジェクトを立ち上げる。画面の中では小学生の子供がオスのゴリラに襲われていた。

「ちょっと、何やってんですか。さっきのやつを続けて」

男性が口を挟む。私は振り返って言った。

「すみません。さっきのあれは、仕事じゃないんです。個人的に作ってるもので」

「なんでもいいです。っていうか、それ閉じてください。見るに堪えない」

「でも、仕事をしないと。これ、今日納品なんです」

「あのう……」

横から、成貴さんが顔を出す。私には見せない、少し引きつったような表情だった。

「あの……何かありましたか？　その、まずいことでも……」

「いえ、この子が興味深いものを作っていて。それを見たいなと」

「これが、ですか？」

成貴さんがアダルトバナーを指差して言う。いけない。このままだと、仕事をサボっていたのがバレてしまう。

「興味深いですよね、成貴さん」

「え？　俺？」

「そうです。ほら、言ってたじゃないですか、成貴さんも。過激なエロも世の中に必要だって。これは立派な仕事です」

「え？　えーと……まあ」

「私はこの仕事を、一生懸命やってるんです。だから」

そのとき、オフィスの向こうから、雁部社長が歩いてきた。少し慌てた様子で言う。

「どうかしましたか、黒須さん」

黒須。確か、得意先の社長が見学にくると言っていた。男性はにっこりと笑って言う。

「さっきのを見せてください」

「私は、こういうものです」

会議室に通され、名刺を渡される。そこには社名や肩書きなどはなく、「黒須秀隆《ひでたか》」という名前と、メールアドレスだけが書かれていた。

黒須。この人の名前にも、色が入っている。

「すみません、よく判らない名刺で。一応会社もやってるんですけど、自営業もやっていて、自分でも何屋か判らなくなってるので、そういうものを渡すことにしてるんです」

「一応、じゃないでしょう。『コタン』の社長だよ、知ってるよね、菊池さん」

雁部さんが口を挟む。私たちは成貴さんを入れた四人で机を囲んでいた。

「すみません、ちょっとよく知らないんですが……」

首をかしげると、雁部さんが口を開けてこちらを見る。成貴さんがすぐに口を挟む。

「黒須社長、すみません。この菊池という者はあまりファッションに興味がなくてですね。っていうか、まだ十七歳だったよね、藍葉ちゃん。十代は『コタン』の客層じゃないもんなあ」

「そんなお気遣いいただかなくて大丈夫ですよ」

こつんと、机の下で成貴さんから爪先《つまさき》で蹴《け》られた。「知っている」と嘘をつかなければいけなかったようだ。うーん、嘘は苦手なのだけれど。

『コタン』について、雁部さんが説明をしてくれた。急成長をしているアパレルのベンチャー企業で、主に女性向けのスーツやジャケットをカスタムメイドで作るという仕事をしているらしい。

「これからスーツが必要になることがあったら、ぜひうちにご用命ください。オーダーメイドのスーツというのは、着心地が全然違います。服が肌に馴染《なじ》むあの感覚を、ぜひ味わって欲しいな」

黒須さんは満面の笑みで言う。その笑みは、どこかみどりさんに似ていた。この人が言うのならきっとそうなんだろうと思わせるような、説得力があった。

「それで本題なんですが……さっき社内を見学させていただいていて、そこであれが目に留まったんです。あの、色の塊のビジュアル……あれはなんですか？」

「あれですか」

答えに迷った。色彩の部屋のことはあまり言いたくない。ただ、嘘をついてつき通せる自信もない。

　作戦を決めた。本当のことを言って、困ったら黙ろう。

「部屋を作ってるんです。その、デザインのイメージです」

「部屋？」

「そうです。まだ昨日はじめたばかりなんですけど……自分の部屋を作っていまして、そのイメージを、休み時間に、フォトショップで」

「君は火星人ですか。宇宙船か何かをデザインしてる？」

　部屋だと言っているのに……と思ったが、経験上、これが冗談だということくらいは判った。

「部屋の装飾と言っても、かなり奇抜ですよね。なぜあんなに極彩色の組み合わせを？」

「極彩色？　色が多いってことですか。色がたくさんあるほうが、綺麗じゃないですか。#000080とか、#FFFAFAとか」

「ちょっと待って。シャープ？」

「色って、十六進数の組み合わせで表現できるんですよ。私、赤とか青とか、曖昧に色を呼ぶのが嫌いで。それで、つい、そっちで考える癖がついちゃって」

「ああ、ＲＧＢの加法混色か。ゴーイングホットはウェブ制作の会社でしたね」

　黒須さんが何事もないように言うのに、私は驚いた。色を十六進数で呼ぶとなると、毎回その理由を説明することになる。もうその準備をしていたというのに。

「でも、RGBは光の組み合わせですよね。色の組み合わせには、CMYKの減法混色もあります。というより、内装の設計ならそっちで呼ぶべきでしょう。なんでRGBで呼んでるんですか？」

「なんですか？　減法混色？」

「減法混色を知らない？」

黒須さんが私を覗き込んでくる。

「色の三要素はどうですか。彩度、明度、色相」

「聞いたことありません」

「マンセル色相環は？　PCCSカラーシステムでもいいけど」

「日本語ですか、それ……？」

正直に答えると、黒須さんはふーっと長く息をついた。

「どれも色の勉強の最初に習うことですよ。それを知らずに、あんな色彩の設計を？」

「はい。すみません」

「謝ることじゃないです。斬新《ざんしん》なアートは、案外そういうところから生まれるものです」

私は時計を見た。もう三十分くらい話している。早く戻らないと、今日の納品に間に合わない。

「すみません。今日は特急の仕事があるので、そろそろ席に戻りたいんですけど」

「あの、アダルトバナーの仕事ですか」

「あの、アダルトバナーの仕事です」

　黒須さんは、じろりと私たちを見回す。雁部社長と成貴さんが、少し縮こまった感じがした。

「僕は、いまではアパレルをやってますけど、美術が好きなんです。『コタン』っていう社名も、ユトリロから取ってます。知ってますか、『コタン小路』」

「判りません。道を造った人ですか？」

「道の絵を描いた人です」

　こつんと、また成貴さんの爪先が当たる。知らないものは知らないので、こんなことで怒られても困る。

「僕も美術家として食っていきたいと思っていた時期もあったんですが、それは諦めていまは商売をやってます。幸い、何年か前から、運よくビジネスは軌道に乗せることができました。だから、今度は違った形で美術に関わりたいなと、色々動いてるんです」

「そうですか」

「でも、才能というのは、すぐには見抜けません。大きな才能を持っていてもそれを伸ばす才能がない人は、すぐに潰れます。才能があるのに適切なバックアップがなくて潰れていくパターンも多い。だから、変わったことをやっている人がいたら、それをサポートしたいと思ってるんです」

「判りました。あの、そろそろ」

「ひとつ、仕事を頼めませんか。菊池さんに」

「仕事？」

声を上げたのは、成貴さんだった。黒須さんはにこりと笑って言う。

「そうです。なんでもいい。ひとつテーマを決めて、菊池さんが作りたいものを作る。そして、僕に見せてくれませんか。期間はお任せしますけど、三日くらいかな」

「三日？」

黒須さんは頷く。とんとん拍子に話が進んでいるが、そんな時間はない。家では「枠」を作らないといけないし、日中はバナーの制作をしなければならない。私は断ろうと口を開いた。

「大丈夫ですよ」

先に口を開いたのは、雁部社長だった。

「お請けいたします。幸い、菊池は社内ではそんなに大きな仕事はやってないですし。大丈夫だよな、成貴？」

「えーと、まあ、大きな仕事はしてないですけど、色々ありますよ」

「単純作業だろ？　外注に出せばいい。黒須さん、大丈夫です。ぜひやらせてください」

雁部社長が言う。どうも、私が黒須さんの仕事をすることは決まってしまったようだった。私は言った。

「でも私、作りたいものなんかないですよ。あの部屋は、個人的に作っているだけで」

「じゃあ、やりたいことじゃなくて、やれることを教えてください。菊池さんはどういうものが得意なんですか？」

「得意なのは、バナーの制作です。あとパーツの作成」

「うーん……じゃあ、興味があるものはなんですか？　グラフィック、写真、ウェブデザイン、イラスト、漫画」

「興味があるものだと、色です。色を使った何か、に興味があります」

「色か」

黒須さんはそう言うと、ぱちんと指を鳴らす。

「あとで線画を一枚、送ります。それに彩色をして欲しい」

「線画？」

「線だけで描かれたイラストです。それに自由に彩色をしてもらって、戻してもらえますか。なぜそういう色を塗ったのか、その意図を教えてください。どうですか」

どう、と言われても、よく判らなかった。そんな仕事はやったことがないし、やるにしても指示が曖昧すぎる。

「あの……できれば、指示をして欲しいんですけど。どういうものが欲しくて、どういう色を塗ればいいか、とか……」

「君にしか作れないものを作ってください。僕の希望はそれだけです」

黒須さんは笑顔で言うと、立ち上がった。雁部社長と成貴さんが、がばっと立ち上がる。話は終わりのようだった。黒須さんは私に握手を求めると、足早に部屋を出て行く。雁部社長が、そのあとに続いた。

「……断れよ」

ぼそっと呟いた成貴さんは、そう言うと外へ出て行ってしまった。

7　みどり

調査をはじめてから、四日目。

わたしはショッピングモールのフードコートでラーメンをすすっていた。

授乳期間中のわたしは食事にも気を遣い、塩分や糖分、脂質までコントロールした食事を摂《と》っていた。夫からは「そこまでしなくても」と言われたが、探偵業で摩耗した身体を一度修復しておきたいという気持ちがあった。

だが、いまは躊躇《ちゅうちょ》なく、塩分と添加物にまみれたラーメンをすすっている。良心の呵《か》責《しゃく》も、ここまで続けてきた食事のルールを破ることへの葛藤も、何もなかった。母のモードから、探偵のモードへ、意識が切り替わっているのを感じた。

ラーメンを食べながら、ここまでの成果を反芻《はんすう》する。

この四日間、西新井を中心に聞き込みをしたが、成果は上がっていなかった。聞こえてくるのは豊の悪評ばかりで、朱里のことを知っている人間はほとんどいなかった。

東京都足立区。下町の残り香があるとはいえ、やはり東京だ。人の移動が激しく、地域の縁も薄い。おまけに、朱里は西新井ではほとんど社会と接点を持っていなかったようだ。人捜しには向かない状況だった。

時間は、砂浜を洗う波のようだ。砂浜が砂浜のままずっとあり続けるように、街は街のままそこにあり続ける。だが、そこにあったはずの生活や人の縁は、時間の波に流されて知らないうちに消えていってしまう。古い砂が海へと流されていくように。

約束の一週間まで、今日と明日。このままでは、とても朱里を見つけ出すことなど不可能だ。探偵の現場にいられるのは楽しかったが、さすがにここまで成果がないと焦りを覚える。百点の回答は書けずとも、ゼロ回答だけは避けたかった。

そのとき、スマートフォンに着信があった。電話の主は、浅川さんだった。

「よう。今日も西新井にきてるのかい」

「ええ、まあ」

浅川さんの声は、わたしの心に染みた。この四日間、ほとんど聞き込み相手としか話していない。探偵がコンビで動くのには、徒労を分かちあうというメンタル上の理由もある。

「この前、地方紙を見せてくれたよな。大師の境内で」

「ええ。誘拐事件の記事が載ってるやつですよね」

「そのときに取材をしていた記者に話を聞けそうなんだが、くるか？　ちょっとコネがあってな。連絡がついた」

それは吉報であると同時に、取扱注意の事態でもあった。浅川さんをこれ以上頼るのは、明らかにやりすぎだ。だが、強がりを言うには、あまりに成果がない。その気持ちの空白に、浅川さんはすっと入ってくる。

「今夜六時に、駅前の『織月《せんげつ》』って店にこい」

電話はすぐに切れた。拒否される前に切ってしまおう。そんな意図が透けて見えた。わたしは、帰宅が遅くなる理由を、頭の中で考えはじめていた。

織月とは、三日月よりも薄い、二日月のことを言うらしい。刃物のように薄い月が描かれた看板の店に入ると、奥の個室に通される。十五分前にもかかわらず、浅川さんはもうきていた。

「早いな、みどり。優秀な探偵は時間を守る」

嬉しそうに笑う。また、彼に主導権を握られている。

「ここ、私が出しますから」

機先を制するように言ったが、浅川さんはにやにやしたまま答えない。このまま彼のペースで進んでいくことだけは避けたかった。

「今日会う人は、どういう人なんですか」

「ただの地方紙が、なんであんなに事件取材をしていたと思う?」

浅川さんはクイズを出すように聞き返す。その点は、確かに不思議だった。地方紙は、一般に文化関係の記事や地元のイベント情報が主な内容だ。あれだけの紙面を割いて事件の続報が載るのは珍しい。

記者の個人的な思い入れ。そう答えようとしたところで、ひとりの女性が現れた。

「あれ、もういらしてたんですか。早いですねー」

四十代半ばくらいの女性だった。白のブラウスに、緑のガウチョパンツ。その色合いに、わたしは藍葉の家を訪れたときの自分の格好を思い出していた。色のチョイスは似たようなものなのに、この女性はそれを上品にまとめている。

女性は船木《ふなき》千帆《ちほ》、と名乗った。

「当時は地元紙の記者でしたが、いまはフリーのライターをやってます」

千帆はそう言って名刺を渡してくる。わたしは、偽の名刺ではなく、探偵業の名刺を渡した。千帆はそれを受け取り、自らの左側に置く。探偵の名刺を当たり前のように受け取る仕草から、彼女が色々な経験をしてきた人間であることが窺《うかが》えた。

「電話でも話したが、船木さんの働いていた地方紙には知人がいてな。そこ経由でつながることができた」

「浅川さんのこと、お名前だけなら知ってましたよ」

千帆はそう言って、ウーロン茶を頼む。ゲストを差し置いてアルコールを飲むわけにはいかず、わたしは同じものを注文した。

「それで……十一年前の誘拐事件について調べてるんですよね。どうして、あんな古い事件を？」

「その前に確認させてください。この件はオフレコにしていただきたいのですが、いいですか？」

「書くなと言われたことを書かないのは、ライターの基本です」

「助かります。千帆さんは菊池藍葉という名前に、覚えはありますか」

「覚えも何も、被害者の名前ですよね。あの事件の」

「私のクライアントなんです。菊池藍葉が」

千帆がこちらを見る。目の中に、興味の炎がちらついていた。

「あのときの彼女は、六歳でした。いまは女子高生……？」

「高校には行かずに働いてます。その藍葉が、とある事情で梨本朱里を捜しています」

「とある事情、というと？」

「それは、オフレコでも話せません」

「なるほど。まあ、彼女の家庭は、色々ありましたからね」

千帆は事情を察したようだった。話の理解が早いのはありがたい。記者として優秀な部類に入るのだろう。

「つまり……一番知りたいのは、朱里さんの現在の居所ですよね？」

「そうです。ご存じですか」

「いえ、判りません。裁判までは傍聴しましたが、彼女にその後会うことはありませんでした。何度か連絡もしましたが、携帯の番号も変わってしまったみたいで」

「私も朱里さんの情報を取るのに苦労しています。彼女は、西新井ではほとんど社会と接点がなかったようですね」

「主婦をされていましたから。ただ、彼女が以前働いていたお店なら、知っています」

わたしは身を乗り出した。朱里を追うに当たって、どうしても欲しい情報だった。

「水商売をしていたんですよね、朱里さんは」

「水商売というほどのものではないです。いまでいうガールズバーのような業態でした。北千住《きたせんじゅ》にあるお店です。この話になると思って、控えてきました」

千帆はそう言って、スマートフォンの画面を示す。そこには住所と、『オーキッド』という店名が控えられていた。西新井から北千住までは、東武線の急行で一駅だ。

わたしは断りを入れ、スマートフォンで住所と店名を検索する。

『オーキッド』は、なくなっていた。該当する住所には『マルーン』という別の店が入居している。

「もうかなり昔の話ですからね」

「北千住で働いていたということは、朱里さんはそのあたりの人間だったんですか」

「記憶で話してるので細部が間違ってるかもしれませんが……確か、横浜《よこはま》かどこかの出身でした。一九九八年、高校を退学してからこちらにきて、その北千住のバーで二〇〇二年ごろまで働いたあと、豊と結婚、という流れです。朱里さんは結婚を機にバーを辞め、その後は専業主婦をされてました。証言が出てこないというのは、そのためでしょう」

「横浜のどこですか」

「すみません、そこまでは」

横浜は広いし、人口も多い。出身地がもう少し絞れれば、そこから家族や友人を捜すこともできるが、これでは難しい。期待していた情報が出てこないことに落胆したが、それが伝わらないように取り繕った。

「朱里さんの居場所が知りたければ、元夫の豊をたどるといいと思うのですが、そちらはもう当たられましたか？」

「はい。西新井の自宅には行きましたが、まだ会えてません」

「まだあそこに住んでるんですか、あいつ」

千帆は苦々しい表情になる。それまでの冷静なものと違い、深い嫌悪が窺えた。

「梨本豊は、どんな人だったんですか。いい人だったという証言もありますが、最近はお金のトラブルをよく起こしていたようですね」

「女の敵です」

「女性関係のトラブルもあった、ということですか」

「いえ。朱里さんが不妊治療を受けていたことは、ご存じですよね。彼女は、不妊治療を押しつけられていたんです。豊のほうは、こようともしなかった」

「それは、産婦人科に裏を取ったんですか？　よく医院から情報を取れましたね」

「というより、同じ産婦人科に通っていましたから」

浅川さんに視線を投げると、にやりと笑う。これがクイズの答えのようだ。

「もうなくなってしまったんですけど……私たちは、同じ医院に通って、同じ不妊治療を受けていました。友人というほどのことではありませんが、お互いにシンパシーを感じていたとは思います」

「だから、なんですね。地方紙がこんなに刑事事件を扱っているのは、珍しい」

「朱里さんがどうしてあんな事件を起こさなければいけなかったのか。それを解明するのは、私の仕事だと思いました。まあ、そのせいでデスクとも揉めましたし、社内でも疎まれましたけどね」

いまは記者を辞めたと言っていたが、そのときの衝突が理由なのかもしれない。事件というのは、それに関わった人の人生を、多かれ少なかれ変えてしまう。

「森田さんは、お子さんはいらっしゃいますか？」

「ええ、一歳の子が、ひとり。言うのが心苦しいですが、妊娠は順調でした」

「お気遣いなさらないでください。以下は嫌味ではなく客観的な話ですが……不妊治療って、辛《つら》いんですよ。いつ報われるか判らない努力を、それなりのお金を払ってやり続けなければいけない。親友が妊娠をしたり、電車の中で席を譲られる妊婦を見たり、本来は微笑ましい状況に直面しても、素直に喜べない。その事実に対して、さらに心がざわつく」

軽く頷き、表情を作る。同情はするが、それ以上はできない。それを表情に含めたつもりだった。

「私が病院に通いはじめたころ、朱里さんはすでに不妊治療を受けていました。辛いのは、その間に夫からのサポートがなかったことです」

「豊の側には問題がなかったんですか」

「私が知る限り、彼は検査すら受けていません。逃げたんですよ。無精子症の可能性だってあったはずです」

「どうして妻にだけ負担を強いていたんでしょうか」

「豊の母親が原因です。当時話を聞いていたときに知りましたが……どうもあの家は、名家妄想みたいなものがあったようなんです」

「名家妄想？」

「すみません、私が勝手に作った言葉です。〇〇家の血筋を絶やしてはご先祖様に言い訳が立たないとか、そんなことを本気で考えていること、それが名家妄想です。確かに、梨本という家は、このあたりでは地主で古い家柄だったようです。ただ、事件当時はただの中流家庭でした」

「というより、先代が亡くなってから金銭トラブルが起きたと聞いていますが。美代子さんも金遣いが荒かったそうですね」

「ギャンブルにはまってましたからね。家のフルリフォームもしたと聞きますし。この手の家に嫁いでしまい、後継ぎができなかったら、どうなりますか」

「針の筵《むしろ》でしょうね」

「そうです。ましてや、朱里さんは夫の実家で姑《しゅうとめ》と同居していました。上手く行くわけ、ないですよ。『痩《や》せた畑に種をいくら蒔《ま》いても、なんも育たん』。それが定番の文句だったようです」

家の中から怒鳴り声が聞こえていたというのは、喜多村のおばさんも言っていた。

「梨本豊も、私が見る限りそれに乗っかっていました。男って面子《メンツ》の生物です。自分が無精子症だと、男性として失格だと思い込むみたい。それが怖くて不妊治療を妻に押しつける男性、いるんですよね」

わたしには、豊が崩れていった原因が判った気がした。それまではまともに生きていた男性が、妻をめとり、同居をはじめる。そこで、母親から後継ぎを作れとプレッシャーをかけられる。一方で、お前は悪くない、悪いのは嫁だと何度も刷り込まれる。その繰り返しで、豊は徐々におかしくなっていったのではないか。朱里に対し尊大に接するようになり、朱里を精神的に追い込んでいった。そして、誘拐事件を起こすまでに追い詰めてしまった。

事件後、朱里が出て行って母が死んでからは、拠《よ》りどころを失い、ただただあの家を守り続けている。娘の純潔を守るように……。

だが、その考えに囚《とら》われるのは危ない。朱里は藍葉を、その家に連れ込んでいるのだ。

豊と朱里が共犯の可能性は、否定できない。

「私の知っている朱里さんの情報は、これくらいです」

「個人的なやりとりはしていなかったんですか。同じ医院に通ってらしたんですよね」

「電話番号は交換していましたけど、ふたりで遊びに行くような関係ではありませんでした。治療帰りにお茶をした程度で」

「どういう印象をお持ちですか。朱里さんに対して」

そうですね、と呟いて、千帆は少し黙る。

「陰のある人、ですね」

「陰ですか」

「はい。普通、雑談をしていても、過去の話って出てくるじゃないですか。子供のころはこうだったとか、高校時代の話とか。私、朱里さんが過去の話を一切しないことに、あるときに気づいたんです。それから彼女の言動を注意深く見てましたけど、東京にくる以前のことは一度も話そうとしなかった」

「地元で何かあったんでしょうか」

「実家を頼っていた様子もなかったですし、何か辛い思いをして、出てきたのかもしれません。それ以上首を突っ込むのもあれなので、私も聞きませんでした」

「朱里さんは、美的なセンスに優れた人間でしたか」

「美的センス？」

「菊池藍葉から聞きました。彼女は乗せられた車の中で、車内の素敵な装飾を見ているんです。趣味で絵を描いたりは、してませんでしたか」

わたしは微妙に話を創作して言う。

「そういえば……思い出しました。私が妊娠したとき、朱里さんからお祝いに絵をもらったんです。紙を切り貼りして作ったものです」

「切り絵ですか」

「そうです。見事なものでした。家を探せばあるはずですから、あとで写真をお送りします」

「本当ですか。ありがとうございます」

「ただ、美的センスというのは、ちょっと判りません。いただいた絵を見る限りはあるとは思いますが、程度が判らなくて。でも、少なくとも、表現活動みたいなものはしていなかったはず。あの家ではやらせてもらえなかったでしょうし」

どうだろうか。藍葉が実際に、梨本家の中で色彩の部屋を見ている。外に出ていないだけで、細々と創作活動はやっていたはずだ。

わたしは少しだけ、ほっとしていた。朱里の作った絵を手に入れられるということは、少なくともゼロ回答にはならない。多少なりとも藍葉に顔向けができそうだ。

「話は終わりかい」

黙って聞いていた浅川さんが割って入る。相変わらず、ざるだ。すでに日本酒を三合ほど飲んでいたが、全く顔色が変わっていない。

「さっきから料理に手がついていない。煮物も刺身も美味《うま》いですから、どんどん食べましょうや」

空気が緩んだ。わたしは千帆と視線を交わし、刺身に手を伸ばした。

グルメの浅川さんが美味いと言うだけあって、どれも美味しかった。湯引きされた真《ま》鯛《だい》の刺身。筑前煮《ちくぜんに》。揚げ出し豆腐。飾り気のない料理が、疲れた身体に染みる。心の中で家族に詫《わ》びつつ、わたしは料理に舌鼓を打った。


「今日はありがとうございました」

店を出て、わたしは浅川さんと夜道を歩いていた。時刻は二十一時を過ぎている。この時間になれば、もう息子は寝ているだろう。これ以上帰りが遅くなっても、あまり問題にはならない。浅川さんは機嫌よさそうに鼻歌を歌っている。

「それよりもお前、朱里のことは見つけられそうなのかよ」

「どうでしょう。明日、例のガールズバーに行ってみて、それからですね」

「事件が十一年前だろ。朱里が働いてたのは、もっと昔だ。情報なんか取れないかもしれないぜ」

「そのときは、ゲームオーバーですね。クライアントへの謝罪を考えます」

わたしは自嘲《じちょう》するように笑う。

「でも、誘拐事件のことは、なんとなく見当がついています。本当は、何が起きたのか」

「なんだと？　どう睨んでるんだ、お前」

「それは……」

そのときだった。前方に、見たことのある人影が見えた。

ちょうど、ショッピングモールに差し掛かっているところだった。入り口の派手な照明に照らされ、シルエットが見える。それは、豊の家の中にいた、スキンヘッドの闇金業者だった。

「あいつか」

沈黙の理由を、浅川さんはすぐに理解したようだった。

「浅川さん。私が言うまで、手出しは無用ですからね」

返事はなかった。ただ、この機を逃すわけにはいかない。

スキンヘッドは全く無警戒で、夜道を歩いて行く。足取りが覚束なく、少し酔っ払っているようだった。尾行調査は、被調査人《マルヒ》が警戒をしているかいないかがすべてだ。警戒さえされていなければ、荒っぽいことに慣れている人間であっても尾行は容易《たやす》い。

スキンヘッドを追ううちに、あたりは住宅街になっていった。街灯も少なく、充分に暗い。浅川さんに視線をやる。彼が頷いたのを確認してから、わたしはスキンヘッドに近づいた。

「こんばんはー」

いきなり話しかけられて、スキンヘッドは驚いたようだった。闇の奥に見える目が、ぼんやりとしている。

「お前は……」

その焦点が、次第に定まってきた。わたしの正体を確かめたのか、スキンヘッドは少し嬉しそうな表情になった。

「会いたかったぜ、姉さん。そっちからきてくれるなんてな」

「私も会いたかったですよ。この前はすみませんでした。お互いに争っていても仕方がないので、建設的に情報交換ができないかなーっと思って、それで」

いきなり肩を小突かれ、わたしはなすすべもなく後ろに倒れた。尾骶骨《びていこつ》をコンクリートに打ちつけ、鋭い痛みが走った。

「痛っ……。ちょっと、何をするんですか」

「ぬるいこと言ってんじゃねーよ。この前はよくもやってくれたな、舐めた真似をよ」

「ちょっと待ってくださいよ。梨本豊の情報交換を」

「あ？　殺すぞお前。立て。可愛がってやるよ。そこ、俺の家だからよ」

男はにやにやと笑いながら、わたしを見下している。

——なーんだ。

住居侵入も厭《いと》わない危険な人間だと思っていたが、違った。こいつは、ただの素人だ。

素人は、安心をするスピードが速い。自分が安全圏にいると早々に思い込み、相手を蹂躙《じゅうりん》できることに喜びを感じはじめる。三十二年も女をやってきたのだ。こんな顔は、人生の節々で何度も見て飽きている。

「浅川さーん。もういいよー」

闇の奥に向かって言う。暗闇の中から、ぬっと巨軀が現れた。

「よう、こんばんは」

スキンヘッドの気勢が、一気に削《そ》がれるのが見えた。一瞬で、浅川さんとの格の違いを感じたようだった。

「なんだよ、あんたは……」

「そいつの友人だが？　それよりもお前、いま愉快なこと言ってたな。殺すとかなんとか……。俺の聞き間違いか？　もう一回聞かせてくれるか」

浅川さんの迫力に、男の表情がみるみる青ざめていく。彼の脅迫を久々に見るが、味方であるにもかかわらず肝が冷えるほどの迫力だった。

「なんだよあんた。関係ねえだろ、俺はこの女と」

「女？」

「この……女の人と……」

「この女の人を突き飛ばして転ばせ、その上でぶっ殺すと脅迫しましただって？　なかなか楽しいやつだな。刑法二〇四条、刑法二二三条の違反だ。一緒に警察に行くか？」

「刑法……」

「日本国刑法がお嫌なら、目には目を、歯には歯を、古式ゆかしいハンムラビ法で裁いてやっても構わんが。俺はどっちでもいいぜ」

浅川さんはそう言ってバキバキと指を鳴らす。小枝でも折っているのかと思うほどに高鳴る音に、男は青ざめるを通り越して、卵のように白くなっていた。

「もういいよ、浅川さん。充分だから」

立ち上がり、浅川さんの肩を叩く。戯れであっても、久々に見る牙《きば》を剝いた浅川さんは、少し怖かった。

「お前、ちょっとこい。この女の人がインタビューしたいそうだ」

「なんですか、インタビューって。俺、もう帰らないと」

「インタビューが終わってから帰るか、謎の体調不良で病院に寄ってから帰るか、好きなほう選んでいいぞ」

スキンヘッドは見ていて気の毒になるくらい、肩を落としていた。

8　藍葉

空と雲の線画。私はそれを見つめたまま、固まっていた。

子供のころから、塗り絵が苦手だった。色を塗ってみろと言われても、何をどこから塗ればいいのかが判らずに困った記憶がある。

絵の具は好きなのだ。小学生のころ、絵の具というものに初めて出会った興奮を、いまでも覚えている。絵の具と絵の具を混ぜると、新しい色がどんどん作れる。それはまるで魔法のようで、パレットの上で色を作るのが本当に楽しかった。でも、いざ絵になると駄目だ。何を描けばいいか判らないし、そこに何を塗ればいいのかもよく判らない。

要するに、私の仕事は止まっていた。黒須さんに課題を与えられたまま。

──あ、そうか。

唐突に私は理解した。パレットで色を作っていたころ。赤と緑を混ぜたら、茶色ができた。でも、赤い光と緑の光を混ぜた #FFFF00は、黄色だ。これが、CMYとRGB、色の三原色と、光の三原色の違いなのだろう。私がなんでもかんでも後者で呼んでいるから、それが黒須さんの気に留まったのだ。

「面白い」

色は、面白い。

私はあのあと、黒須さんから色彩学入門の本をもらっていた。そこに書いてある内容は、衝撃的だった。私がなんとなく感じていた色に関するノウハウが、理論としてきちんと書いてあった。知らないことばかりで、自分の中の感覚を整理できるような箇所も多く、私はすぐにその本を読んでしまった。

朱里さんは、知っていたに違いない。だから、あんな部屋を……。

「藍葉ちゃんさ。何やってんの、それ」

突然、背後から声をかけられた。振り返ると、成貴さんがいた。

顔色が悪く、不機嫌そうだった。土っぽい色で、#61380Bといったところだろう。こんな成貴さんは見たことがない。

「黒須さんに頼まれた仕事です。この絵に、色を塗って欲しいって」

「それは知ってるよ。なんで真っ白なの」

「いや、どうやって塗ればいいのか判らなくて。考えてるだけです」

「そんなもん、適当でいいでしょ」

成貴さんはぬっと顔を近づけて、小声になる。

「早く終わらせてこっちに入ってよ。業務がいきなり倍になって、死にそうなんだよね」

私の仕事は外注に頼むはずだったのに、結局人手が上手く見つからなかったらしい。でも、雁部社長からは、黒須さんの仕事を最優先でやれと言われている。

「すみません。でも、雁部社長は……」

「社長は現場のリソースなんか見てないから、そう言うよ。でも、うちらは部活やってるんじゃないから、遊んでる暇はあまりないわけね。判る？」

「すみません、部活やったことがほとんどなくて……」

「君、喧嘩売ってる？」

喧嘩は売っていなかったが、それは口に出さなかった。ああ、これでは学校と同じだ。成貴さんとの関係は上手く行っていたはずなのに。

「とにかく、その仕事は早く終わらせて、すぐにこっちの仕事に取り掛かって。あと、もし黒須さんから何かを頼まれたら、社長に言う前に俺に言って」

成貴さんはふーっと鼻息を鳴らし、がたんと自分の席に座る。私は投げかけられた方程式を、上手く解くことができなかった。これって、どっちを信じればいいのだろう？　成貴さんはやるなと言っている。社長は、『コタン』の仕事をやれと言っている。

もう終業時刻を過ぎている。ゴーイングホットのメンバーは大半が帰宅していて、成貴さんの席からだけカタカタとキーボードを叩く音が聞こえる。先に帰るのが申し訳ない感じがして、私は進捗もないのに居残りをしていた。

線画は、シンプルだった。空に雲が浮かんでいて、鳥が飛んでいる。下のほうは草原になっていて、花が一面に咲いている。これを自由に彩色するようにというのが黒須さんの課題だった。

だが、自由にやっていいと言われることほど、難しいことはない。むしろ、細かく指示をされたほうが、人間は自由に動けるんじゃないだろうか。成貴さんの指示のもとでバナーを作っていた私は、すいすいと泳ぐように仕事をしていた。

とりあえず、出鱈目《でたらめ》に #00BFFF《DeepSkyBlue》で空を塗ってみて、すぐにやめた。いくらなんでも、こんなものは当たり前すぎる。まるでお母さんの写真みたいだ。

た。

呟くと、成貴さんが正面の席からじろりと見てくる。私は縮こまってその視線を避けた。

「難しいなあ……」

席を立ち、トイレに向かう。個室にこもり、スマホでウェブサイトを見る。

『16進数の星空』。成貴さんのアドバイスに従って、私が作ったブログだった。毎日「枠」の写真を撮り、そこに投稿している。最後に、私のフルネームだけを署名として書いている。

黒須さんに見せたところ、フォロワーが五千人いる彼のツイッターで拡散してくれた。グーグルで私の名前を検索すると、このブログが一番上に表示されている。朱里さんが私の名前を検索したら、このブログに行き当たるはずだ。

——朱里さんは、失望するだろうか。

ふと、言葉が浮かんだ。あんな課題もこなせない私を見て、朱里さんはがっかりするんじゃないだろうか。

あの鮮やかな「枠」と、一色も塗られていない線画では、あまりにも差がありすぎる。その差の大きさを見て、朱里さんは失望するんじゃないだろうか。朱里さんからそんな気持ちを向けられるのは、想像するだけで怖かった。

そのとき、手に持っているスマホが震えた。みどりさんからのメッセージだった。

「朱里さんのことを知る人に接触できました。絵も手に入れたから、送ります」

絵？　まさか。瞬時に、頭が切り替わった。慌てて、添付ファイルを見る。

それは、猫の絵だった。

大きな猫の後ろを、小さな猫が四匹、とことこと歩いている。夜の街らしく、ビル群と夜の空が背景に描かれている。

いや、描いているのではない。これは、切り絵だった。紙を切り貼りして、朱里さんは夜の猫を表現している。

「すごい……」

色彩が、素晴らしかった。色は、白と黒の二色しか使われていない。正反対の色の強烈なコントラストで、夜の街の暗さと明るさを表現している。闇と光の狭間を、白黒二色の猫たちが呑気《のんき》に散歩していて、ふっと空気が抜けている。隅々まで計算し尽くされている感じがした。

――これだ。

閃《ひらめ》くものがあった。色をどう塗るか、そればかりを考えていたが、白と黒だけでこんなにも豊かな世界が作れるのだ。

私の頭の中に、イメージが徐々に生まれはじめていた。

9　みどり

「お疲れ様」

わたしと浅川さんは、北千住駅のスターバックスで、コーヒーで乾杯をした。

「さしもの俺たちも、手も足も出なかったということだな。まあ、こういうこともある」

「浅川さん、嬉しそうですね」

「お前が馬鹿な真似をするのは、見たくないからな。さっさと日常に戻れ」

スキンヘッドをとっちめた翌日。調査最終日。

わたしは浅川さんと一緒に動いていた。ふたりで調査をしようという彼の申し出を断りきれなかったことが大きいが、わたしとしても彼と丸一日、どっぷりと行動をともにしてみたいという気持ちもあった。

だが、最後の聞き込みのつもりで訪れた西新井の街からは、結局朱里の情報は出てこなかった。頼みの綱だったのが、朱里が働いていたというガールズバーだったが、前もって調べていた通り、そこには違う店が入居していた。

「何か知ってるかなと思ったんですけどね。あそこの店員」

「あ？　まだ言ってんのか、そんなこと」

『オーキッド』の入っていたビル自体は古く、働いていたマスターもママも古株のようだった。ふたりの雰囲気はビルの空気に溶け込んでいる気がしたが、いかんせん感触でしかない。

ともあれ、朱里を追うための糸は、これで完全に切れてしまった。もともと難しい案件だとは思っていたが、惨敗もいいところだった。

「もうやめとけ。誘拐犯と被害者だろ？　愛着があるのか知らんが、平場で会ってろくなことはない」

浅川さんはそう言ってコーヒーをすする。そして、興味深そうに聞いた。

「それよりもお前、見当がついてるって言ってなかったか。誘拐事件の」

「ああ……言いました」

「聞かせろよ。どんな話なんだ」

まだ煮詰められたものではなく、あまり言いたくなかったが、仕方ない。

「船木千帆さんの話を聞いていて思ったんですが……梨本朱里って、家族の中では虐げられていたんですよね」

「まあ、話聞いてるだけでも、上手く行くわけねえよ。地元の名士気取りと、ガールズバー。混ぜるな危険にもほどがある」

「上手く行く場合も、あると思いますけどね……。まあ、とにかく梨本朱里は、家族の中での地位が低かった。不妊治療にもひとりで通わされていたわけですし、婚家にも逆らえなかった」

「だからなんだよ」

「その婚家は、当時没落している最中でした。美代子のギャンブル癖が高じて、土地などを手放していた」

一番気になるのは動機ですと、わたしは言った。

「幼児誘拐で考えられる動機といえば、まずは淫行《いんこう》です。ただ、藍葉ちゃんが暴行を受けていたという警察発表はない。調べてないなんてこと、ありえないですよね」

「相手が女の単独犯だったとしても、当然調べる」

「怨恨《えんこん》とも考えづらい。香織が豊や朱里の恨みをどこかで買っていた可能性はありますが、相手の子を誘拐するとなると、かなり大きな恨みです。そんなつながりがあるのなら、やはり警察に見つかっていると思います。ということは、考えられる動機は、明確です。あの事件は、身代金目的の誘拐だったんじゃないでしょうか」

わたしの言葉を、浅川さんは予想していたようだった。思いのほか、リアクションが薄い。

「根拠はなんだよ。何の証拠がある」

「金が必要、という明確な動機があります。藍葉ちゃんが豊の家に連れ込まれていたことにも説明がつく。身代金を要求するなら、人質を監禁しないといけません」

「まあ、確かにな」

「朱里が不妊治療に通っていたルートでは、藍葉ちゃんがよくネグレクトをされていました。そこであの子をターゲットにしようと思ったのでしょう」

「車の件はどうだ？　朱里の車は、駐車場に停まっていた。警察は当然、駐車記録も調べてるぜ。入庫した車が変な動きをしていたら、すぐにバレる」

「それは簡単です。車を二台使ったんですよ」

わたしは思い出していた。朱里が車を停めていた駐車場は、縦に長く、奥が見えづらかった。停まっていた車は、櫛の歯のように並んでいた。

「単純なトリックです。駐車場に、あらかじめ車を一台停めておきます。そこに、藍葉ちゃんを誘拐した朱里の車がやってくる。そして、藍葉ちゃんを眠らせ、置いておいた車に乗り換えて、駐車場を出る」

「だが、被害者は二時間で解放されている。それはなぜだ？」

「計画を続行できない事態が起きたのでは。朱里と豊の間で揉めごとがあった、とかです。ゆえに、朱里が藍葉ちゃんを連れて外に出た」

「揉めたのなら、それをなぜ警察に言わない。朱里はなぜひとりで罪をかぶっている」

それは考えていたことだった。改めて指摘されると、自分の中の違和感が濃くなる。

「大体、その車はどこから現れたんだよ。豊がほかにも車を所有してたなら、すぐに判るぞ。豊や美代子の名義でレンタカーを借りたとしても、そんなもん警察の捜査であっという間に見つかる。まさか免許証の偽造までしてたとか、そんなことは言わねえよな」

浅川さんの言うことはもっともだった。言葉の応酬をしているうちに、問題点がクリアになってくる。

「ほかにも、おかしいところはあるぜ。まず、身代金目的の誘拐だったとして、なぜあの子を誘拐する？　シングルマザーの家庭なんだよな。いくら誘拐しやすいからって、金がなければどうしようもない。そもそも、身代金誘拐は、日本での成功例は皆無だぞ。金に困っていたからって、そこに飛びつくとは思えないんだがな」

浅川さんは続けた。

「それ以前に、本当に身代金目的の誘拐だったのか？　身代金の要求も行われてないだろ。行われてたら、当然藍葉の母親が警察に言う」

「要求をする前に、朱里と豊が仲違《なかたが》いをしたのでは」

「憶測でものを喋《しゃべ》るな。大体、誘拐をするっていう結論で合意したあとに、いざ攫ってきたら揉めごとが起きるなんて、考えられるか？」

浅川さんの言葉は、そのままわたしの中のどこかにあった言葉でもあった。この事件は、公になっているようなものではない。その確信こそあるものの、どうも明確な像が見えてこない。仮説を立てても、完璧《かんぺき》にパズルに収まるピースにならない。

「お前らしくねえな。机上の空論ばかりを並べ立てて、何がしたい。足を使えと散々叩き込んだはずだ。安楽椅子探偵なんて、似合わねえぞ」

と言われても、足はこの一週間で散々使った。これ以上、闇雲に動いてどうにかなるとは思えない。

「前に、時効の話をしましたよね」

「誘拐は、事件の種類に応じて量刑が違うってことだろ」

「そうです。単純な未成年者略取なら、時効は五年。しかし、身代金目的の誘拐なら十五年です。もしあの事件が身代金目的の誘拐なら、その線から豊を追い込むことができるんじゃないか。そんなことも、考えていたんですけどね」

「もう無理だ。諦めたほうがいい」

お互いのコーヒーが空になったようだ。結局、十一年の壁は大きかった。それが今回の結論になりそうだった。

「みどり。最後にひとつ聞いていいか」。浅川さんの声が低くなった。

「お前、昨日スキンヘッドに話しかけたとき、俺を使って遊んだな」

一瞬で気が引き締まった。浅川さんの表情は、真剣さを増していた。

「お前は最初から俺を連れていかなかった。ひとりで行けば、突き飛ばされる危険性があることくらい、判ってたはずだ。なぜだ」

「それは、浅川さんの手を煩わせるのが申し訳ないからですよ」

「その割に、あっさりと俺を呼んだよな。もう用が済んだとでも言うように」

浅川さんはふーっとため息をついた。

「あの男の本性を見たかったんだろ？」

浅川さんが語気を強めた。

「借金を取り立てるために、家にまで踏み込んでる人間。そいつを怒らせて、本性を見たかったから、お前はひとりで行ったんだ。自分の好奇心を満足させるために」

ご明察、だった。わたしは冗談めかしてパチパチと手を叩いた。

「さすが浅川さん、私のことをよく知ってます」

「ふざけてると、マジで切れるぞ」

「そんなに怒らないでください。久しぶりに探偵の現場に出るのが楽しくて、つい……」

「つい、で済むか。あいつが本当にヤバイやつだったらどうするんだ？　いきなり襲われる可能性だってあった。お前、いつまでそんなことをするつもりだ？」

「だから、謝ってるじゃないですか。本当にすみませんでした」

わたしは微笑みながら続ける。浅川さんの表情が、どんどん曇っていく。

「みどり、ひとつだけ教えてくれるか」

不安そうな口調になっていた。

「お前、あのときも……」

「あのとき？」

「ほら、例の一件だ。まさか、あのときも……」

「……みどりさん？」

空気を切り裂くように、わたしを呼ぶ声がした。わたしは振り返る。

そこにいたのは、ビニール袋を持った藍葉だった。

10　藍葉

話しかけた瞬間に、後悔した。

「あっ……すみません。ごめんなさい」

すぐに謝る。北千住駅の構内のスタバに、見たことのある背中があった。それでついつい声をかけてしまったのが、間違いだった。

「え、どうしたの。いきなり謝ったりして」

「デート中ですよね。ごめんなさい、声かけたりなんかして、無神経でした！」

みどりさんと横にいた男性が、顔を見合わせる。そして、同時に笑い出した。

「デートなんかじゃないよ。全く、何考えてるのさ、君」

「え？」

「この人は、浅川さん。同業者で、昔の上司。ちょっと仕事の話をしてただけだよ」

「浅川です。よろしく」

手を差し出される。ニットの手袋をしてるのではないかと思うほどの、大きな手だった。私はその手を握り返してから、頬を掻いた。ちょっと恥ずかしい。

「仕事って……朱里さんを捜してくれるやつですか」

「そう。ちょっとこのあたりで調べることがあってね」

「どうなってますか、調査は」

私が言うと、ふたりはまた顔を見合わせる。そして、みどりさんが話しはじめた。

「そうですか……」

調査は、上手く行っていないみたいだった。みどりさんが使える期間は、五日間。それを使い切ったのに、朱里さんへの手がかりは見つけられていないとのことだった。

「ごめん。きちんと調査報告はするけど、私の力不足だった」

みどりさんは頭を下げる。もともと無料で頼んでいる仕事だ。責めるつもりなんか、少しもない。

「ところで、今日は買いものかい？」

「あ、そうです。ちょっと色紙を仕入れてきたんです。上野の雑貨店には、あまりいいのがなくて」

「色紙？」

私はスマホを取り出して、『16進数の星空』のブログを見せた。こんなものを作っていると知って、みどりさんは驚いたようだった。

「いい手かもしれないよ、これ」

スマホを見つめながら、みどりさんは言う。

「確かに、誘拐犯が誘拐した人の名前を検索しているっていうのは、あるかもしれない。それでこのブログが上に出てきたら、朱里さんは君に親近感を持つかも……」

浅川さんも頷いている。この方法を考えた成貴さんは、やっぱりすごい。ゴーイングホットのウェブチームを切り盛りしているだけある。

――成貴さん。

ふと、気が重くなった。彼とは良好な関係だったのに、いまはぎくしゃくとしてしまっている。

みどりさんが、顔を覗き込んでくる。

「どした？　何か、悩んでるの？」

みどりさんの質問を、私は当たり前のように聞いた。みどりさんの手にかかれば、私の内心なんか簡単に読まれてしまう。

みどりさんの微笑み。それを見ていると、なんだかとても、安心する。

「悩み相談、してもいいですか」

私は吸い込まれるように、そう言っていた。

11　みどり

「ありがとうございます。心のつかえが、だいぶ取れました」

北千住の駅前。わたしたちは夜の広場を散歩していた。

藍葉の相談事は、小さな組織においてありがちな問題だった。ワンマンな社長が現場のことを見ずに、方針だけを打ち出してしまう。その尻拭《しりぬぐ》いに現場が追われ、業務とともに人間関係が破綻《はたん》していく。

救いなのは、星名《ほしな》成貴という上司と藍葉の仲が、もともとは良好ということだ。上司自身も、別に神経質な性質ではないらしい。ならば、やりかたはいくらでもある。

「みどりさんは、どうしてそんなに人と話すのが上手いんですか？」

隣を歩く藍葉が聞いてくる。どうして火が出せるんですか？　と、魔法使いに聞くような感じだった。

「やっぱり、才能なんでしょうか。私、子供のころから人と話すのが苦手で」

「才能かどうかは判らないけど、まあ、個性ではあると思う。昔から人の気持ちがなんとなく判るし、何を言えば相手に刺さるかも判る」

「菊池さん。こいつは口から生まれた女だからね。参考にしないほうがいいよ」

浅川さんが笑いながら言う。言いかたは気になるが、まあ聞き込みや依頼人との対話はわたしのほうが得意だ。

「でも、生まれ持ったものだけでやってるわけじゃないよ。あとから勉強したこともたくさんある。ネゴシエーションのメソッド、行動心理学……」

「そうなんですか。才能だけじゃないんですね」

「前に言ったよね。人間の個性には、後天的に習得した技術も大きく影響してるって。それは、君の仕事であるデザインもそうなんじゃない？」

何か合点することがあったのか、藍葉はうんうんと頷いた。

「……私、病気なんでしょうか」

藍葉の声が、少し真剣になった。

「私、人が苦手なんです。人の気持ちがよく判らないし、変なことばっか言っちゃうし」

「それは、昔からそうなの？」

「子供のころからです。お母さんとも上手く話せなくて……それで、お母さんは出てっちゃいました。あの誘拐事件も、私が『ちょっと待って』って言ってれば、起きてなかったかもしれません」

わたしは考えた。どう伝えればいいのか、そのことに思いを巡らせる。

生まれつき他人の気持ちを汲《く》み取りづらい人間はいる。藍葉が病気かどうかまでは診断できないが、本人はどうやら自己の性質について長年苦しんでいるようだ。

わたしは、持っている。他人と円滑にコミュニケーションを取るための言葉を。それを持っていないというのがどういう状態なのか、わたしにはよく判らない。だが、その苦しみは理解してあげたいと思った。

「会話のテクニックなら、勉強することはできると思う。よかったら私が読んでた本も貸してあげるよ。でも藍葉ちゃんが悩んでるのは、そういうレベルの問題じゃないよね」

「はい、たぶん。もっと根本的な話、というか……」

「一度医師の診断を受けるといいと思う。自分がどういう状態なのかを把握して、必要なら治療をしていく。いまはいい薬もカウンセリングも色々あるみたいだから、探してみるといいよ。きっと楽になると思う」

「本当ですか？」

「なるよ。でも、藍葉ちゃんの気が進まないのなら、無理に治さなくてもいいと思う。それも、君の個性だと思うから」

「個性、ですか」

「そう」

わたしは藍葉に笑いかけた。

「私は、君と話してると楽しいよ。ちょっとおっちょこちょいなところも含めてね」

「本当ですか」

「本当だよ。私みたいな人も、世の中にはたくさんいるはず。めぐり合わせだよ」

藍葉は、少し泣きそうな表情になった。無理に話をまとめたわけではない。藍葉と話すのが楽しいというのは、わたしの本心だった。

しばらく、肩を並べて無言で歩く。夜の街の喧騒が、どこか遠くから響いてくる感じがした。

「みどりさんは、今日はどうして北千住に？」

藍葉が話題を変えた。わたしの言葉を、受け入れ終わったようだった。

「もちろん調査だよ。朱里さんが昔働いていたお店が、このあたりにあってね」

「朱里さんが？　何をして働いていたんですか」

「えーと……まあ、バーテンダーみたいなこと、だね。朱里さんはそこで梨本豊と知り合って、結婚をしてる。でも、そのお店はもうなくなってたよ」

わたしはスマートフォンを見せた。先ほど撮ってきた、店の外観が写っている。

「この『マルーン』っていうお店が、その跡地。朱里さんが働いていたのはもう十五年くらい前のことだから、店ごと入れ替わってる」

「マルーン……」

藍葉は写真を見ながら、そう呟いた。スマートフォンを凝視している。

「あの」。藍葉が口を開いた。

「その、昔あったお店の名前って、なんですか？」

「朱里さんが働いていた店のこと？　えーと、確か……『オーキッド』」

「オーキッド……？」

藍葉はスマートフォンを見ながら再び呟く。その目は、真剣そのものだった。

「どうしたの、藍葉ちゃん？」

わたしは言った。藍葉は反応を見せない。何かを考えている。

「みどりさん」

不意に、藍葉が顔を上げた。何かを発見したような目をしていた。

12　藍葉

　みどりさんがドアを開けると、「いらっしゃいませ」と女性の声がした。私は、ふたりに続いて中に入る。

「なんだ、またあんたたちかい」

　中にいた年配の女性が、少し呆れたような口調で言った。「またきちゃいました」。みどりさんは笑みを浮かべて言う。

『マルーン』は、狭いお店だった。店内にはカウンターと、テーブルが四つ。奥に小さなひな壇があって、カラオケのセットがある。壁は、#800000あたりの深めの赤で塗られている。お客さんは誰もいない。

「さっき話しただろ？　昔あったお店のことなんか聞かれても、知らないって」

「まあまあ。今度は食事にきただけですよ。それならいいでしょう？」

「なんだ、お客かい。いらっしゃい。好きなところに座っていいよ」

　女性はあっさりと態度を変える。私たちは、一番奥のテーブルに陣取った。小さな手書きのメニューが置いてある。

「藍葉ちゃん、おなか空いてる？　私たちはおなか一杯だから、好きなもの食べなよ」

　みどりさんはそう言って、メニューを見せてくれる。並んでいるピザのメニューを見て、私はおなかが鳴りそうになるのをこらえた。結局パスタを頼み、浅川さんはお酒を、みどりさんはウーロン茶を頼んだ。

「この子、未成年？」

空いている席に、女性が座る。浅川さんのグラスに氷を入れ、そこにウィスキーを注ぎはじめる。

「十七歳です。お酒は飲ませないから安心してください」

「この子も探偵なの？　十七歳の探偵なんて、いるわけないか」

「私は十七歳のころから、探偵やってましたけどね」

「まさか。担ぐんじゃないよ、全く」

ほんとなんだけどなあ、と言って、みどりさんはウーロン茶を飲む。私には、みどりさんの言っていることが本当な気がした。十七歳。いまの私と同じだ。

「このお店、オープンして一年でしたよね」

「そうだよ。だから、その前のお店のことなんか知らないって」

「ママがやってるんですか？」

「あと、あの人ね」

女性はそう言って、バーカウンターにいる男性のほうを見た。ピンクのシャツを着た年配の男性が、すっと頭を下げる。

「随分、赤の多いお店ですね」

みどりさんはずずっとウーロン茶をすすり、私のほうを見る。それが、合図だった。

「あのっ……『マルーン』って、やっぱり色から取ってるんですか？」

女性の視線が、私に向く。

「マルーンって、色の名前ですよね。濃い、茶色みたいな赤のことです。このお店の壁紙の色に似ています。#800000」

女性はじろりと私を見続ける。強い眼光に、心がぐいっと押されるのを感じる。

みどりさんを見た。みどりさんは、大丈夫だよという感じで微笑みかけてくれる。女性の視線を跳ね返すように、私は言った。

「昔ここにあった、お店の名前。『オーキッド』。これも、色の名前です。#DA70D6……。レッドに、グリーンとブルーが多めに混ざった、ピンクみたいな赤です」

「だからなんだい」

「オーキッドもマルーンも、同じ赤系の色です。このお店は、名前が変わっただけで昔からあるんじゃないですか」

私は女性の目を見返した。女性は睨むように私を見つめる。私は負けないように、その目をじっと見つめ続けた。

女性は、ふっと緩んだように微笑んだ。

「こういうセンスのいいことを言う子って、なぜか若い子が多いのよね。あなた、うちで働く気はない？」

みどりさんと目が合う。みどりさんは、にこりと笑って頷いてくれた。

13　みどり

店の奥に、小さな事務室があった。店内よりもさらに狭い空間に、ひとり用のソファが向かい合わせになっている。狭いので浅川さんには外にいてもらい、わたしは藍葉と並んで、無理やりひとつの席に座った。

「もう二十年くらい、ここでお店をやってる。この場所は、私の分身みたいなものね」

女性は中丸志津香《なかまるしづか》と名乗った。セブンスターを口にくわえ、火をつける。「私もいいですか」。わたしは鞄からキャスターを取り出した。普段は全く煙草は吸わないが、常に一箱携帯している。藍葉に副流煙を吸わせるのは申し訳ないが、このご時世、喫煙者同士は同類意識を持つことが多い。

「なぜさっきは、昔のことは覚えてないと言ったんですか」

「覚えてないなんて言ってないよ。はぐらかしはしたけれど」

「何か嫌なことでもあったんですか？」

「脱皮って、痛いと思う？　気持ちいいと思う？」

唐突な言葉だった。わたしはよく判らないというように首を振る。

「昆虫って、痛覚がないっていうじゃない。痛覚がないってことは、脱皮したときにも痛さも気持ちよさも感じていないのかね」

「感じてないでしょう。その前提が正しいのなら」

「なら、もったいないわね。脱皮って、本当は気持ちのいいものなのよ」

志津香はそう言って、煙草を吸う。

「私が看板を掛け替えるのは、脱皮みたいなものなの。同じことばかりやって倦《う》んだ気持ちをリセットするためのもの。お金が貯まったら看板を替えて、内装も新しくする。それまでの色々が全部洗い流されて、生まれ変わる感じがする。気持ちいいわよぉ。いまじゃ、看板を掛け替えるために商売をしてるみたいなものね」

「引っ越しはしないんですか。場所ごと変えればよさそうですが」

「それが不思議なことに、ここから離れたいとはどうしても思わないのよね。別の場所でやるのは全然興味がなくて。まあ、それが私の器なんでしょうね」

「あのっ」

隣の藍葉が声を上げる。

「ということは、十五年前にもこちらでお店をやってたんですか？『オーキッド』」

「いまになってその名前を聞くとはね。思い出深い名前のひとつよ」

「ということは……えーと、やってたってことですよね。『オーキッド』」

「ん？　やってたって言ってるじゃない」

藍葉は言葉の行間を読むのが上手くない。ここからはわたしの仕事だった。

「梨本朱里のことを、覚えてらっしゃいますか？」

志津香の頰が、ぴくりと動く。知っている。瞬時に直感した。

「誰に聞いたの？　そんな昔のことを」

「梨本豊の知人です。こちらの常連客だったんですよね、梨本豊さん」

志津香は黙る。わたしは、軽く足を揺すって藍葉に合図をした。

「あの、やっぱり、赤だからでしょうか」

藍葉が口を開いた。

「私、自分の名前に色が入っているから、判るんです。藍染やインディゴのものを見ると、ついつい目を惹かれてしまう気持ちが。朱里さんの赤と、オーキッドの赤。だから、朱里さんはここにきたんでしょうか。自分の名前に関係したお店だから……」

志津香の目が見開かれた。

「驚いた。朱里も、同じことを言ってたよ」

ビンゴだ。あらかじめ、こういう流れになったら藍葉に言わせようと決めていた言葉だった。

朱里の影が、ようやく出てきた。藍葉の呼吸が少しずつ速くなっていくのを、わたしは感じた。

「朱里は、確かにうちで働いていたよ。昔は、北野《きたの》朱里って名前だったわ」

「彼女の旧姓ですね」

「神奈川からひとりで出てきたって言ってた。働く場所を探していたときに、たまたまうちが出してた求人広告を見たみたいなの。赤には思い入れがあるからって。確か十八歳くらいだった」

「いまは、どこにいるかご存じですか」

「音信不通。うちを辞めてから、しばらくは連絡をもらってたけど、すぐになくなった。その名前を聞くのも久しぶりでね。店の名前を赤で縛ってるのも、どこかであの子のことが気になっていたのかもしれないね。朱里がきたあとだから」

あまり落胆はしなかった。朱里が働いていたのは、もう十五年ほど前のことだ。よほど深いつながりでない限り、元の職場と連絡を取り合うなどということはない。

「当時、朱里さんはどこに住んでいたんですか」

「最初に会ったときは、どこにも住んでなかったわよ」

「ホームレスだったということですか？」

「ホームレスって呼んでいいのか判らないけど……最初会ったとき、あの子は漫画喫茶に泊まってた。それをうちの人が見かねてね。給料がある程度貯まるまでは、この部屋で暮らしていたのよ。半年くらいかな。あの子たくましかったから、ひとり暮らしの準備をはじめて、さっさと出て行った」

「漫画喫茶に寝泊まりをしていたというのは、お金がなかったからですか。それとも、保証人の問題でしょうか」

「両方でしょうね。保証人不要のアパートは、探せば見つかるけど安くはないし」

「朱里さんは、実家との関係が悪かったんですか？　親御さんがここにきたことは？」

「ないわよ。ふたりとも亡くなったって言ってたかな」

高校を出たばかりの女性が何の当てもなく東京に出てきたというのは、地元にはいられない事情があったのだろう。親が死んでいるのなら、地元に留《とど》まる理由はひとつ減る。

「朱里さんはここを出て、どこに住んでたんですか？」

「日暮里《にっぽり》だったかな。よく覚えてない。特にプライベートで連絡することもなかったし」

「じゃあ、地元というのはどこですか」

「それは覚えてる。川崎《かわさき》よ」

「川崎。横浜ではなく？」

「川崎よ。ほら、あっちにも大師があって、それで覚えてるの。西新井と同じだって」

「ああ、川崎大師ですね」

「そう。その近くで育ったって言ってたわ。まあ、そんなに細かく聞いたわけじゃないから、本当かは判らないけど」

貴重な情報だった。川崎大師の近くに住んでいたというのなら、朱里の足跡を見つけることができるかもしれない。親が死んでいたとしても親族を見つけられれば、得られる情報の質と量は格段に上がる。そもそも、朱里本人が地元に帰っている可能性も高い。

そこまで考えて、我に返った。何を考えている。この仕事は、もう終わりなのに。ただ、藍葉が将来的に朱里を捜すのなら、今日のことをまとめておくのには価値がある。

「朱里さんは、地元の話はしたんですか。いい思い出とか、悪い思い出とか……」

「ほとんどしなかった。何か、嫌なことがあってこっちに出てきたみたいで。ただ、ひとつ気になることがあったわね」

志津香が声をひそめる。

「川崎のほうから、朱里に会いにきたっていう男がいたの」

「男ですか」

「そう。加藤《かとう》って男だよ、確か」

「どんな男だったんですか」

「朱里と同じ年くらいの若い子だったかな。柄の悪い男でね。朱里と話がしたいって言って何度も押しかけてくるもんだからうちの人が怒っちゃってね。あの人、ああ見えて怒らせると怖いから、なだめるのが大変だった」

「どういう用件できていたんですか。その加藤は」

「判らない。朱里とふたりで話がしたいとか、川崎に連れて帰るとか、そんなことを言ってたわ。追い返してたら、そのうちにこなくなったけど」

「つまり、朱里さんの恋人だったってことですか？」

「というより、ストーカーに近い気がした。あまり恋仲みたいには見えなかったわ。よかったら、そいつの当時の住所、調べてみようか？　うちの人に、朱里に連絡させてくれって住所を渡してたはずだから」

「ほんとですか？　ぜひお願いします」

「でも、ちょっと気をつけたほうがいいかもよ。なんだか、物騒なことも言ってたし」

「物騒？」

「そう。確か、犯罪者だとか、人殺しのくせに、とか……」

「人殺し？」

それは確かにこの上なく物騒な言葉だった。

「間違いなく言っていたんですか。人殺しのくせに、って」

「うん。でも、まさかねえ。だって、人を殺してたら、捕まるわけだし」

首を捻った。売り言葉に買い言葉の可能性もあるが、ただの罵倒に「人殺し」という語彙を使うだろうか。そして人を殺したからといって、必ず捕まるわけでもない。

これ以上、調査をする時間はない。なのに、心がますます事件に惹かれていく。

「あのっ！」

黙っていると、藍葉が声を上げた。口を挟む機会を窺っていたようだった。

「朱里さんは、どんな人だったんですか」

「どんな人？」

「なんでもいいんですけど、どんな人でしたか、朱里さんは」

「そうね……一言で言うと、真面目に働く子だったよ。遅刻もない、欠勤もない。同じ注意は二度と受けない。若いのに、基本的なところがよくできてた」

「色はどうですか。色は好きだったんですよね、やっぱり」

「色？　色って、あの色？」

「色彩の感覚です。そういうのが優れていた人でしたか。絵が、好きだったとか」

「ちょっと……何が言いたいのか判らないけど、赤は好きだったんじゃないの？」

志津香が、助けを求めるように視線を送ってくる。わたしは言った。

「朱里さんは何かを作ったりしていましたか。絵を描いたり、店内の飾りつけをしたり」

「ああ、そういうこと……。確かに、店内の飾りつけとかは、得意だったわよ。絵にも詳しかった。いまは何も掛けてないけど、あのころはピカソの絵とかを店に飾っててね。鳥のスケッチとか、可愛いやつ。私、そういうのに全然詳しくないから任せてたんだけど、あの子が飾った絵は、なんだか店の雰囲気をよくしてくれていた気がするわ」

「服装はどうですか。服とか、アクセサリーとか」

「服は、安いのばかり着てたわよ。でも、さり気ないところを飾ってたイメージはあるわね。バッグに小物をつけてたり、お手製のブックカバーを作っていたり」

「ブックカバーですか」

「そう。ほんとになんでもないものだったと思うんだけど、あの子が持ってると不思議とセンスがよく見えるのよね」

小物。ブックカバー。お金のなかった朱里は、そういう細かい部分でお洒落《しゃれ》を楽しんでいたのだろう。人間は生活に彩りがないと膿《う》んでくる。細かい部分で生活を彩れる人間は、たくましい。

「そうだ。ちょっと待っててもらえる？」

志津香は立ち上がり、奥の机にあるキャビネットを漁《あさ》り出した。「あった」。しばらく調べていた志津香が、声を上げる。

「久しぶりに見た。まだ残ってたわ」

その手には、厚手の画用紙が握られていた。

「ここを辞めるとき、朱里が作ってくれたの。不思議ねえ、人間の記憶って。嬉しかったはずなのに、あなたたちに会うまですっかり忘れてた」

画用紙の上には、花壇があった。

「さっきあなたは、オーキッドは色の名前って言ったけど……もとは、蘭のことなのよ。それを教えたら、作ってくれたの」

切り絵だった。様々な色紙が細かく貼られ、たくさんの花が作られている。

画用紙の上には、色が溢《あふ》れていた。だが、綺麗ではない。わたしには、その色彩はあまりにも過剰に見えた。どの色も主張の強い色で、それらが画用紙の上で混ざらずにぶつかりあっている。花同士が口論をしているみたいだ。美しい花壇というよりは、植物同士が生存競争のためにしのぎを削っているような、グロテスクな緊張感があった。

「ちょっと見せてください」

藍葉が画用紙を手に取る。

その表情は、真剣だった。画用紙に目をやり、じっと、穴が開くほどに見つめる。

彼女の体温が、少しずつ上がっていく。

「危ない！」

思わず、わたしは画用紙を奪い取っていた。

画用紙があったはずの場所に、ぽたりと水滴が垂れる。

藍葉は、泣いていた。

「藍葉ちゃん……」

袖《そで》で涙を拭い藍葉は軽く、嗚咽《おえつ》の声を漏らした。

しばらく、藍葉はそのまま泣き続けていた。そして、小声で言った。

「……ごめんなさい。見せてください」

わたしは志津香を見た。彼女が頷くのを確認し、藍葉に画用紙を渡す。藍葉は目を閉じ、はーっとため息をついた。次に目が開いたとき、もうそこに涙はなかった。

――これが、この子の個性なんだ。

自分にはグロテスクにしか見えない絵が、この子には美しいものに見えている。情報の、解釈……。

なんだろう？　いままで抱いたことのない感情を、わたしは味わっていた。透明な何かが胸に溢れる。この感情の名前を、わたしは知らない。

藍葉は絵から目を離さない。わたしもまた、彼女から目が離せなくなっていた。

14 みどり

お風呂《ふろ》に入ったあと、理《おさむ》にりんごのすり下ろしを与える。しばらく遊んでいると、理はやがてスイッチが切れてしまったように眠った。わたしはその小さな身体を抱え、ベビーベッドに寝かせる。

理の頬をそっと撫《な》でる。生まれたばかりのころはこの世のものとは思えないくらいすべすべしていた肌も、一歳になったことで少しだけざらついている。一年間の生活がそのざらつきに染み込んでいるような感じがして、愛おしかった。

リビングに戻ると、夫の司が文庫本を読んでいた。

「何読んでるの、司さん」

「ハリー・ボッシュシリーズの最新作。みどりさんも読む？　仕事の参考になるかもよ」

司は読書家で、大のミステリー小説マニアだった。わたしが私立探偵ということを知ったときにはやけに興奮し、ロス・マクドナルドだのヒラリー・ウォーだのといった作家の小説を読まされたものだ。理が生まれてからは、本が落ちたら危ないという理由で本棚ごと実家に預けてあるが、一時期の書斎の本棚は、本同士で繁殖でもしているのではないかという勢いで日々書籍が増えていた。

「調査はどうだったの」

司はぱたんと本を閉じ、わたしのほうを見る。わたしはかぶりを振った。

「駄目だった。やっぱり、五日間で十一年の隙間を埋めるのは、キツかったよ」

「みどりさんができないなら、きっと誰もできないよ。大変だったでしょ。明日、何か元気の出るものでも作るよ」

司は、化粧品会社でマーケッターとして働いている。ちょうど一ヶ月前から在宅勤務に切り替えて、育児や家事をしてくれている。この一週間の調査は、司のサポートなしでは実現しなかったものだった。

理が生まれてからの一年を振り返ると、正直言ってあまり記憶がない。一年前は司もまだフルタイムで出勤をしていて、しかも激務の部署にいた。毎日強烈な睡眠不足を抱えたまま理とふたりきりで留守番をしている時間が、とても長く感じられた。理が不明瞭な言語を発した瞬間も、ハイハイをし出した瞬間も間近で見ていたはずなのだが、覚えてない。ようやく生活が落ち着いてきたのは、司が異動し、時間が取れるようになったここ三ヶ月ほどのことだ。

——わたしは、きちんと母親をやれているのだろうか。

調査をしている最中、たまにそんな慚愧《ざんき》に襲われた。子供をほったらかして一週間も趣味の調査をしているなんて、普通じゃない。藍葉を助けたいという理由にかこつけて、自分はただ育児から離れたいだけなのではないだろうか。

――いい加減、くだらない煩悩から解き放たれて、己の生きかたを定めろ。

浅川さんの言う通りだ。暗幕の奥を見たい。人間の裏の顔を、もっともっと見てみたい。今回の調査を通じて、自分の中にそんな感情があることを改めて思い知った。

わたしは、探偵をすることでしか満足できないのかもしれない。日常のささやかな幸せを、感じられない人間なのかもしれない。少し目の前が暗くなる。この一年と、この一週間。わたしが真に満足していたのは、どっちだっただろう。

眠っている理のほうを見た。わたしに、彼の母である資格があるのだろうか。

「みどりさん」

難しい顔をしていたのか、司が気遣うように声をかけてくれた。

「調査、続けたいんでしょ。みどりさんは」

司はマイペースなのに、わたしのことにはよく気づいてくれる。そのことが嬉しかったし、同時に彼に頼りすぎてはいけないという歯止めにもなっていた。

「ううん。一週間も時間もらっちゃったし、もう日常に戻らないと」

「みどりさんがやりたいんなら、俺は応援したいんだけどな。理のことも、独り占めできるしね」

司は優しい。その優しさに触れていると、逆に諦めがついた。

「大丈夫。それに、もうすぐ育児休暇も終わりだから。否《いや》が応でも働くことになるし、残りの休暇を楽しむよ」

「判った。それならいいよ」

司はそう言って、本を開く。わたしは立ち上がり、書斎へ向かった。

本のない書斎で、わたしは物思いに耽《ふけ》る。

『マルーン』での藍葉の姿を思い出す。生き別れた肉親に再会できたとでもいうように、藍葉は泣いていた。彼女を、朱里に引き合わせてあげたい気持ちが、わたしの中にある。

事件の真相も気になった。あの誘拐事件は、どういう事件だったのか。藍葉はなぜ、朱里の部屋に運ばれたのか。なぜ朱里は藍葉に、あの「枠」を見せたのか。

でも、手放さないといけない。人間はそんなにたくさんのものを抱えることはできない。ひとつを得れば、ひとつを失うのだ。

そのとき、スマホにメールが届いた。知らないアドレスからのものだった。

「森田さん。

先日はご迷惑をおかけしました。安岡《やすおか》金融の安岡です」

先日浅川さんが締めてくれた、闇金業者からのメールだった。彼自身は情報を持っていなかったが、豊の情報が判ったら連絡をするようにと、脅しをかけていたのだ。あのときの彼の怯《おび》えようを思い出して、わたしは少しだけおかしい気分になる。

「豊の行方はまだ判りませんが、豊の家の中を撮影したので、写真をお送りします。特に書き置きなどはありません。元妻につながるものもないようですが、何かの参考になるかと思い一応送ります。よろしくご査収ください」

やくざな業種のくせに、やけに丁重なメールだ。豊と朱里が離婚をしたのは十一年前。当然、家の中には痕跡《こんせき》などないだろう。あまり期待せずに、わたしは写真に目をやった。

「え？」

思わず声を上げていた。添付されている十枚の写真に慌てて目を通す。すべて見終え、わたしは安岡に電話をかけた。

「もしもし。先ほどメールをいただいた、森田ですが……」

「ああ、森田さん。届きましたか。あんまり参考にならない写真でごめんよ。って、俺が謝ることでもないけどさ」

「いえ、参考になりました。それで、ひとつ確認をしたいのですが……。あの写真って、豊の家の、全部屋の写真が入ってますか？」

「ああ。居間ひとつと寝室がふたつ。あとはキッチンとバス、トイレな」

平屋の一戸建て。間取りは３Ｋと考えると、寸法は合う。「ありがとうございました」と礼を言い、電話を切る。

――どうして、こんなことに？

わたしは改めてスマートフォンに目をやった。

写されていた部屋は、すべて和室だった。

写真を見る限り、小さなキッチンがあり、残り三室が和室だ。壁がすべて違うので、同じ部屋を違う角度から写しているわけではない。

藍葉は言っていた。飴玉を落としたら、その音がよく響いた、と。ということは、色彩の部屋はフローリングやタイル張りなどのはずだ。畳ではそんなことは起きない。

不動産登記簿によると、梨本の家は誘拐事件の前、十五年前に建て直されている。美代子が気合いを入れて設計したと、喜多村のおばさんが言っていた。

この家は、誘拐事件の時点で存在していた。そして、すべて和室なのだとしたら。

色彩の部屋。それは、誰の部屋なのだろう？

15　藍葉

夜景が、キラキラと光って見える。いままでも、綺麗な街だと思っていた。でも今日は、その光の色のひとつひとつが、いつもより綺麗に見える。車の赤いテールライト。その赤の中のグラデーションを、細かい精度で見極めることができる。

まだ、ドキドキしていた。

朱里さんの作った『オーキッド』。あれを見た興奮が、まだ胸の中に留まっている。

強く、綺麗な絵だった。色と色がぶつかりあって、弾《はじ》けて混ざらない。その緊張感の奥から、強烈な美が立ち上がる。あのときに見た、色彩の部屋と同じだった。

さすがに画用紙を持って帰ることはしなかったが、スマホで撮影をさせてもらった。早く家に帰って、もう一度写真を見たい。そして、私も、あの切り絵のように、「枠」を作ってみたい。そんな気持ちに急《せ》かされて、私は自転車を飛ばしていた。

家に帰り着く。息が上がっている。駐輪場に自転車を停め、外階段を駆け上がる。

部屋に入り、ベッドに腰掛ける。すぐに「枠」を作りたい気持ちがあったが、その前にやることがあった。

二十二時。電話をかけると、しばらくコール音が鳴ったのちに、相手が出た。

「はい、株式会社ゴーイングホットですが」

「成貴さん。菊池です」

電話口の奥から、音が消えた。切られたのかと思ったが、黙っただけのようだった。

「少し、お話ししたいことがあるんです。いま、いいですか」

「どうしたの、こんな時間に。手短に頼むよ。早めに仕事に戻らなきゃいけないし……」

「成貴さん、すみませんでした！」

私は叫ぶように言って、深く頭を下げた。

──謝罪をするとき、電話口であっても、頭を下げるのは大事だよ。ノンバーバルコミュニケーションと言って、見えなくても空気って伝わるものだから。

「藍葉ちゃん？　どうしたの、急に」

——無理に話を作らなくていい。本心をさらけ出すといいんだよ。

「仕事をほったらかして、成貴さんに押しつけてしまって、ごめんなさい。こんなことになるとは、思ってなかったんです」

「ちょっとちょっと……」

「私、自分が黒須さんの仕事を請けたらどうなるかとか、全然判ってなくて。それで、知らないうちに成貴さんに色々迷惑をかけてしまってました。本当にすみません」

「藍葉ちゃん……」

「私、ゴーイングホットの雰囲気が好きでした。成貴さんと一緒に仕事ができるのも、好きでした。だから、もう一度やり直させてくれませんか。今度は、同じことは繰り返しませんからっ」

　私はもう一度、頭を下げる。そのままの姿勢で固まる。

　――相手が口を開くまで、頭を上げちゃ駄目だよ。

　みどりさんの言葉が蘇《よみがえ》る。スマホを握りしめながら、私は頭を下げ続けた。

「……ありがとう、藍葉ちゃん」

　成貴さんの声の感じが、変わっていた。

「ごめん、俺が大人気なかった。君も、社長や黒須さんに言われてやってただけだもんな。八つ当たりしてたよ、ごめんよ」

——人間には、返報性の法則っていうのがあるんだよ。

人間心理には、もらったものは返さないと居心地が悪いという、普遍的な法則があるらしい。それを応用したのが、自己開示のテクニックだ。本心を見せた相手には、本心で返したくなる。

——成貴さんは、藍葉ちゃんのことが嫌いでやってるわけじゃないと思う。忙しくなると人はイライラするものだし、自分の頭越しに色々なことを決められてることにもプライドが傷ついたんだろうね。でも、それをお客さんや社長にぶつけるわけにはいかないでしょ。本人もつらいと思うから、本音でぶつかれば、きっと仲直りできるよ。

技術ってすごいと、私は感動していた。複雑な作り話をしたわけでもなく、相手の心を読んだわけでもない。ただ、みどりさんに言われた通りにしただけなのに。

「そういえば……黒須さんの仕事はどう？　上手く行ってる？」

「はい。私なりにいいアイデアを思いついたので、それを送って返事を待ってるところです。たぶん、大丈夫だと思います」

「もし上手く行ったら、また発注があるかもね。そのときはまた藍葉ちゃんに頼むよ」

「え？　いいんですか？　でも、バナーの仕事は……」

「『コタン』の仕事を請けるのは、うちにとってもプラスになる。要は、人手があればいいんだよな。よし、リクルートしよう。ちょっと知り合いに声をかけてみるよ」

わざわざありがとう、という言葉を残し、成貴さんは電話を切った。私はほっと息をつき、ベッドに寝転んだ。

仰向けになったまま、私はブラウザを立ち上げる。

『16進数の星空』を開く。ブログは黒須さんの拡散のおかげで、だんだんアクセス数が上がっている。前衛的だが、シュールで面白いというようなコメントがいくつかあった。別にシュールなものを作ってるつもりは、ないのだけど。

今日も「枠」を作ろうと思って、立ち上がろうとしたときだった。新着メールがきていることに、私は気づいた。

このブログを開設するときに作ったメールアドレスだ。私は何気なく、それを開いた。その瞬間。心臓が、飛び出そうになった。


「菊池藍葉さん。

こんなメールを送るべきか、いまも迷っています。でも、送ったほうがよいのではないかと思い、お送りいたします」

立ち上がった。指先が、少し震えていた。

「私の名前は、朱里です。二〇〇六年は、梨本朱里と名乗っていました」

第3章

1　みどり

川崎大師の駅に降り立ったのは、翌週の月曜日だった。

あと一週間、調査をやらせて欲しい。

藍葉と司に、わたしはそう打診をした。藍葉は驚いていたが、わたしの提案を歓迎してくれたようだった。司もまた、わたしの決断を尊重してくれた。

今週できっちり片づける。これ以上、彼の厚意に甘えるわけにはいかなかった。

改札を出て、階段を下る。午前九時。東京を縦断しての予定外の出張だ。一日を効率よく使わなければいけない。

駅前に出ると、川崎大師への表参道があり、赤い門が設置されている。藍葉なら、この赤をなんと表現するだろう。そんなことを考えながら、歩みを進める。

門前町の雰囲気は、どこも似ている。歴史の積み重なった街並みと、そこに循環し続けている経済の匂い。それが渾然《こんぜん》一体となって、地に足の着いた活気を生んでいる。川崎大師の雰囲気は西新井大師と同じに思えたが、自分よりも寺に精通している人ならば、もっと微妙な差異を嗅《か》ぎ分けられるのかもしれない。

門前町ということもあり、古い商店街がまだ営業を続けている。所在調査にとっては好都合だった。商店街は、時間的にも空間的にも遠くまでつながっていることが多い。わたしは建ち並ぶ店に向かって歩きはじめた。


「ああ、北野朱里……」

朱里の証言が出てきたのは、三軒目の商店だった。

実直そうな豆腐屋で、店頭には蒟蒻《こんにゃく》やがんもどきが並んでいる。応対にきてくれたのは、五十代くらいの恰幅《かっぷく》のいいおじさんだった。水仕事のせいか、手がひび割れている。

「覚えてるよぉ、北野朱里。懐かしいな。久しぶりにその名前を聞いた」

朱里が川崎にいたのは、もう二十年近く前のことだ。知っている人間に出会えるまでに早くても半日はかかると算段していた。わずか二十分。幸先《さいさき》がいい。

わたしはとりあえず、店頭に売っている油揚げを買った。お金は直接渡すと警戒されるが、相手が納得する形で渡せば潤滑油になる。

「有名だったんですか。朱里さんは」

油揚げを受け取りながら、わたしは聞いた。

「有名っていうか……まあ、有名っちゃ有名か。あのころは、高校生だったかなあ。いまごろ、何してるんだろう」

「川崎にはもういないんですか？」

「見かけないよぉ。っていっても、見てももう判んないかもしれないけどさ」

おじさんはそう言って、昔を思い出すように上のほうを見た。

「朱里さんが有名というのは、やはり絵ですか？」

「絵ぇ？」

「ほら、彼女は絵が上手でしたから」

「知らねえなあ、そんな話……」

「知ってるわよ。ほら、道端に絵、描いてたじゃない」

店の奥から、奥さんと思《おぼ》しき女性が現れた。男性に輪をかけて身体が大きく、ふたり合わせると優に二百キロくらいありそうだ。ヘルシーな豆腐屋のイメージとそぐわない夫婦のことが、少しおかしかった。

「道端に絵って、落書きでもしてたんですか」

「そうそう。ランドセル背負ってたから、小学生くらいのときですよ。学校から持ってきたのかね、チョークでそこの通りに絵を描いててね。上手《うま》いもんでしたよ」

「ほかにも、彼女の絵は見たことがありますか？」

「ほか？　さぁ……あんた、知ってる？」

男性のほうは釈然としない様子で首を捻《ひね》っている。その挙動が、少し気になった。

「旦那《だんな》さんは、なぜ朱里さんのことを覚えてるんですか？」

「なぜって……なあ、お前」

奥さんと目を見合わせる。答えを返したのは、奥さんのほうだった。

「万引きですよ」

いきなり、不穏な証言が出てきた。

「北野朱里は万引きの常習者でね。ここの商店街の人間なら、大抵知ってると思いますよ。うちはこんな商売だからさすがにやられなかったけど、高見《たかみ》さんのところとか、金本《かねもと》さんのところとか、知らないうちに結構やられてたみたいで。あ、本屋と文房具屋ですけどね。最後は、商店街ごと出入り禁止になったんですよ」

「それは、いつの話ですか」

「いつだったっけね。高校生くらいのときだったかね」

『マルーン』のママは「朱里は真面目に働く子」と言っていた。万引き常習者というのは、そのイメージとかけ離れている。

「警察の厄介になることもあったんですか」

「そりゃあね。何回か補導されてるはずだけど、治らなくてね。ああいうの、やっぱり中毒になるのかねぇ。ほらあんた、二年くらい前にも、小倉《おぐら》さんのところの次男が万引きで捕まったじゃない。あれも、別にお金がなかったわけじゃないらしいし」

よく判らない話題で、ふたりは頷《うなず》きあう。それが本当なら、朱里は窃盗症《クレプトマニア》だったのかもしれない。緊張感と解放感を味わいたくて万引きにのめり込む症状で、家出少女の調査などで、たまに見る。ただ、西新井で朱里がそんなことをしていたという証言はない。

「朱里さんの家庭は、どういう家庭だったんでしょうか？」

「いやぁ、そこまでは。商店街でしか会わないし。でも、最初は普通の女の子でしたよ？　いきなりそういうことをやりはじめて、ちょっと驚いたことを覚えてるから」

「おい、確かよぉ、早見《はやみ》さんところのお嬢ちゃん、あれ同じ年くらいじゃねえか？」

男性が言う。奥さんのほうが、大きく頷いた。

「そういえばそうかもね。紹介しましょうか、早見さん。居酒屋の」

「朱里さんの同級生だったんですか」

「そうです。この時間なら、まだ寝てるかもしれないけど」

ありがたく申し出を受けることにした。油揚げひとつでは釣り合いにならないと思い、がんもどきと蒟蒻も買う。おからと豆乳の甘い匂いに、胃が少し刺激されていたこともあった。

「でもさ、お姉さん。なんでいまごろ、北野朱里のことなんか捜してるんだい」

「例の件は、ご存じですか？　それに絡んだことです」

意味ありげに言った。おじさんが、好奇心を丸出しにした目になる。

「もしかして、あのことか？　やっぱり本当だったんだ」

曖昧《あいまい》に頷く。おじさんは納得したように破顔した。

「やっぱりねえ。風の噂だけどさぁ、やっぱりあの噂、本当だったのかね。あの事件に、北野朱里が絡んでたって」

「あの、誘拐事件のことですよね」

「誘拐？　なんだいそりゃ」

どうも違うようだった。わたしは適当にごまかした。にやにやしていたおじさんが、一瞬、真剣な表情になる。

「噂ってのは、あれだよ。ひとつしかないだろ？」

おじさんは言った。

「人を殺したって、噂だよ」


わたしは、川崎大師の境内を歩いていた。

造りは西新井大師に似ている。山門を入って正面に本堂があり、脇に会館やその他の施設がある。

宗教にはあまり関心を持たずに生きてきたが、仏教の教えには少し興味を惹《ひ》かれつつあった。偉大な神を信仰するというよりも、消えない苦の中を生きる知恵を模索する。浅川さんと同じく、そちらのほうが自分の肌に合う感じがする。

境内を歩くと、正面に金色の仏像が見えてくる。仏像の優美な感じも好きになりつつあった。仏像はあぐらをかき、右手を膝《ひざ》から下に向けて伸ばしている。

「降魔印《ごうまいん》」

仏像についても、少し調べていた。仏像は、手のサインによってそれぞれ意味が違う。あらゆる誘惑を断ち切り、悟りを得たゴータマ。彼は菩提樹《ぼだいじゅ》の下で悟りを開くとき、人を惑わす悪魔《マーラ》に襲われた。美女を差し向け、誘惑をする。怪物を送り込み、恐怖を抱かせる。あらゆる妨害を繰り広げた悪魔《マーラ》は、それでもなお、ゴータマに敗れた。そのとき、ゴータマが結んでいた手印が、この降魔印だ。金色の仏陀《ぶっだ》は、地の底から湧き出てくる悪魔と戦うように右手を伸ばし、じっと耐えるように目をつぶっている。

あの、誘拐の瞬間。

映像には、朱里の表情は映っていなかった。あの瞬間の朱里の表情を見たのは、藍葉だけだ。不妊治療を行っていた朱里は、悪魔《マーラ》の誘惑に負けただけだったのだろうか。それとも、そこには全く違う表情が浮かんでいたのか。

「あの、すみません。森田さん……ですか？」

声をかけられた。振り返ると、セルフレームの眼鏡をかけた女性が立っていた。

「そうです。早見詩乃《しの》さん、ですね」

「はい……。そうです」

背が高い。身長百七十センチはあるだろうか。身長百五十センチのわたしは誰と話すときも大抵見上げる格好になるのだが、男性と話すときと同じくらいの角度だった。

身長の高さとは比例せず、詩乃は弱気な性格のようだった。視線を合わせようとすると、さっと逸《そ》らされる。わたしは緊張を和らげるように微笑んだ。

休憩所のベンチに並んで座ったところで、探偵の名刺を渡した。

「改めて、突然お呼び立てしてしまってすみません。事情があり、北野朱里さんの行方を捜しているものです。彼女が引っ越していった足立区でずっと調査をしていたのですが、見つけることができず、いまは出身の川崎を捜しています。早見さんにお話を伺えるのはとても助かります」

「あ、はい……。すみません、私なんかで……。お役に立てるか、判りませんけど……」

「早見さんは、朱里さんとは同級生だったんですよね」

「はい。中学と、高校の」

学校の名前を聞いた。中学も高校も、公立の学校のようだった。

「最初に言いますけど……もう朱里とはつきあい、ないですから。朱里と連絡取ってる人も、ほとんどいないと思います。あの子、川崎を捨てたみたいに出て行きましたし」

「つまり、現在の居場所は知らないし、知っている人にも心当たりがないと」

「ええ……。朱里と仲のいい子は、いたと記憶してますけど」

「では、順を追って聞かせていただいてもいいですか？　一番古い記憶からで構いません。朱里さんの印象は、どんな感じですか」

「印象か……」

詩乃はそう言って、しばらく黙り込む。考え込むタイプの証言者は、あまり好きではなかった。証言の厄介なところは、ゆっくり考える人間が必ずしも正確なことを言うわけではないということだ。頭を巡らせているうちに、足りない部分を本人も気づかずに創作して埋めてしまう場合もある。かといって直感とノリでぱっと答えるタイプの証言者が一概にいいというわけでもないので、難しい。そのあたりをフィルタリングするのも探偵の仕事のうちだ。

「やっぱり、絵が上手っていう印象があります」

「絵、ですか」

「はい。私、中学校の途中まで、朱里と一緒に美術部にいたんです」

部活の同期だったとは、思ったよりも関係が近い。逸《はや》る心を抑えて、話を促す。

「朱里の絵は、ほかの人とは全然違いました。単純に上手いってのもありましたけど、色々なものを対象から引き出せたっていうか。同じ壺《つぼ》や花を描いても、リアルにも描けたし、ファンタジックにも描けました」

「引き出しが多かったんですね」

「そうです。中一のときは確かコンクールにも出品してました。朱里は子供のころから、絵を描くのが好きだったみたいです。朱里のご両親も、そんなあの子の才能を伸ばそうとしていたと聞きます。私はなんとなく美術部に入っただけだったんで、こんなにすごい子がいるんだって、ちょっと驚いた記憶があって」

「途中まで美術部だったということは、おふたりのどちらかが退部されたんですか？」

「はい。朱里が」

「なぜですか。そんなに絵が上手かったのに」

詩乃は少し目を伏せた。

「ご両親が亡くなられたんです」

朱里の両親は死んでいると、『マルーン』のママが言っていた。

「中学一年の、冬だったと思います。交通事故で、ふたりとも。車で走っていて、対向車に突っ込まれたと記憶してます」

「朱里さんもその車にいたんですか」

「いません。ひとりで留守番をしてたって、聞いてます」

交通事故となると、全く他人《ひと》ごとではない。仕事ではハンドルを握ることも多いし、そもそも歩いているところに車が突っ込んでくることもある。自分と司が死に、理ひとりが残される。そんなことは、想像するだけで恐ろしい。

「その後、朱里さんはどこへ？　親戚《しんせき》のもとですか」

「叔父《おじ》さん夫婦に引き取られたんです。近くに住んでいて、子供もいなかったとかで。養子縁組はしたのかな……」

「そのケースだと、児童養護施設に行くこともあります。引き取ってくれる人がいて、まだよかったですね」

「とんでもない」。詩乃の語気が、少し強くなった。

「森田さん、『ほどこし』ってご存じですか？　あのころ、横浜と川崎で活動していた、宗教団体の名前です」

その名前には、なんとなく覚えがあった。仏教系の新興宗教で、確かトップが詐欺罪か何かで逮捕されていたはずだ。

「朱里の叔父夫婦は、『ほどこし』の信者だったんです。もういまは解散しましたけど……当時は、このあたりにも結構勢力を伸ばしてたんです。大師の膝下で、大胆な話ですけど」

「その『ほどこし』が、どうされたんですか」

「名前の通り、『ほどこし』っていう団体は、他人のためにどれだけ身を粉にできるかっていうのが教義になってたんです。仏教の喜捨がもとになってるらしいんですけど……そこでは、とにかく利己的な行動は許されなくて」

「なるほど。部活も、それで辞めさせられたんですね」

詩乃は頷く。

「絵を描いたり運動したり、そういう自分の楽しみのための活動は、『ほどこし』では許されなかったみたいで。学校にも何人か信者の子供がいましたけど、みんな部活をやってませんでした。朱里も、その流れで絵をやめさせられて」

「ということは、叔父夫婦とは上手く行ってなかったんでしょうか」

「たぶん。朱里は、それからどんどん暗くなっていって。でも、私は美術部に残って絵を描いていたし、なんて話しかけていいのか判らなくて、疎遠になっていったんです」

安らげない家庭。中学一年の冬から、高校三年までの五年間と、結婚してから誘拐事件を起こすまでの四年間。計九年間を、朱里は異なる家庭で同じような境遇に置かれていた。家庭は、人間の根だ。それが安定しないというのは、精神的にキツかっただろう。

「朱里とは同じ高校に行きましたが、朱里の状態はどんどん悪くなっていきました。人と話さなくなって、気がついたら、万引きの常習者として名前を聞くようになって」

「そんなに問題児なのに、高校は退学にならなかったんですか」

「停学になったことは、あったと思います。でも、そうこうしているうちに、朱里は高校を辞めてしまいました」

「それはいつごろのことですか」

「高校三年の冬です。私は短大の受験で大変な時期だったんですが、気がつくと朱里の姿が見えなくなってて。そのときに、退学したって聞きました。家に行ったけど、もういなかった。理由も知りません」

そのタイミングは、『マルーン』のママの証言とも合う。十八歳の朱里は単身で東京に出て、『オーキッド』で働き出したのだ。

詩乃は寂しそうに目を細める。探偵をやっていて辛《つら》いのは、協力的な証言者に、思い出すのが嫌な証言を求めるときだ。胸の疼きを感じながら、わたしは聞く。

「朱里さんが幼児を誘拐した事件は、知ってますか」

「はい。こっちでも、少し噂になってましたから。朱里があんなことをするなんて」

「でも、こんな話も聞いてます。朱里さんが人を殺したと」

詩乃の瞳《ひとみ》が、深いところに沈んでいく。

「滅茶苦茶《めちゃくちゃ》な話ですよ。みんな面白半分に騒いで。そんなこと、朱里がするはずがない」

「では、なぜそんな噂話が？」

「あれは、高校三年生の春だったかな……。確かに、このあたりで殺人事件があったことはあったんです。独居してたおじいさんが殺されたっていう事件で。犯人はずっと捕まらなかったんですが、一年後くらいにようやく捕まって。結局セールスマンの行きずりの犯行でした」

「その犯人が、なぜ朱里さんだと噂されていたんですか」

「その家で、姿を見られていたからです」

詩乃がこちらを見た。

「事件のあと、殺された人の家の近くを、朱里がうろうろしていたんです」

「ただの野次馬だったのでは？　趣味は悪いですけど、殺人事件が近所で起きたら、見ておきたいという気持ちは判ります」

「野次馬の度合いを超えてたんです。警察の囲いを無視して中に入ろうとしたりとか、窓から中を覗《のぞ》こうとしたりとか」

「確認しますが、朱里さんとその老人は、知り合いではなかったんですよね」

「全然関係ない人の家でした。それで、そんな噂が。でも、殺人なんて、するはずない」

その話が本当なら、朱里の行動は少し行き過ぎている。とはいえ、そんな不審な行動を取っている人間が本当に事件に関わっていたのなら、とっくに警察に目をつけられて逮捕されているだろう。ただの度を越した野次馬だったと考えるのが妥当だ。

「まだ、あるんです」。詩乃は言った。

「あれは、高校二年の冬だったかな。このあたりで、大きな火事がありました。家が丸ごと燃えて、ふたりくらいが死んだはず。朱里はそこでも、目撃されていました」

「放火だったんですか」

「いえ、石油ストーブが倒れた、とかだったかな……。ほかにも、交通事故の現場にいたとか、自殺が起きた現場にいたとか、そんな話もあって。朱里も朱里で、そのころはもう万引きとかで捕まってて、悪名もありましたから。そこに、殺人事件があって……。全部無関係だと思います。でも誘拐はしたんですよね、あの子……」

「朱里さんと仲がよかった人たちって、知ってますか」

「私はあまりつきあいがなかったので、よく覚えてなくて。家に帰れば卒業アルバムがありますから、それを見れば思い出せるかもしれません」

「加藤、って人はどうですか？　朱里さんとつきあいの深かった人らしいんですが」

「加藤？　加藤って子は、中高合わせて六……七人くらいいましたけど、どの加藤だろう？　健三《けんぞう》くんかな……でも、朱里と仲がよかったっけ……？」

「絵も気になりますね。朱里さんの絵って、残ってるんでしょうか」

「たぶん、残ってないです。というか、途中からほとんど描いてなかったと思います」

「そうですか……」

「でも、ご両親が亡くなったときに朱里が描いてた絵は、覚えてます」

黒い絵、と詩乃は呟《つぶや》いた。

「細かくは覚えてませんが……真っ黒な絵でした。暗闇を煮詰めたみたいな深い黒で……どうやったらこんな色を出せるんだろうって、少し嫉妬《しっと》しました。不気味で、怖くて、でも、ちょっと綺麗《きれい》だった」

どんな絵なのだろう。藍葉に見せたら、喜ぶだろうか。

「あ、そうだ」

詩乃はそう言って、ぱんと手を叩《たた》く。

「当時、朱里が通っていたギャラリーがあったんです」

「ギャラリー？　画廊みたいなものですか？」

「はい。昔、この街にあったギャラリーです。朱里はそこに出入りをしていて……。店じまいしてどこかに行っちゃって、しばらく見なかったんですけど、去年くらいに川崎駅のほうで見かけて」

「移転していたってことですか」

「たぶん、そうです。そのときに久々に朱里のことを考えたのを、いま思い出しました」

詩乃はそう言って遠くを見る。眼鏡が、光を反射する。

「そうしたら森田さんがやってきて朱里のことを聞くから、なんか切れた糸がつながったみたいな感じがします。朱里のこと、こんなに話したの、久しぶりです」

詩乃はぽつりと言った。

「朱里、元気かなあ……」

わたしは、彼女の目線を追った。詩乃の目線の先に見えるもの。それを想像したが、上手く行かなかった。

2　みどり

探偵によって好みは違うが、わたしは民家に対して聞き込みをするよりも、店舗に対して行うほうが好きだった。客を装って世間話から入れるし、雑談の中に罠《わな》をいくつも仕込むことができる。特に、ギャラリーのように時間に追われていない店は、得意な対象のひとつだった。

川崎駅の周辺は、市役所やオフィス、飲食店にコンサートホールなどが建ち並んでいて、フォーマルでありながら騒々しい、独特の雰囲気がある。そこから少し離れると、住宅街が顔を覗かせる。教えてもらった店は、その一角に溶け込むように佇《たたず》んでいた。

二階建ての家だった。一階の玄関がガラス戸になっていて、外に向かって開いている。なんと読むのだろう。『Mise à jour』と書かれた銀色の小さなプレートが、ドアの脇に貼られていた。

中に入る。客はほかに誰もいない。少し広めの空間で、壁には絵がたくさん掛けられている。イーゼルに立てかけられた絵もあり、それらから発せられる情報量の多さが、広い空間を物理的にというより、心理的に狭めている感じがする。

奥には、ギャラリーには似つかわしくない、大きな本棚がある。大判の本から文庫本まで、そこに差さっている。手前に小さなテーブルセットがあり、男が座っていた。

「休憩中なもので。ご自由に見てください」

挨拶《あいさつ》もなしにそう言う。彼が、店主のようだった。こちらを見ようともせず、本に目を落としている。年齢は四十代後半から、五十代前半くらいか。着ているジャケットも品質がよさそうだった。

ひとまず、ぐるりと絵を見る。朱里の作った『オーキッド』に似たような絵はないかと探したが、あそこまでエキセントリックなものはなかった。理解できない抽象的な絵も多かったが、海を描いただけの判りやすい絵もある。ひと通り見て回ったあと、わたしは男性に向かって話しかけた。

「このギャラリーの名前は、なんて読むんですか」

「Mise à jour《ミセ・ア・ジュール》。Updateという意味です」

男性は話しかけられるのを待っていたように、スムーズに答えた。

「何かお気に召すものはありましたか。あの本も売り物ですから、見ていってください」

「古本屋もできそうなくらいありますね」

「活字中毒でして。読み終わった本を並べてるだけです」

男性はそう言って、名刺を差し出してきた。三瀬《みせ》慎一郎《しんいちろう》という名前が書かれていた。

「店名はね、芸術をここから更新していこう。そういう思いを込めて名付けました。でも、英語って汚い言語でしょう？　あっぷでえと。口がざらざらする」

「はは、そうかもしれません」

「ここから世界をアップデートするにしては、しょぼいな。そう思ったでしょう。うちはどちらかというとネットなんです。古本屋といえば、古書店もいまやECのほうが売り上げが出ると聞きます。そういう時代なんですよ」

　そんなことは微塵《みじん》も考えていなかったが、とりあえず同調するように微笑んだ。皮肉屋のようだが、同調されて悪い気のする人間は、あまりいない。

「こちらのお店は、オープンしてから長いんですか」

「かれこれ、三年ほどですね。なんとかやっていられてます」

「記憶が曖昧なんですが……以前、川崎大師でもやってましたよね。二十年くらい昔に、あのあたりで見た気がしまして」

「大師町時代を知ってるとは、希少種だ。歓迎しますよ」

詩乃の言っていたことは正しかった。この店は当時、川崎大師のあたりにあったのだ。

「この絵は、みんな三瀬さんがお描きになってるんですか？」

「いやいや、買いつけたり、依頼して描いてもらったり……僕も昔描いていたんだが、もうやめました。これでもね、才能はあったと思うんですよ。ただ、根性がなかった」

「センスのいい絵ばかりなので、きっと審美眼は高いんでしょうね」

「ありがとうございます」

「そういえば、大師のころに、とても綺麗な絵を見たことがあります。真っ黒な絵でした。絵の中に吸い込まれるような、黒を使った絵で」

「黒、ねえ……。ゴヤや須田は、取り扱いはしてなかったと思うけどな」

「北野さん、だったかな。北野朱里。そういう画家の絵、ありませんでした？」

三瀬が止まった。特に動いていたわけではない。彼の心の動きが止まった感じがした。

「あなた、客じゃないですね。昔、僕の店にきたというのも、嘘かな」

わたしは、名刺を差し出した。探偵業と書いてあるほうの名刺だ。

「森田と申します。事情がありまして、北野朱里さんのことを捜しています」

「事情ってなんですか」

「誰とは申せませんが、彼女のことを捜している人がいまして。お話を伺えませんか」

「ふうむ」。三瀬は足を組み、ゆっくりと頷く。

「まあ、暇つぶし程度でよければ。お客さんがきたら抜けさせてくださいよ」

わたしは微笑んだ。悪くない。ある程度、友好的な情報提供者になってくれるようだ。

「朱里さんは、当時川崎大師にあった店舗に出入りしてたんですよね。三瀬さんとは、どういうご関係だったんですか」

「まあ、最初は客と店主でしたが、最後のほうは絵画友達という感じでしたね。でも、朱里とは、もうずっと連絡なんか取ってませんよ。いまの居場所も知らない」

「最後に連絡を取ったのはいつですか」

「二十年前ですね。一九九七年。そのあとに起きた例の誘拐事件のことは知ってますよ。確か、違う苗字《みょうじ》になっていたな。結婚してたんですね、彼女」

「最後に連絡を取られたのが二十年前だというのは、確かですか。昔のことなのに、随分はっきりと覚えてますね」

「そのときに、店を移転しまして、それから会ってないですから」

「一九九七年ということは、朱里さんは高校二年生ですね。三瀬さんと朱里さんは、いつ知り合ったんですか」

「一九九五年です。彼女は中学生でした。店を大師町に開いた、すぐあとくらいのことです。ギャラリーを見にきた彼女に、僕が声をかけました。そこから、少しずつ話すようになったわけです」

「当時、三瀬さんは二十代くらいですか。随分お若いときに独立されたんですね。しかも、そこから二十年以上、お仕事を続けてらっしゃる」

「自営業は運です。お客様に恵まれまして」

「朱里さんは、こちらで絵も描いていたんですか」

「ええ、少しですが」

あっさりと言ったが、重要な証言だった。美術部を辞めさせられた朱里は、ここで密《ひそ》かに絵を描いていたのだ。

「というより、もう本題は終わってませんか？　彼女の行方は知りませんよ」

「絵を描いていたのなら、画風から絵のコミュニティを当たっていけば、朱里さんにたどり着けるかもしれません。些細《ささい》なことで構いませんので、教えていただけませんか」

「まあ、いいですけど……」

「朱里さんは家庭の事情で、絵を描くのが禁止されていたと聞きました。ここで隠れて描いていたんですね」

「ええ。家庭の事情もあったようですが、ほかの事情も聞いてました」

「ほかの事情？」

「そうです。朱里の両親が事故で亡くなっていることは知ってますか？」

わたしは頷いた。

「自分が絵を描いていたから、両親が死んだ。朱里はそんなことを言ってました」

「どういうことですか」

「朱里の両親が事故にあった日、彼女は家で絵を描いていたそうです。両親が出かけようとしているのに、描き上げた絵を見せたいから、ちょっと待ってくれと引き止めた。両親は、朱里の絵のことを応援していたようですね。それで、待ってあげた。そして、娘の絵を見て出かけたあと、事故にあった」

　そんなことがあったのか。朱里の両親は、対向車に突っ込まれて死んだと言っていた。五秒でも行動がずれていたら、違う結果になっていたはずだ。

　――人殺しのくせに。

『オーキッド』を訪ねてきた加藤という男は、朱里にそう言っていたらしい。それは、このことなのだろうか。さっきの様子だと、詩乃は恐らくこのエピソードを知らない。ということは、加藤は朱里とそれなりに深いつきあいがあったといえる。

「私が見た朱里さんの絵は、切り絵ばかりでした。それは昔からですか？」

「というより、僕が教えてあげたんです。油絵を描くと匂いがつきますし、鉛筆を使うと手が汚れる。切り絵なら、そういう心配はない」

　わたしは合点した。切り絵ばかりを作っている理由。それは趣味というより、必然性から生まれたものだったのだ。

「朱里の画風は、独特でした。紙を切り貼りして作るので、水彩画のようなグラデーションが少ない。原色をどんどん画用紙の上にぶつけて、大胆に世界を構築していく。タヒチにいたころのゴーギャンが見たら、喜んだかもしれません。ただ、プロにはなりづらいタイプでしたね」

「なぜですか」

「気持ちにムラがあるからです。両親があんなことになったのに描いていたのですから、絵は好きだったのでしょう。でも、描けないときは全く描けなかった。一定のクオリティの絵を、納期を守って描いていくことができないと、仕事としてやるのは難しい」

「どういうときに描いていたんですか、絵を」

「心を大きく動かすような出来事に出会ったときです。何かに感動したり、震えるくらい嬉《うれ》しいことがあったり。そういうときに、ガーッと作りはじめる。作り終わったら冷温停止。これではね。まあ、そういうタイプのプロもいることはいますけど」

　ここまでにふたつ、朱里の絵を見ている。白黒の猫の家族と、グロテスクな蘭の花壇。知人の出産と、世話になった職場の退職。それらはどちらも心を動かされる出来事だったのだろう。

　そして、両親が死んだときに描いたという、黒い絵。それもある意味、心を動かしたであろう、大きな出来事だ。

「朱里さんの絵は、どうしていたんですか。売ってらっしゃったんですか」

「まさか。子供の絵を売るほど困ってはいませんよ。大体、いつ仕上がるか判らない画家の絵など、商品として期待できない」

「ということは、いまもお手許《てもと》にありますか？」

「ありません。作った端から、彼女は破棄していましたから。たぶん、作るだけで満足してたんじゃないかな」

　三瀬はそう言って、寂しそうに笑う。

「朱里のご両親が健在で、美大に行ってきちんと教育を受けていたら、いい画家やデザイナーになったかもしれません。成れの果てが犯罪者とは、もったいない話です」

「三瀬さんは、朱里さんが高校二年生のときにお店を移転したんですよね。そこから先は、交流がなかったんですか」

「ええ。一旦川崎から離れましたからね。そこで交流はなくなりましたよ」

「なぜですか。絵を描く人間と、支援する人間。物理的な距離が多少離れても、つながっていられると思いますけど」

　話し終えるか終えないかというところで、三瀬の瞳にそれまでになかった色が滲《にじ》んだ。その色は一瞬浮かんだだけで、すぐにもとの状態に戻る。

　この動きは知っていた。触れられたくないことに触れられた人間の、目の動きだった。

「朱里と会うわけには行かなくなってしまってね」

「なぜですか」

「嫌なことを思い出させますね、あなた」

　三瀬はそう言って、右手を握ったり開いたりしてみせた。指先の動きがぎこちない。油の切れたロボットのような動き。

「やられたんですよ。朱里の友人にね」

「やられた？」

「あいつはろくでもない連中とつきあってました。モネの光も、ダリの諧謔《かいぎゃく》もよく判らないような連中とね。そいつらからしたら、朱里が文化的な活動をしていたというのが、気に食わなかったんでしょう。ある日、突然襲われたんです。絵筆しか握ったことがない僕が、抵抗できる相手じゃなかった」

「朱里さんは、その場にはいたんですか」

「いません。いまも知らないかもしれません」

「警察にも通報しなかったんですか」

「したら、朱里は潰《つぶ》れる。自分のせいで、僕というひとりの絵描きの夢を絶つことになったんですから。でも、そんな我慢も意味がなかった」

三瀬は左手で右手をさする。かつては、それは右手の機能が戻らないかという、願いを込めた仕草だったのかもしれない。だが、現在の三瀬の動きは、ただ単に身についてしまった習慣のように見えた。

「あなたを襲ったのは、なんていう人間ですか」

「思い出したくないな、そんなこと」

「では、加藤という男に、聞き覚えはありませんか」

「加藤……？」。三瀬は少し考えて、思い出したように言った。

「それは、狩野《かのう》じゃないですか？」

「そいつですよ。僕を襲ったのは。知ってるくせに聞かないでください」

深い憎悪が、空気に染み出てくる感じがした。

三瀬の目に、今度は明確に怒りの色が浮かんだ。

「ええ。狩野照雄《てるお》でしょう？」

「狩野」

3　みどり

昼過ぎ。実家の居酒屋の営業前、再び詩乃に一時間だけ時間を作ってもらい、朱里が叔父たちと住んでいた場所に案内をしてもらった。もうそこに家はなく、コインパーキングになっていた。

「ここが朱里たちが住んでいた場所です」

「朱里の叔父さんたちとは交流があったわけではないので、具体的な時期は判りませんけど……何年か前に、気がついたら駐車場に。行き先は……判りません」

その叔父夫婦を捜せば、朱里の現在の居場所は判るだろうか。わたしは、確実ではないと思った。朱里が東京に出て行ったのは一九九八年。もともと関係が悪かった上、飛び出すような形で出て行ったのだから、それから連絡を取っていないことも充分に考えられる。探偵をやっていて、家族の絆《きずな》とやらがいかに脆《もろ》いものなのか、その実例を嫌というほど見てきた。

そういえば朱里からメールがきたということを、藍葉から聞かされていた。

その「朱里」が本物なのかは、文面を読んだだけでは判らなかった。いずれにせよ、こちらからできることは少ない。犯罪予告や名誉毀損《きそん》でもしていない限り、サービスベンダーやプロバイダーへの発信者情報開示請求などはできない。

文面だけを読んでも、「朱里」が藍葉に会いたがっているかはよく判らなかった。ネット越しで相手の温度感が判らないところに、下手に会いたいなどと言うのは藪蛇《やぶへび》になりかねない。藍葉には雑談だけをするように指示をした。メールで説得をするよりも、わたしが捜し出すほうがまだ可能性が高い。

次に詩乃に連れていってもらったのは、彼女の持っていた卒業アルバムに記載された、狩野照雄が住んでいたマンションだった。

「早く気づけばよかったですね。森田さんの言ってる加藤が、狩野くんだったこと」

「どんな人だったんですか。狩野照雄さんは」

「高校の同級生、でした。一言で言うと、危ない人、です」

「危ない人」

「私の学校、少し荒れてましたし、不良みたいな子はたくさんいましたけど、大体の子は話せば判る感じがしました。でも、彼だけはよく判らなかった。会話が通じないというか、歯止めがかからないようなところがあって」

例えば、と詩乃は続ける。

「高一のときでした。狩野くんと先生が揉めたことがありました。若い女性の先生が、新任できたときで……化学の授業中に、狩野くんたちのグループがちょっと騒がしかったんです。先生がそれを注意したら、いきなり持っていたビーカーを投げつけて」

「それは危ない」

「ビーカーは先生の頭に当たって割れました。しかも、エタノールが入っていたんです。それがばしゃっと先生の全身にかかって……何かの拍子で燃えたりしてたら、大変なことになってました。狩野くんの場合、そういうエピソードは多かったです。切れると止まらないんです。喧嘩をしても、相手が降参してるのに、骨折するまで殴ったりとか」

「それだけ危険な人間だと、このあたりの暴走族や暴力団なんかとも関係してるかもしれませんね。当時は、半グレというのはまだいなかったのかな」

「ただ、彼はちょっと一匹狼みたいなところがあって。そういうチームとは、あまりつながってないと聞きました。詳しくないですけど」

そのあたりは、聞き込みを進めれば判ってくるだろう。

「朱里さんは、狩野さんとはどういう関係だったんですか」

「恋人です」

思いのほか、直接的な関係が出てきた。

「ふたりは、いつごろからおつきあいを？」

「高校生になってからです。狩野くんと私たちが一緒になったのは、高校からでしたから。割とすぐにくっついて、それからずっと」

「聞いているだけだと危ない人間という印象しかないんですが、朱里さんは狩野さんのどこにそんなに惹かれたんでしょうね」

「たぶん……境遇が似てたんじゃないかなあ」

「ということは、狩野さんも両親を亡くしていたんですか」

詩乃は首を振った。

「ご両親が『ほどこし』の信者だったんです。狩野くんも」

「なるほど、そっちですか」

「しかも、かなりのめり込んでいた人たちだったみたいで。狩野くんは全然そんなの興味なくて、それで親と揉めている感じがありました。朱里は、そういうところにシンパシーを感じてたんじゃないかなあ」

「朱里さんが荒れていったのは、狩野さんとつきあいをはじめたから、というのもあるんですか」

「あるかもしれません。いまから考えると、朱里の行動が変わっていった時期があったと思うんです。高二から高三にかけて。万引きの話も、そのころから聞くように」

よくある話だ。悪い男とつきあううちに、借金やドラッグなどの汚染が入ってきて奈《な》落《らく》の底に落ちてしまった女性を、何人も見たことがある。

交通事故の日。朱里が絵を描いていなければ、彼女は狩野照雄と仲よくなることはなかったかもしれない。万引きの常習者になることも、その後、誘拐事件を起こすことも。人生は長いが、わずか数秒で大きく狂う。

話しているうちに、狩野の住んでいたマンションに着く。「当時の名簿によると、ここなんですが」。卒業アルバムのコピーを見ながら、詩乃が言った。川崎大師の駅から離れたところにある、古いマンションだった。

八階建て。高さこそあるが、ネットで検索したところによると全室が1Kの部屋で、築年数は五十年だ。二十年前の当時からして、かなり古いマンションで、家族三人が住むには狭い。両親の扶養能力については、そこから察することができた。

「えーと、二〇一、ですね」

エントランスに入り、集合ポストを見る。二〇一には「立花」というネームプレートが貼ってある。わたしはポストの中を覗き、中に宅配便の不在票が入っているのを見た。その中にも「タチバナ様」という文字が書いてあるのが見てとれる。

「すでに引っ越しているみたいですね。狩野さんも、ご家族も」

「すみません……。不正確な情報で」

「不正確ではありません。高校時代はここに間違いなく住んでいたわけですから。手がかりをひとつひとつ潰していくのも、仕事のうちです」

といっても、悠長にしていられるほど時間は多くない。わたしは外に出てから聞いた。

「その宗教団体を通じてつながっていたメンバーは、ほかにもいたんですか」

「はい。思い出せる限り、印をつけてきました。といっても、これだけですけど」

詩乃は、そう言って、手に持っている卒業アルバムのコピーを渡してくる。ふたつの名前に、アンダーラインが引かれていた。


アンダーラインが引かれているふたりの人物は、広瀬《ひろせ》瑞穂《みずほ》と松平《まつだいら》健人《けんと》という名前だった。名前のほかには住所が書かれてあるだけで、どういう人物かまでは判らない。ふたりとも、川崎大師の周辺に住んでいたようだった。

もう一枚、詩乃からもらったプリントには写真が添付されていた。同じ卒業アルバムからコピーしたと思われる、クラスの集合写真だった。その中のひとりが、丸で囲ってある。彼が、狩野照雄だ。

照雄は、背が高く体格がいい。集合写真の端のほうに写っているが、周囲を圧するような存在感がある。『ほどこし』の関係者ということは部活はやっていなかったのかもしれないが、自ら身体を鍛えていたのだろう。髪を短く刈り込み、カメラを見つめているその瞳には、どこか虚《うつ》ろな印象があった。もう学校にはこなくなっていたのか、朱里の姿はなかった。

考えながら歩いていると、目的地の小さなマンションの前にきていた。広瀬瑞穂が当時住んでいた家だ。家族向けの分譲マンションで、高級住宅ではないが安普請でもない。

当時住んでいたとされる部屋は、三〇二号室だった。エントランスに立ち、オートロックのインターホンを鳴らす。

「はい?」

女性の声がスピーカーから聞こえた。まだ時刻は十五時だ。

「すみません。こちら、広瀬さんのご自宅ですか?」

「ヒロセ? 違いますけど?」

「あれ、おかしいな。去年伺ったときは、広瀬さんがお住まいだったんですが……」

「もう三年以上住んでますけど? 何か勘違いじゃないですか?」

「あの、三年前のことなんですが……」

怪しまれたのか、通話は切れた。間違いなく三〇二を呼び出したことを確認し、エントランスから出る。ここも、同じだ。時間の波に洗われている。

日が照っている。わたしは汗ばむ身体を抱えたまま、次の現場に向かった。

松平健人の家は、歩いて十五分ほどの距離にある。わたしはそれぞれの自宅の位置を確認する。朱里、狩野照雄、広瀬瑞穂、松平健人。四人の自宅は徒歩三十分圏内くらいにまとまっている。これだけ近ければ恐らく学校外でもコミュニケーションがあったはずで、誰かを見つけられれば強力な情報源になりそうだ。

松平の家についたときには、顔中に汗をかいていた。わたしはハンカチで拭《ふ》き、目的地を見る。

その家は、二階建ての戸建てだった。そこにあるものを見て、思わず笑みがこぼれた。

「松平健人」と、ご丁寧にも、フルネームの表札が貼られていた。

インターホンを鳴らした。十五時半。留守も覚悟したが、すぐに「はい？」という声が返ってくる。

「あの、すみません。しゃがれた、男性の声だった。

「はい、なんですか？」

セールスだとでも思ったのか、あからさまに棘《とげ》のある口調だった。

「すみません、ちょっと人捜しをしておりまして、五分で構いませんので、お話を聞かせていただけませんか」

「あ？　人捜し？」

「はい。北野朱里さんと、狩野照雄さんというお名前をご存じではないですか？」

インターホンの奥の雰囲気が変わった。拒絶され、通話を切られることも覚悟する。

「いまごろ、あのふたりに何の用なんだよ」

その質問には、好奇心が混ざっていた。

松平健人が平日の昼間から家にいた理由は、彼をひと目見た瞬間に判った。肌を黒く焼き、髪を金髪に染めている。夜の仕事をしている人間の雰囲気だった。

わたしは探偵と名乗り、名刺を差し出した。アンダーグラウンドにいる人間ならば、そう言ったほうが話が早い。「女探偵か。珍しい」。松平は名刺を見ると、面白そうに口の端を歪《ゆが》めた。

家の中に招かれると、フローリングの廊下を掃除ロボットが動いており、ぴかぴかに磨き上げられていた。リビングに通され、アイスコーヒーを出される。一口飲んでみると、出来合いのものではないことが判る味だった。

「広い家ですね」

松平は、問いかけの意図を理解したようだった。

「俺みたいな人間がこんなところに住んでるのは、珍しい？」

「ええ、まあ。見たところ、おひとり暮らしのようですし」

「親がね。老後は暖かいところで暮らしたいって、沖縄に行っちゃってね。それで俺が住み続けてるわけ。なるべく長生きして欲しいって思ってますよ。相続税なんか払いたくないからね」

松平はそう言って、また口の端を歪める。あまり行儀のいい笑いかたではなかったが、どこか人を惹きつける魅力があった。

「それで……朱里と照雄を捜してるんだって？」

「はい。というより、北野朱里さんのことを捜しています。狩野さんを捜しているのは、朱里さんの居場所を知っているのではないかという憶測からです」

松平は面白そうにわたしのことを見つめる。

「いまさら、なんで朱里のことを捜してる？」

「朱里さんに会いたいという人がいまして、その調査です」

「会いたい、ねえ……。借金でもして飛んだかい？」

「金絡みではありません。松平さんは、朱里さんの現在の居場所はご存じないんですか」

松平はおどけたように肩をすくめた。そして、とんとんと指先でテーブルを叩きはじめる。その意味はすぐに判った。ここから先は、金が必要、ということだ。

こういう交渉を持ちかけてくる証言者は、やりやすい。金さえ払えば、積極的な協力者になってくれるからだ。だが、このプロジェクトには予算がない。

わたしは悩んだ末、一万円札をテーブルの上に置いた。松平はちょっと少ないな、という素振りを見せたが、それを畳んでポケットにしまった。家計に手をつけるわけにはいかない。あまり気が進まなかったが、藍葉に請求しよう。

「さて……朱里の行方だけど、俺は知らない。最後に会ったのは、高校生のときだ。もう二十年くらい前だぜ」

「朱里さんが東京に行ってからは会ってない、ということですか」

「会ってないどころか、メールのひとつも送ってない」

「狩野照雄さんはどうです？」

「照雄とも、しばらく会ってないな。連絡も取ってないし。俺が会いたいくらいだよ」

「広瀬瑞穂さんはどうです。高校生のころ、松平さんとは親しかったと伺っていますが」

「広瀬瑞穂……懐かしい名前だな。いま、そんな名前を聞くとは思わなかった」

松平は面白そうに身を乗り出す。

「誰に聞いたの？　俺たちのこと」

「情報源についての質問は答えられません。高校の関係者、とだけお伝えします」

「じゃ『ほどこし』のことも知ってるんだ」

わたしは頷いた。次には、その話をするつもりだった。

「まあ、その四人の名前が出てきたなら、そうだろうね。俺たちは全員『ほどこし』信者の家で育ってたから」

「皆さん自身は信者ではなかったんですね」

「ああ、違う。親が勝手にはまってたグループの人間だよ。いい迷惑だったよ。家の金は使い込むし、ボランティアとかにも駆り出されるし。川崎大師の祭りとかも、異端だからと行っちゃいけなかったからね」

「大師なら、先ほど行ってきました。素敵な寺社なのに、残念ですね」

「もっとも、行けと言われても行かなかったかもしれないけどね。俺たちの親は、暇さえあれば仏壇に向かってお経読んでるような連中だったからさ。神も仏も真っ平だ」

おや、と思った。松平の言葉の何かが引っかかる。少し考えて、その理由が判った。

――境内でよく見かけた気がしますよ、あの女。

喜多村のおばさんの言葉だ。朱里は、西新井大師の境内でよく目撃されていた。

「朱里さんもそうなんですか？　寺社が嫌いだったというのは」

「むしろあいつが一番嫌ってたんじゃないか。大師には近づこうともしなかったしな」

何か心変わりがあったのだろうか。わたしはそのことを心に留めおいた。

「皆さん、同じような境遇だったんですよね。なんでも、利己的な活動が制限されていたとか」

「そう。部活とか一切駄目。暇さえあれば教団の行事に担ぎ出されるし、アルバイトをやらされて金を取られるし」

「アルバイトというのも、教団のアルバイトですか」

「違う。毎年決まった金額を喜捨……要は、寄付しなきゃいけなかったわけ。あの宗教は、『自分のための行動を取るな、犠牲を払って生きろ』って教義だから」

わたしはネットで改めて『ほどこし』について調べていた。「自己を捨てて他人のために生きろ。それを行うことで愛を溜《た》めることができ、愛の多い人間は死後天国に行くことができる」という、仏教とキリスト教のハイブリッドのような教義が信仰の柱になっていたようだ。「他人のために生きる」というと美しいが、何のことはない、本部が信者から搾取するシステムとして機能していたわけだ。

「まあうちも散々金を巻き上げられたけど、なんとか家は残ったからマシだよ。知り合いの中には、マンションを取られた挙げ句、親に売春させられてる高校生もいたから」

「それは悪質ですね」

「自分が犠牲になるほど評価される教義だったから、そういう極端な家庭も出てくるわけ。照雄の家庭なんかひどかったよ。なけなしの財産を、教団に喜捨していたからね」

「朱里さんと狩野さんは、交際していたんですよね。やはり境遇が似ていたからですか」

「確かにそれはあるけれど、それ以外もあったな」

「なんですか、それは」

「絵だよ」

少し意外な言葉が出てきた。

「知らないかもしれないけど、朱里は切り絵っていうのか？　紙を切り貼りして、絵を作っていた。照雄はそれが好きだったみたいだ。照雄の家は貧乏だったからな。高尚な文化の匂いみたいなものに興味を持ったんだろ」

三瀬慎一郎が、朱里は絵を作った端から破棄していたと言っていた。だが、照雄に渡していたのかもしれない。

「狩野さんは、どんな人だったんですか。危険な人、という証言は聞きましたが」

「なんだろうな……。ちょっとあいつは、心が読めないようなところがあってね。スイッチを入れたみたいに一瞬で切れるから、少し怖かった。喧嘩っ早いやつとか暴力的な人間とか、割と見てきたほうだと思うんだけど……なんていうのかな。暴力にも、テンポってもんがあるじゃない。探偵さんなら判るかな？」

「暴力行使の前にある、威嚇のことですか」

「まあ、それだけじゃないけどね。あいつの場合は、そのテンポが速かったのよ。気がついたらもう相手を殴ってるとか、驚かされることが普通にあったから。ああいうタイプの人間は集団行動は無理。だからまあ、チームとかとはつるんでなかったんだけど」

ただ、と松平は続けた。

「根は別に悪いやつじゃなかったよ。ある時期から本格的に荒れていったけどね」

「何かあったんですか」

「『ほどこし』が解散したことだよ。知ってるだろ？」

わたしは頷いた。一九九七年に『ほどこし』のトップと幹部が、詐欺と信者への婦女暴行の容疑で逮捕されたのだ。金と女。閉鎖的な集団内でのトラブルとしては、いまも昔もよく聞く話だ。『ほどこし』はもともとあまり大きな団体ではなく、そのあとは実質解散状態になってしまったらしい。

「狩野さんは信者ではなかったんですよね。荒れる理由がないと思いますが」

「親が荒れたんだよ。その余波を食らうわけ」

「なるほど」

「照雄の父親は、かなり怖かったからね。それが自暴自棄になって家の中で荒れるんだから、当然影響は受けるよ。当時の照雄は気に入らないことがあると喧嘩はするし、酒飲んでは暴れるし、結構大変だった」

三瀬慎一郎に対して暴力を振るったのも、そのころだ。照雄は朱里の絵を気に入っていた。ほかに、彼女の絵の理解者がいたことが、気に食わなかったのかもしれない。

「朱里さんが悪くなっていったのも、同じ時期ですか」

「あれはちょっとショックだったな。朱里があんな風になるとは思わなかった」

「それまで非行に走ったりはしてなかったんですか」

「ないよ。照雄も俺もそれなりに悪さはしてたけど、朱里は絶対にそういうことはしなかったから。照雄なんか、朱里とつきあい出して結構落ち着いたんだぜ。それがあんな風に崩れていったんだから、ちょっと胸が痛かったよ」

「なぜそんな風になったと思いますか」

「さあな。あいつの家庭も荒れてたんじゃないのか。加えて近くで照雄が荒れるのを見て、感化されていった。そんなところだと思ってるけど」

「朱里さんが東京に行ったあと、狩野さんも彼女を追いかけて東京に行ったと聞きました。そんなに強く結びついていたふたりは、なぜ別れてしまったんでしょうか」

「さあね、冬休みが明けて三学期になったら、朱里はもう辞めてた。その間に何かがあったのかもしれないけど、俺にはよく判んないな。それから朱里とは会ってない」

少し落胆した。どうも先に進んでいかない。昔の情報は集まるものの、欲しいものが得られない。情報の流れが栓で詰まっているかのように、ある箇所で止まってしまう。

「もういいかい。話せることは話したぜ」

わたしは仕方なく、頷いた。

4　藍葉

とくとくとワインが注がれる。透明だったグラスの中の空間が、綺麗な赤に染まっていく。#9F1010くらいだろうか。お店の照明が暗くて、よく判らない。

「じゃあ、乾杯」

黒須さんがグラスを掲げる。私のグラスに入っているのは、炭酸水だった。グラスとグラスを合わせると、チンと透明な音がした。

行きつけの店があるから、食事でも行かないか。黒須さんにそう言われ、私たちは銀《ぎん》座《ざ》の小さなレストランにきていた。中は#8B4513《SaddleBrown》を基調に統一された落ち着いた空間で、巨大な木の中にいるような感じがした。

「菊池さんが塗ったあの白黒のイラスト、とても面白かったですよ。まさかモノトーンでくるとは、意外でした」

「ありがとうございます」

「でも、二色しか使っていないのに、とてもカラフルだった。少し、興奮しました」

最高の褒め言葉だった。あの彩色は、朱里さんの切り絵から着想したものだ。私だけではなく、朱里さんまで褒めてもらえているような気がした。

「菊池さんは、壁の向こうの人なんですね。そのことがよく判った」

「壁、ですか」

「人間には、二種類あります。ものを作れる人間と、作れない人間です。その両者は、厳然たる壁で分かれていて、乗り越えることができない。僕は、作れない側の人間です」

「そうなんですか？　でも、会社を作ったんですよね。『コタン』……」

「会社……というか、商売というのは、世界とつながるための道具なんです。いまあるこの世界に価値を提供することができれば、商売はできます。創作者はそうじゃなく、世界そのものをいちから生み出そうとする人種です。全然別物ですよ」

　黒須さんはワイングラスを傾ける。

「壁の向こうに行けない人間として、向こうにいる人は応援したいんです。菊池さんは、向こう側の住人だった。それを確認できて、嬉しかったです」

「そんな。ありがとうございます」

　こんなにストレートに褒めてもらえるのは、生まれて初めてだった。嬉しさよりも、自分の細胞が黒須さんの言葉を処理できずにびっくりしている。

「それよりも色彩の本をくださって、ありがとうございました。すごく面白かったです」

「何が面白かったですか」

「私が漠然と色に対して感じていたことが、きちんと説明されていて。なんだか、頭の中に散らばっていたものが集まって、綿菓子ができたみたいな感じがします」

「面白い表現ですね。逆に言うと、それは菊池さんが色についてきちんと感じてきたからですよ。雑に色を見ていたら、そんなことはなかったはずです。そこが、僕からしたらすごいと思います」

　また褒められてしまった。口に含んだ炭酸水が、しゅわしゅわと喜ぶように舞う。

　オリーブの実と、チーズとが運ばれてきた。オリーブって、本当に #808000《Olive》なんだ。些細なことに感心しながら、私はオードブルをつまむ。

「菊池さんに、プレゼントがあるんです」

　黒須さんは、鞄《かばん》から大きな本を取り出した。『世界の名作展覧会』というタイトルの本だった。表紙の「共同編集」というところに、黒須秀隆という名前がある。

「数年前に、美術評論家の友人と一緒に出した本なんです。僕が好きな絵のことをまとめておきたいなって思いまして。中の解説文も、三分の一くらい僕が書きました」

「黒須さん、こんなこともできるんですか？　すごい……」

「収録した画家の仕事に比べれば、大したことはないです。ちょっと見てみてください」

　一ページを、黒須さんが開いて見せてくれる。そこには、ヨーロッパと思しき街並みの絵がプリントされていた。

「これが、うちの社名の由来となった絵です。ユトリロの『コタン小路』」

　綺麗な絵だった。真ん中に道が通っていて、それが奥の階段まで続いている。その両脇には、パリのアパルトマンというやつだろうか、古い建物が建っている。薄い茶色が基調になっているが、油絵だけあって細かく様々な色が使われている。全体は淡い色合いで統一されていて、空と街が溶けているような感じがした。

「エコール・ド・パリの絵はどれも好きなんですけど、ユトリロは特に好きです。この絵のような心地のいいスーツを作りたいと思って、『コタン』という社名にしたんですよ」

「そうなんですか。素敵です」

「具体的な理論を勉強するのも大事ですけど、ほかの人のプロダクトを見て、抽象的な感性を養うのも大事です。ぜひこの画集を見てみてください。色々と発見してもらえると嬉しいです」

私は画集をパラパラとめくった。そこで、ひとつの絵が目に留まった。

「マティスの『赤い部屋』ですね」

それは、真っ赤な絵だった。

ひとつの部屋を描写した絵だ。部屋の中にひとりの女性が佇《たたず》んでいる。

部屋は、壁紙からテーブルクロスに至るまで真っ赤に塗られている。花や果物などの異なる色がその中にあって、赤に彩りを添えている。絵の左側には窓があり、外に青空と草原が広がっている。赤の圧迫感を、窓の外の開放感が中和している。でも、室内の光景も、ただ単に圧迫感だけがあるわけではない。赤で塗られた部屋はエキセントリックだったが、どこか柔らかく、どことなく温かい。画風は全然違うが、朱里さんの作品に似たバランスだった。

「フォービズムという一派の画家です。晩年は、ちょっと画風が変わりますけどね。好きですか」

「はい。素敵な絵、だと思います」

「色のオーケストラという感じですよね。僕が好きなのは、その女性の服です」

「服？」

様々な色に溢《あふ》れかえった絵の中で、その女性の服だけが異質な存在感を放っている。女性が着ている服の色は、黒だった。

「カラフルな色彩の中に、大胆に黒をぶつけてくる。そのおかげで、画面がぐっと引き締まっている。そう思いませんか」

確かにそうだ。様々な色が溢れかえる中で、女性の着ている黒が、それらすべてとの対比になっている。黒の求心力のせいで、だらしない色の拡散になっていない。

「黒って、特別な色なんです。普通の色には、三つの属性があります。なんでしたっけ」

「ええと……明度、彩度、色相です」

「グッド。色はその三つの掛け合わせで決まります。ところが、黒には明度しかない。無彩色といって、ジョーカーのような色です。こんな風に大胆に使うことで、ほかの色を際立たせることもできる。こういうことも覚えておくといいですよ」

私は、子供のころにお母さんに着させられていた服のことを思い出した。

お母さんは黒が好きで、私はよく黒い服や黒い髪留めを身に着けさせられていたのだが、自分が烏になったみたいで、正直言ってあまり好きではなかった。

でも、黒でもこういう使いかたをすれば、ほかの色を彩ることもできるのだ。またひとつ、新しい技法を知ることができた。知識が増えていくのが、とても嬉しい。

「黒須さん。私も、ちょっと見てもらいたいものがあって」

私はスマホを出した。そこには、写真に収められた『オーキッド』が入っている。

「なんですかこれ。切り絵?」

「はい。知り合いが作ったんです。この絵について、どう思いますか」

「ちょっと過激だけど、綺麗な絵ですね」

「ですよね!」

つい大声が出てしまった。黒須さんが人差し指を唇に当てる。

「彩度の高い原色がたくさん使われているので、画面上は少しちかちかしてます。でも、それによってとても鮮やかな画面になってる。切り絵の手法も、面白いですね」

「私もそう思います」

「こういう風に色をたくさん使うのって、難しいんですよ。入れすぎると焦点がぼやけるし、少なすぎると味気ない絵になってしまう。この絵は、なんというか……バランスが独特ですね。コップ一杯に水を入れて、ぎりぎり溢れそうで溢れない……いや、一滴、溢れているかな。それくらいの危ういところで均衡してる。あるいは、ちょっと破綻《はたん》してる。そこがいいですね」

「同感です」

自分の作品を褒められるより、嬉しい。この絵のよさを判ってくれる人がいるなんて。

「これを作ったのは誰なんですか？」

「えーと……北野、朱里っていう人です」

「これだけ面白いものを作る人なら、ぜひ会ってみたいですね。連絡つきますか」

「いや、私もしばらく会ってなくて。ずっと捜してるんですけど、どこにいるか判らないんです」

「画壇で活動してるなら、僕のほうでも捜せるかもしれない。あとで転送してください。ちょっとアンテナを伸ばしてみます」

「ありがとうございます！」

黒須さんはまた唇に人差し指を当てる。私がネットで見た限りでは、朱里さんがどこかで作品を発表したりしているのは見つからなかった。ただ、別名で活動しているのなら、黒須さんのアンテナに引っかかるかもしれない。心強い援軍だった。

ちょうど、料理が運ばれてきた。皿の上に、色とりどりの肉や野菜が並んでいる。運んできてくれたウェイターの人が、やけにぼそぼそと小声で料理の説明をしていく。どうもカタツムリとイカを使った料理のようだった。

「カタツムリ、ですか……」

「美味《おい》しいですよ、エスカルゴ」

黒須さんは当たり前のように口に運んでいく。カタツムリ……。正直、見た目が苦手だった。私は恐る恐る、その茶色い肉にフォークを刺した。透明な肉汁が、フォークを刺したところからぶしゅっとにじみ出る。私は、意を決してそれを口に運んだ。

びっくりするくらい、美味しかった。バターとニンニクと、甘いカタツムリの味とが口の中に広がって、じわりと溶けていく。

「何これ、美味しいです！」

「はは……ちょっと静かにしましょうか」

「ごめんなさい、美味しくて……」

「こういうお店は、初めてですか？　じゃあ、一皿一皿、楽しんでいってください。フレンチもイタリアンも、懐石も寿司《すし》も、見た目を楽しむのが大事です。このオードブルにしても、エスカルゴとアオリイカと緑黄色野菜が、絵のように配置されていますよね。ただなんとなく並べてるんじゃないんです。色彩が設計されてます」

黒須さんはそう言って、店内を見回す。

「内装。ギャルソンやソムリエの服。テーブルクロスに、花、食器、シルバー。こういうお店では、そういった細々としたものまでがすべて統一された美意識の中でデザインされてます。味にしても、色彩と通じるものがあります。食材と調味料のアンサンブルが、豊かな絵のような味を作る。それをまとめ上げるのがワインなんですが、まあそれは成人してからのお楽しみにしてください」

黒須さんはそう言って、ワイングラスを掲げる。

「菊池さんもいつか、自分の美を統合して、作品を作ってください。僕はそれを見てみたいです」

自分の美。イメージできないが、そんなものが作れたら、きっと夢のような体験になるだろう。

黒須さんに会えてよかった。黒須さんは私の色のことを認めてくれた。朱里さんの絵のことも褒めてくれた。私に、色々な知識も与えてくれた。私と黒須さんは色でつながっている。こんな関係を誰かと持つのは初めてのことだ。

料理は次々と運ばれてきて、どれも衝撃的な美味しさだった。黒須さんがしてくれる色の話も面白く、味と色との波状攻撃に私は少しくらくらとしはじめていた。

「最後に、ひとついいですか」

メインのお肉を食べ、ワインを四杯も飲んだ黒須さんは、ナプキンで口を拭《ぬぐ》いながら言った。

「またあなたに、仕事を頼みたい」

黒須さんは鞄からタブレットを取り出した。

「何ができるかなって考えてたんですが、ちょうどいいのがひとつあるんです。フライヤーの制作です。つまり、グラフィックデザイン……チラシ、ですね」

「私、デザインはできませんけど……」

「デザインは別の人にやってもらってます。菊池さんはそれに色を塗る」

黒須さんはそう言って、画面を見せてきた。

そこにあったのは、鉛筆で描かれたスケッチだった。


家に帰ったころには、もう二十三時を回っていた。お酒なんか一滴も飲んでいないのに、なんだかほわほわとする。料理にお酒が使われていたせいもあるのだろうけど、それよりも色に酔っていた。自分の中が色で満たされている。素敵な感覚だった。

部屋に入り、ベッドにうつぶせになる。「枠」の続きを作ろうと思っていたが、心地よすぎて眠ってしまいそうだった。私はごろんと寝返りを打ち、天井を見上げる。

そこで、スマホに着信があった。見ると、プログラマーの小杉涼子さんからだった。なんだろう？　涼子さんから電話をもらうのは珍しい。

「もしもし……？」

「あ、藍葉？　ごめんね夜遅くに。いま、家？」

「そうですけど……どうしたんですか、涼子さん。こんな夜遅くに」

「いや、今日ね、黒須さんと藍葉が食事に行ってるって聞いたから。どうなったのかなって思って。楽しかった？」

黒須さんと食事に行くのは、仕事の一環だった。成貴さんと雁部社長にも、きちんと報告してある。万が一割り勘になったら会社に経費を請求しろとも言われていた。

「はい。食事も美味しかったですし、黒須さんとも色々話ができましたし」

「それはよかった。別に何か、気になったことはないよね」

「気になったこと、ですか？　例えばどういうことですか」

「うーん……」

涼子さんは少し口ごもったあとに言った。

「二軒目に誘われたり……その、口説かれたりとか……」

「はい？」

何を言われているのか、よく判らなかった。涼子さんは続ける。

「これは『コタン』と仕事をしたことがあるプログラマーの友達から聞いたんだけどね……黒須社長って、ちょっと問題児らしくてね」

「問題児？」

「社内での評判があまりよくないみたい。ワンマンなタイプで、気の向くままに指示を出すから現場が滅茶苦茶になるとか。意見が通らないと声を荒げたりするとか」

黒須さんの温厚で知的な態度と、涼子さんの評価とが結びつかず、少し頭が混乱した。

「あと、気に入った女の子に手を出すとか」

「手を出す？」

「そう。女性にだらしないところがあるらしくて……それで揉めて、裁判の直前まで行ったことがあるとか」

「だから、藍葉が黒須さんと食事に行ってるって聞いて、ちょっと心配でね。でも、無事に帰ってこれたんならよかったよ」

「そんな話、一度も出なかったですよ？　食事が終わったら、すぐに帰してくれました」

「そっか、心配しすぎたかも。大体藍葉、未成年だもんね。ごめん、変なこと言って」

おやすみ、と言って涼子さんは電話を切った。

女性にだらしない。黒須さんにそういう面があるのは少しショックだったが、私に関係のある話とは思えなかった。大体私は男性とそういう関係になったことなど一度もない。黒須さんと私は、色でつながった同志だ。そんなことを求めてくるはずがない。

ふと、朱里さんのメールが読みたくなった。スマホを起動し、メールボックスを開く。


「菊池藍葉さん。

こんなメールを送るべきか、いまも迷っています。でも、送ったほうがよいのではないかと思い、お送りいたします。私の名前は、朱里です。二〇〇六年は、梨本朱里と名乗っていました。

以前はとんでもないことをしてしまい、申し訳ありませんでした。謝って済むことでは本当にないと判ってはいますが、それに触れずに話すこともできません。本当に申し訳ありませんでした。

実は菊池さんのお名前は、たまにネットで検索しておりました。そんな中、菊池さんのブログを発見し、大変に驚き、メールを送らせていただいた次第です。

菊池さんが何を作ろうとされているか、私には判ります。ただ、申し訳ないのですが、そっとしておいていただけませんでしょうか。菊池さんが作っているものは、私にとってはもう過去の、不本意なものなのです。

勝手なお願いとわきまえております。何卒《なにとぞ》ご検討ください。よろしくお願いします」

これが本物の朱里さんなのか、よく判らない。フリーメールだったけれど、アドレスには「ａｋａｒｉ」という文字が含まれている。それよりも、不本意なものとはどういうことだろう？　あんなに素敵な「枠」なのに……。

返信はまだしていない。みどりさんからは、「こちらから会いたいと言わないほうがいい」「雑談で引き伸ばせるなら、引き伸ばして」というアドバイスをもらっていた。

「朱里さん」。文章を書きはじめる。

「今日、素敵なお店で美味しい料理を食べました。いいお店は、お皿やお店の中も、全部絵のように設計されているらしいです。いつも食べているコンビニのおにぎりとは、全然違いました」

できるものなら、朱里さんとあの店に行きたい。そこで、色の話をしてみたい。

「朱里さんは、どこのお店が好きですか？」

送信ボタンを押した。メールが、送られてゆく。

5 藍葉

「僕が女たらしですって？」

翌日。私は黒須さんと、コーヒーを飲んでいた。涼子さんから聞いた話をぶつけてみると、黒須さんは手をパタパタと振って答える。

「ないですよ、そんなこと。ていうか、いきなりですね。誰から聞いたんですか？」

会社の同僚です……とは、さすがに言えない。「ちょっと風の噂で聞いただけです」とごまかした。

「僕は女遊びには興味ないです。セックスに溺《おぼ》れて人生を駄目にした友人を、何人も見ましたから」

「そうなんですか」

「ええ。人間、小金が儲《もう》かると何をすると思いますか」

小金、というのはいくらくらいのことなのだろう。私にとっての小金とは、五百円くらいだ。五百円あれば、牛丼も食べられるし、あと百円出せば上野動物園に入れる。でも、黒須さんのことだ。百倍で、五万円くらいのことを言っているのかもしれない。

「温泉旅行に行くとか、そういうことですか」

「菊池さんは着眼点が面白いですね。独特だ」

別に独特なことを言ったつもりはないのだが、そう受け取られてしまったようだった。

「目的もなく小金を儲けてしまった人の末路は、三つです。散財、ドラッグ、女性」

どう考えても五万円で買えるものではなさそうだった。次からは一万倍くらいで考えないといけないかもしれない。

「お金を儲けても、人生は安全にはなりますが、豊かにはなりません。それどころか、あまりに莫大《ばくだい》な金になると、変な連中が寄ってきたり、家族がお金を巡って争うようになったり、人生が破壊されることもあります。その欠乏を、異性で埋めようとする人は多い。でも、これは間違い」

「間違い、ですか」

「間違いです。なぜなら、切りがないからです。女性Aを手に入れたら、女性Bも手に入れたくなる。C、D、E……そんなことをやっているうちに、中毒になっていきます。人間は、そんなに一遍に大勢を愛せるようにはできてないんです」

黒須さんは温和な口調で続ける。

「お金を得ても、芯《しん》がぶれない方法がひとつだけあります。それは、お金に振り回されず、自分のルールで生きることです」

「自分のルール……」

「そう。宝くじに当たって不幸になる人って、いますよね。それはお金に人生を振り回されているからです。お金が入ったから生活を変える、仕事を辞めてしまう。そんなことをしたら自分を見失い、破滅するに決まってます。貯金の多寡にかかわらず、淡々とそれまでの生活を送る。それができる人間は、安定します」

「黒須さんのルールって、なんですか」

「美しいものを追い求めることです。素敵な服、素敵な絵画、素敵な音楽。そういうものを鑑賞したり、才能ある人と作ったり。そのためのお金は使います。それ以外のことはどうでもいい」

私は、深いところで感動した。こんなにもまっすぐに美のことを追求している人に、私は出会ったことがない。強いて言えば、朱里さんだ。でも、朱里さんの曖昧なイメージに比べ、近くにいる黒須さんは、もっと具体的だった。

「恥ずかしいな。日中から何を語ってるんだ、僕は。行きましょうか」

「はい」

スーツ姿の黒須さんと、私。今日は、チラシの彩色の打ち合わせだった。

会議室には、私と黒須さんを入れて、四人がいた。会議が進むに連れて、残りのふたりが、こめかみを掻《か》き出したり、身体を揺らしはじめたり、ごそごそと動きをしはじめる。私は時計を見た。打ち合わせ開始から、三十分くらいが経っている。

「黒須社長」

参加者のひとりの、秋山承子《あきやましょうこ》さんという人が口を開いた。

「どうしてもこのフライヤー、ゴーイングホットさんに発注しないといけないですか」

「いけない」

疲れたような口調の秋山さんに対し、黒須さんはきっぱりと言った。

私は、テーブルの真ん中にあるイラストに目を落とした。広場があり、その中で色々な人が座ったり歩いたりしている。ものを売る人、それを見る人、かけっこをしている子供たち、空に舞う風船――賑《にぎ》やかなイラストだった。

『コタン』は来月にフリーマーケットのイベントを開催するらしい。そのフライヤーに載るイラストだそうだ。これを描いたのが、この秋山承子さんだ。ただ、会議がはじまったときから、秋山さんの様子がどうもおかしい。ことあるごとに、ちらちらと私のことを睨《にら》むように見てくる。

「秋山さん。理解してください。この仕事は、社内の案件ですよね。ということは、ある程度自由に作る余地がある」

「それは判ってますけど」

「この菊池さんという人は、面白い色を使う人なんです。秋山さんが線画を描き、菊池さんが色を塗る。オリジナルで素敵なプロダクトができると確信しています」

「でも、線画を作って彩色を外に出すなんて話、聞いたことないですよ。ソシャゲのキャラじゃあるまいし」

「業界の慣習の外側からこそ、いいものは生まれます。柔軟に考えてくださいよ」

「私ではいいものは作れないってことですか」

承子さんは少し丸くて、ころころとしていて、最初に見たときから、可愛らしい人だな、と好感を持っていた。その丸い頬《ほ》っぺたが、だんだん赤みを帯びていく。

「なんでそう取るかなあ。ちょっといままでと趣向の違うものを作ってみたいだけです。新しい風を入れることで、社内にもいい影響が出るでしょうし」

「こんな小さな仕事、外注する必要もないと思います。二日もあればできるのに……」

「いきなり大きな仕事を外に出すのは、リスクもあるでしょう。新しいチャレンジをするときに、小さなものからはじめるというのは、マネジメントの鉄則です」

ここまで揉めていると、さすがの私でも原因は判る。黒須さんは、私がフライヤー制作に参加することを、ひとりで決めてしまったのだ。私は、承子さんの仕事を取り上げる形になってしまった。

「あのっ」。私は言った。

「私、ご迷惑でしたら全然降ります。今日も、黒須さんに言われてきただけですので、私がやりたくてやろうとしていることじゃ、ありませんし。その……」

「んーと、菊池さん？　そういう言いかたはちょっと失礼じゃないですか」

もうひとりの参加者の男性が口を開く。名刺を見ると、檜山哲郎《ひやまてつろう》さんとあった。瘦《や》せた眼鏡の男性で、フリーマーケットのイベントの責任者をやっていると紹介された。

「わずか半日だけ開催されるフリーマーケットですし、そもそもこのイベントは収益目的というより、弊社のブランディング目的の、言ってみれば内向けの仕事です。でも、準備をするのはそれなりに大変なものなんですよ。やりたくてやろうとしてるわけじゃないっていうのは、ちょっとね」

承子さんは私のほうをますます睨みつけるように見ている。私は視線を落とした。どうすればいいか判らない。やろうとしても怒られるし、やめようとしても怒られる。

「んーと、ちょっとまとめますが、いいですか」

檜山さんが挙手をしながら言う。

「社長はゴーイングホットさんを使いたい。理由は、うちのアートディレクションの発想にない、新しいものを作りたいから。そうですね」

「そうです。現状維持は停滞です。常に新風を入れていかないといけない。青の時代で傑作を描いていたピカソは徐々に画風を変え、『アビニョンの娘たち』において……」

「ただ、この仕事は秋山がやりかけていましたし、いきなり別の人間をアサインするというのも彼女の立場がない」

檜山さんは黒須さんの言葉をなんでもないように遮る。なんだか、こういうやりとりに慣れている感じがした。

「ですから、折衷案を取りませんか。ゴーイングホットさんに発注はする。納期は金曜日。ただし、秋山には監修をしてもらう。彼女の最終チェックを通ったら、納品。彼女が納得する形にならないのなら、改めて秋山が作る。二日あればできるんだろ、秋山」

「間に合います」

「オーケー。どうですか、社長。休日手当の準備をお願いしますよ」

黒須さんが腕を組んで言う。

「もう少し自由に作らせてみたいんだけどね、僕は」

「もちろん自由に作っていただいて構いません。最後に秋山が合否を決めます。現場には現場の考えもありますし、思いもありますから。そのあたりを落としどころにしていただけると、ありがたいのですが」

三人の視線が、私に集まった。檜山さんが言う。

「ゴーイングホットさんはそれで構いませんか。採用にならずとも、フィーはきちんとお支払いします。どうでしょう」

あとは私の選択のようだった。頷くしかなかった。

「私は、全然、それで大丈夫です」

「オーケー」

檜山さんはそう言って、にこりと微笑む。

「楽しみにしてますよー、新しい風」

昔の私なら、その笑みをそのまま受け取っていたかもしれない。でも、いまの私は少しだけ大人になっていた。

6　みどり

狩野照雄が東京で住んでいたアパートは、北千住から二駅離れた五反野《ごたんの》にあった。

――よかったら、そいつの当時の住所、調べてみようか？　うちの人に、朱里に連絡させてくれって住所を渡してたはずだから。

『マルーン』のマスターに渡された住所には、古い木造のアパートが建っていた。藍葉のアパートも女子がひとりで住むには安普請だと思ったが、ここは一層古い。二階建て八部屋のアパートで、ポストを見ると半分ほどが空室になっているようだった。

狩野照雄が住んでいたという部屋は、一階のA号室。ポストに表札は出ておらず、部屋の前に立ってインターホンを鳴らしても、中から応答はなかった。

「誰も住んでないよ」

気がつくと、隣の部屋の入り口が開いており、年老いた男性が顔を覗かせていた。笑いかけたが、リアクションがない。目があまりよくないのだと気づいた。

「すみません。こちらは、いつから空室なんでしょうか？」

「いつなんて覚えていないよ。いまは誰も住んでないよ」

「昔ここに住んでいたかたのお話を、聞かせていただきたいのですが……」

「昔なんて、覚えていないよ」

老人はそう言って黙ってしまう。他人の記憶を掘り起こす方法はいくつかあるが、この相手にそんなことをやっていたら一日かかってしまいそうだった。

「このアパートの大家さんは、近くにお住まいですか？」

聞くと、老人はわたしの背後を指差した。

振り向くと、通りを挟んだ向かいに一軒家が建っている。古い家だった。地主が投資用にアパートを建てたはいいが、その後管理しきれず、徐々に朽ちてきているケースなのだろう。集合住宅は建てるのは簡単だが、運営は難しい。

振り返り、お礼を言おうとすると、老人はもう部屋の中に戻っていた。

スマートフォンを出し、このアパートについて検索した。賃貸物件のポータルサイトによると、1Kにトイレがついただけのアパートだ。内装の写真もあり、床はフローリングのようだった。

わたしは対面にある家に向かい、インターホンを鳴らした。表札には「四《し》ノ宮《みや》」という名前が掲げてある。「はい？」。しばらく待つと、初老と思しき女性の声がした。

「すみません。以前、向かいのアパートをお借りしていたものの、親戚なのですが……」

「はい？　親戚？」

「従兄《いとこ》の狩野照雄が部屋をお借りしていたのですが、その件で少しお話を伺えませんか」

「狩野？　はい、ええと……」

インターホンが切れると、玄関から女性が姿を見せた。六十代後半くらいだろうか。育ちがよいのだろう。少女のような、上品な可愛らしさがあった。

「すみません、私はこういうものです」

名前だけが書かれている名刺を渡す。女性は老眼なのか、眼鏡の位置を調整しながら名刺を見る。

「以前は、照雄が本当にお世話になりました。四ノ宮さんには本当によくしてもらったと、折に触れて申しておりました」

「あら、そうですか？　嫌だ、私、何もしてないですよ」

「つきましては……照雄としばらく前から連絡が取れなくなってしまい、行方を捜しているんです。何か、ご存じのことがおありでしたら伺いたく……」

「狩野、照雄さんよね……。ごめんなさい、もう記憶力がなくてね……。お家賃の管理をしてくださってる会社さんがあるから、そちらに聞きましょうか」

「あ、そちらにはもう聞いてまいりました。タウンパートナーさんですよね」

アパート脇の看板に書かれていた管理会社の名前を挙げた。会社が入ってくるとややこしいので、まず彼女に話を聞いておきたかった。

「一九九九年からこちらにお世話になっていて、入居した時は十九歳だったと思います。

行方が判らなくても構いませんから、覚えていることがあったら教えていただけませんか」

「ああ、判った。あの身体の大きな子でしょう？　ここ、住んでるのおじいさんばかりだから、若い子が借りるのなんて珍しいなと思って、それで覚えてますね」

「照雄はこちらでは、どんな様子でしたか。ご迷惑など、おかけしてませんでしたか」

「してませんよ。ちょっと無愛想な記憶はあるけど、悪い印象はないです」

「家賃の滞納なんかはどうですか。困ってませんでしたか」

「なかったと思うけど……お金のトラブルがあったら覚えてますし、大丈夫だったと思いますよ」

朱里を追って東京に出てきた照雄は、それなりに品行方正な生活を送っていたようだ。宗教にはまっていた家族から遠ざかったのも、いい方向に機能したのかもしれない。

あ、でも。そう言って、大家は口をつぐんだ。

「一回だけ、注意をしたことがありました。そういえば」

「それはどういうことですか？」

「女性です」。大家は声を小さくして言う。

「あのアパート、壁が薄いんですよ。大昔に、一回それで結構大変なトラブルが起きたことがありましてね。それ以来、あまり人を連れ込まないようにって、そういう条件で入居してもらってるんです。その狩野さんにも、一度、注意をしたことを覚えてますよ」

「どんな女性だったんですか、それは」

「もう覚えてないけど、若い子でしたよ。狩野さんと同じ年くらい、だったんじゃないかしら」

朱里だろうか。写真を持ってくれればよかったが、さすがに二十年近く前の視覚情報は信憑性《しんぴょうせい》に問題がある。

「それで……照雄は、どこへ越して行ったか、ご存じですか」

「ごめんなさい、引っ越していったことは覚えてますけど、どこに行ったかまでは判らなくて……。最後にご挨拶にきたのは覚えてますけどね」

「それは、いつごろの話ですか」

「いつだったかしらねえ」

「震災のあとですか」

「いえいえ、それよりも前かしら」

「北京《ペキン》オリンピックのときは、どうです？」

「ちょっと、判らないわねえ……」

人は社会的な事件と個人的な出来事を紐《ひも》づけて記憶をしている。大きな出来事を羅列するのは、記憶を蘇《よみがえ》らせるのによい刺激になる。

「あの、誘拐事件」

大家が唐突に呟いた。その言葉に、わたしは素知らぬ態度を取った。

「誘拐事件がどうしたんですか」

「いえね、西新井のほうであのとき、子供の誘拐事件があったのよ。怖いわねえとか話題になってたね。その話を、狩野さんと話した記憶があって。あれ、何年でしたかね」

「さあ……」

ローカルな誘拐事件のことを、ただの親戚が知っているのは不自然だ。突っ込んで聞きたいところだが自制せざるを得ない。身分を偽っていると、たまにこの手の不都合が起きる。

「なんでこのことを覚えてるかって、そのとき、あの子、真っ青な顔色になってたのよ」

「真っ青?」

「そう。ほら、真っ青な顔って、よく言うじゃない。でも、実際に青い人なんか見たことがないでしょう? でも、そのとき思ったの。あのときの彼を見て、あれ、人間って本当に青くなるんだなあって思って」

「その理由は、聞きましたか?」

「聞きませんよ。そう思って、おしまい。何か嫌なことでも思い出したんでしょうね」

人間の記憶というのは、時系列に沿って並んでいるというよりは、平面の上をまだらになって存在している。ほんの数秒であっても、強く焼きつけられた記憶は、濃い斑点《はんてん》となって残る。大家にとって、その青は、それくらい印象的なものだったのだろう。

「ありがとうございました。照雄の行方が判ったら、またお礼に伺います」

「ご無理なさらずでいいですよ。お構いなく」

わたしは感謝を込めて頭を下げる。

徐々に、狩野照雄の足取りが摑《つか》めてきた。

朱里を追いかけて東京に出た照雄は、五反野のアパートでずっと暮らしていた。少なくとも、二〇〇六年の誘拐事件のあとまではいたことになるので、七年以上だ。仮暮らしではなくきちんと仕事を見つけ、生活の地盤を築いていたのだろう。

朱里は『オーキッド』で照雄につけ回されていたが、結婚し、西新井に引っ越す。そして、誘拐事件が起きるまで、朱里は西新井で、照雄は五反野で過ごしている。

西新井の調査で散々空振りをしたことが、ここにきて役に立っている。西新井で、照雄は目撃されていない。朱里を追いかけて変な男がきていたなどという証言は、ひとつもない。

朱里と照雄は、ここ五反野で密かにつながっていたのではないか。

照雄のアパートに出入りをしていたという、女の影。それが朱里だったのだとすれば、整合性が取れてくる。朱里は豊の家で虐げられていた。そんな中、彼女を求めて東京までやってきた照雄とよりを戻す。そして、照雄の家の中で禁止された絵を描いていた。

誘拐事件の共犯者は、照雄ではないのか。

藍葉が連れ込まれた部屋は、目の前のアパートではないのか。

アパートの間取りは、１Ｋ。藍葉がもしあそこに連れ込まれたのなら、彼女を監禁できる部屋はひとつしかない。犯人につながりかねない特徴的な部屋に、あえて藍葉を置いた理由も、それならば説明がつく。

朱里がひとりで罪をかぶっている理由も、理解できる。ふたりは特別な絆で結ばれていた。逮捕された朱里は、それを断ち切ることができなかったのではないか。

だが、動機はなんなのだろうか。

照雄の暮らしぶりは、決して豊かなものではなさそうだ。ということは、身代金が目的なのだろうか。誘拐事件を起こし、身代金を手にし、それを元手にふたりで駆け落ちをする。それが真相だろうか……。

そこで、スマートフォンに着信があった。電話をしてきたのは昨日会った松平だった。

「やあ、探偵さん。いまいい？」

「大丈夫です」

「実は瑞穂と連絡がついてね。今日集まろうと思えば集まれるけど、川崎にこれる？」

「いまからですか？」

「いまから」

わたしは時計を見た。十六時過ぎ、もう夕方に差し掛かっている。

——司さん、ごめん。

「はい、もちろん大丈夫です。どこに伺えばいいですか」

7　みどり

　五反野から東武線と浅草線、京急線と乗り継ぎ、川崎大師についたころには十七時半を過ぎていた。指定されたカフェに入ると、彼の横に派手目な女性が座っていた。

「広瀬瑞穂です」

　そう言い、じっとこちらを見つめてくる。松平は得意そうな表情をしていたが、瑞穂からは不快感と敵愾心《てきがいしん》がにじみ出ていた。

「よく連絡が取れましたね。昨日は、久しくお会いしていないと仰《おつしや》ってましたが」

　松平は肩をすくめる。

「友達のネットワークをたどって行き着いたんだ。でも、朱里と照雄はたぶん無理だよ。あのふたりは、どっかに行っちゃったし」

　こちらの期待を見透かすように言う。わたしは瑞穂に向き直った。

「今日はありがとうございます。松平さんから聞いているかもしれませんが、事情があって北野朱里さんを捜しています。広瀬さんは、彼女の居場所をご存じないですか」

「知らない」

「では、狩野照雄さんはどうでしょう」

「判らない」

にべもない返答だった。だが、こんな扱いを受けるのには慣れている。

「今日あたしがきたのは、あたしらの周囲をうろちょろしないで欲しいっていう忠告だよ。松平から聞いたけど……なんだか、昔のことを探ってるんだって？」

「昔のことというか、朱里さんの行方を調べています」

「あのころのことは思い出したくないんだよ。クソみたいな宗教に無理やり関わらされて、色々嫌な思いもしたからさ。探偵だかなんだか知らないけど、人の嫌なことを探るのはやめろよ」

この手の対応を取られることも多い。だが、わざわざ会いにきたということは、一応議論のテーブルにつくつもりがあるということだ。

「不快な思いをさせてしまったら申し訳ありません。ただ、私はメディアの人間ではありません。調べたことをどこかに発表したりはしませんし、オフレコと言っていただければ情報源はきちんと秘匿します。朱里さんの行方を知れれば、それでいいんです」

「だから、知らないっつってんの」

「では、いくつか質問をしてもいいですか？」

くい下がるように聞くと、瑞穂は鬱陶《うっとう》しそうに頷いた。

「質問は、大きく二点です。まず、朱里さんの絵を持ってませんか？」

「絵？　持ってないよ。それと朱里の行方に、何の関係があるのよ」

「彼女は絵を描くのが好きでした。いまでも、どこかで描いているかもしれない。追うための材料になります」

「だから持ってないって言ってるだろ」

「朱里さんは、瑞穂さんの前では絵を描いていたんですか」

「ほとんど描いてなかったけど、たまにね。描いてたっていうより、作ってた。なんていうのか判らないけど、折り紙みたいな和紙みたいな、そういうのを切り貼りして」

「切り絵ですね。照雄さんは朱里さんの絵を好んでいたらしいですけど、本当ですか」

瑞穂は嫌そうな表情をして頷いた。

「次の質問は、それと関係しています。朱里さんはなぜ、東京に行ったんでしょうか」

それが、まだ残っている大きな疑問だった。

「話を聞く限りでは、狩野さんと朱里さんは強い絆で結ばれていた感じがします。狩野さんが親との関係で荒れていく中、朱里さんも一緒に荒れていった。狩野さんに感化されたんじゃないかと、松平さんは言ってましたよね」

瑞穂が松平を睨む。松平は「俺の個人的な想像だよ」と、釈明するように言った。

「にもかかわらず、朱里さんは狩野さんを捨てて東京に行ってしまいました。狩野さんが彼女のもとを訪れても、相手にしなかった。そして、全く別の人と結婚してしまいました。この理由が、判らないんです。高校三年生の冬。川崎で、何があったんですか」

「さあ、知らないよ、そんなの」

「何か決定的な仲違《なかたが》いでもあったんでしょうか。そばで見ていて気づきませんでしたか」

「だから、知らないってのに」

わたしは松平のほうを見た。彼も、困ったように首を振る。嘘をついているようには、見えなかった。

「瑞穂さんから見て、朱里さんはどういう人物でしたか」

ひどい会合だ。ここまでの収穫は、ないに等しい。質問の質が下がりつつあるのを感じながら、わたしは聞いた。

「どうって……別にないよ。あたしとはたいして仲よくなかったし」

「彼女がのちに誘拐事件を起こしていることは、知ってますよね」

「とうとうあそこまで堕《お》ちたかと思ったけどね」

「朱里さんは、子供がどうしても欲しかった、と証言しています。彼女は不妊治療をしていて、子供ができないことに悩んでノイローゼのようになっていた。朱里さんは、そういう人物でしたか」

「そういうって、どういう」

「そこまでして子供を求めようとする。そういう人でしたか」

わたしの質問に、瑞穂が少し表情を変えた。一瞬だけ青ざめて、すぐに平静を保とうとする。なんだろう？　聞かれたくない質問を聞かれたときの、典型的な反応だった。

「子供……っていうか、まともな家族が欲しかったとは思うよ、朱里は」

瑞穂の声の音程が、若干だが下がっている。わたしは彼女の言葉に集中した。

「だって、まともだった両親が死んで、引き取られた先は宗教にはまってたんだよ？　その結婚した先も変な家庭だったんだろ？　普通の家庭くらい、欲しいよ」

「狩野さんもそうだったんですか？　家庭が荒れていたと聞きますが」

「それは……そうだったんじゃない？　そういうところであのふたりはつながっていた感じもあったし……」

普通の家庭が欲しかった。誘拐事件に照雄が関わっていたとするのなら、案外それが動機なのだろうか。朱里と照雄は、不倫をしていた。当然、子供を作ることなんかできない。そこに、ネグレクトされている藍葉を見つけた。わずかな時間だけでも、子供と三人で擬似家族を作りたくて、朱里は……。

馬鹿なことを考えている。そんな理由のために、誘拐をする人間などいない。

「ねえ、もういい？　あたしが今日きたのは、これ以上うろうろしないでっていう忠告だからね。大体、照雄を見つけても、朱里の行方なんか知らないと思うし、下手したらあんた殴られるよ？　あたし、忠告したからね」

「判りました。ありがとうございます」

頭を下げると、瑞穂は立ち上がって去っていってしまう。松平が慌ててその後を追い、わたしはひとりでテーブルに取り残された。

瑞穂の青ざめた表情。それが、脳裏にこびりついていた。

8　藍葉

結局昨日は、夜遅くまでイラストの彩色を続け、深夜に完成させたものを『コタン』の檜山さんに送った。

前の線画は上手く色をつけられなかったのに、今回はすいすいと進んだ。最初から明確なビジョンがあったからだろう。#FFFFFFの真っ白なキャンバスに、思う存分色を塗る。作業のあとは、目をつぶっても瞼《まぶた》の裏に色が浮かんでくるみたいだった。

眠たい目をこすりながら出社すると、私の席の隣に若い男性が座っていた。水色のパーカーは#87CEEB。髪の毛を金髪に染めていて、#FFD700くらいの明るい色だ。

「おはようございます」

声を掛けても、彼は軽く私のことを見ただけで、ほとんど反応を見せない。なんだろう？　と思っていたら、成貴さんがやってきた。

「アルバイトの糟屋《かすや》くん。友達に紹介してもらったんだけど、大学生で、趣味でデザインをやってる。藍葉ちゃんの穴埋めに、急遽《きゅうきょ》応援にきてもらったの。糟屋くん、判らないことがあったら彼女に聞いて」

私は頭を下げた。糟屋さんは私のほうをちらりと見るだけで、反応を示さない。

彼のモニタには、アダルト漫画の素材が映し出されている。ポピー出版からの新しい仕事だろう。糟屋さんはそれを黙々とこなしている。

何かが、少しおかしい気がした。

バナーは、色々なものの組み合わせでできている。絵、文字、配置、色。レイアウトと色味を大まかに決めるのは、成貴さんだ。それを作る段階で微調整するのが、私の仕事だ。成貴さんといえど、指示書の段階で完璧《かんぺき》な指示はできない。

糟屋さんは、微調整をしていない。プラモデルを組み立てるみたいに、成貴さんの言う通りに作っている。

「何？」。糟屋さんがこちらを見上げて言った。

「後ろでちらちら見られると気になるんだけど」

「いや、ちょっとこれ、直したほうがいいかなって思いまして」

「はあ？」

白黒の漫画に、薄ぼんやりとした赤と緑の文字が載っている。成貴さんの指示書には、たぶん「ここは赤」とか「こっちは緑」とか書いてあるだけだ。それを作るときに調整しないといけない。

「ここの赤は、もっと濃い赤のほうがいいです。これだと、ぐっとこないっていうか」

「ぐっとこないって、何？」

「ぐっとこないは……ぐっとこない、です。ぐわっとこない、っていうか」

糟屋さんはため息をついて、モニタに向き直る。私は頭の中で色のバランスを考えた。

「そこの赤は、#FF4500のほうがいいと思います」

「えふえふ……何？　ファイナルファンタジー？」

「カラーコードです。赤とか緑とか言ってごめんなさい。そこの赤は……」

「ちょっと、なんですかさっきから。あなた、僕の上司？」

「上司ではないです」

「じゃあ口出すのやめてください。ぐっとこないって、それはあなたの主観でしょ？僕は指示通り作ってるだけですよ」

糟屋さんは猫を追い払うみたいに手を振った。私は仕方なく、彼の隣に座る。モニタを覗き込むと、改めてひどい色のバランスだった。色同士が調和も拮抗《きっこう》もしていない。

「指示通りじゃ、駄目なんです」

私は小声で言う。モニタを見つめる糟屋さんの表情が歪んだ。

「成貴さんの指示は、あくまで目安なんです。それを私たちが上手くやらないと」

「そもそも、こんな仕事にそこまでこだわること、ないでしょ」

手を動かしながら、糟屋さんが言う。

「東京オリンピックのロゴを作ってるんじゃないんだから。スマホ向けのバナーだし、アダルトサイトとか、まとめサイトとかに貼られるやつだよ。大半の人は、広告なんか煩わしいからすぐに消す。細部にこだわるよりも、さくさくたくさん作っていったほうがいいと思うけど」

「糟屋さんは、デザイナーさんなんですか？」

「デザイナーじゃないとデザインしちゃいけない？」

糟屋さんは「いっちょ上がり」と言って、バナーの書き出しをはじめる。私は目を覆いたくなった。色同士が居心地悪そうにしていて、可哀想だ。

「フォトショは遊びでいじるくらい。年末にハワイ行きたいんだよね。それで短期バイト探してたら、初心者でもいいって言われたからきたの。来月には消えるから、ちょっと我慢してよ」

糟屋さんはそう言って、次のバナーの制作に取り掛かりはじめる。駄目だ、と思った。この人は、色を粗末に扱いすぎている。

アダルトバナーの制作はそこまで思い入れのある仕事じゃなかったが、糟屋さんが適当に仕事をしているのを見て、心がうずく。自分の部屋を荒らされたみたいに……。

「うーっ！」

唸《うな》って、立ち上がった。周囲の人がぱっと私のほうを見つめてくる。私はそのまま、席に座った。

「ちょっと、静かにしてくださいよ。オフィスで静かにするのは、基本ですよ」

糟屋さんが言う。頷くのも癪《しゃく》だった。私はパソコンを開く。もう隣の空間のことは忘れよう。隣にはブラックホールでもできたと思えばいい。私には、私の仕事がある。

メールソフトを立ち上げる。ちょうど、『コタン』の檜山さんからメールが返ってきていた。

「お世話になっております。コタンの檜山です」

続く言葉を見て、背中がひやりとした。

「結論から申し上げますが、申し訳ありませんが、この内容では使うことはできません」

「イメージが、秋山さんの考えるものと違うようなんですよね」

メールを受信したあと、黒須さんから電話がかかってきた。

「彼女のイメージは、もっと明るいものらしいんです。晴天の下、子供や若者、色々なタイプの人が集まっていて、わいわいと楽しんでいる。つまり、文化祭みたいな楽しくて賑やかな感じです。そういうものに直すことはできますか」

「それは、話が違うと思います」私は言った。

「黒須さんは、私の自由に色を塗っていいって仰ってくれました。だから、私はそうしたんです」

「菊池さん、ごめんなさい。ただ、状況が変わりました。自由に描く中で、秋山さんのチェックも通して欲しい。そういうことをお願いできますか」

「そんな……」

私は混乱した。自由に描きながら、相手の望み通りに描く？　そんな複雑な仕事を、私はやったことがない。

「やっぱり、僕が悪かったのかもしれません」

黒須さんの声が小さくなっていく。

「もっと菊池さんらしい作品をのびのびと作ってもらう、そんな仕事をセッティングしたかったんですが、上手くできなかった」

「そんな。黒須さんは別に……」

「一旦この話はなしにして、また菊池さんに合う仕事を探させてもらう。そうしましょうか？」

そうしたほうがいいのかもしれない。この仕事は、私には向いていない。自由に塗らせてもらうか、細かく指示をしてもらうか。そうでないと、私にはこなせない。

ちらりと、視界に糟屋さんのモニタが入ってきた。彼はまたアダルト漫画のバナーを作っていたが、さっきのものに輪をかけて、ひどい。色が苦しんでいる。

「もう一度やらせてもらっても、いいですか」

気がつくと、そう答えていた。「判りました」。電話口から、黒須さんの声がする。

「考えかたを変えてみましょう。いちから十までオリジナルなものを作る必要はない。文化祭みたいな、明るい雰囲気、そのベースに菊池さんのオリジナリティを少し加えてもらえればいいんです。そういうものをお待ちしています」

黒須さんはそう言って、電話を切った。

私のパソコンのモニタには、昨日送ったイラストが映し出されている。

昼から作りはじめ、出来上がったのは夜中の三時だった。たくさんの色も使ったし、挑戦的なこともやったと思う。空は#32CD32《LimeGreen》で塗った。広場に佇む人たちの服にも、たくさんの色を使った。原色と原色がぶつかりあって、弾けている。朱里さんの作った『オーキッド』には及んでいないが、それを目指して作り上げた、力作のつもりだった。

「なんですか、それ。変な絵」

横から、糟屋さんが覗き込んでくる。

「電話ちょっと聞こえてましたけど、お客さんに怒られたんですか」

「違います。怒られてなんかいません」

「でも、駄目出しはされてましたよね。僕のバナーを変だって言ってましたけど、そのイラストのほうが変ですよ。人のことを言う資格、ないんじゃないの」

糟屋さんはそう言って、また自分の作業に戻っていく。

——変じゃない。

そう、叫びたかった。色でつながっていないくせに、何が判る。私の……私たちの色彩の、何が。

言葉が欲しかった。朱里さんにこのイラストを見てもらって、一言感想が欲しかった。

変じゃないよ。悪くないよ。そんな、一言が。

「朱里さん」

私は新規メールを立ち上げ、文章を打ちはじめた。

9　みどり

　三日連続で、わたしは川崎大師の駅に降り立っていた。

　人間は移動するだけで疲労が溜まるようにできているらしい。連日の移動で、身体の奥のほうに疲れが溜まっているのを感じる。だが、今日はやるべきことがあった。

　時計を見る。十三時。あまり早すぎると、彼はまだ眠っているかもしれない。午後の時間帯を狙い、わたしはその家を訪問した。

「はい？」

　インターホンを鳴らすと、聞き慣れた声がした。

「たびたびすみません。昨日お伺いした森田です」

「ああ……また何か用ですか。ていうか、二度寝しようと思ってたんだけどな」

「十分で済みますので、お話ししていただけませんか。松平さん」

　少しの沈黙が流れる。「十分だけだよ」という、松平の声が聞こえた。

　家に上がると、松平はシャツにスウェットというラフな格好だった。少し機嫌が悪そうだ。二度寝をしようとしていたというのは、本当なのだろう。

「それで、今日はなんなの？　毎日会ってるね、俺たち」

「お忙しいところすみません。実は、ご報告がありまして」

「報告？　何の」

「狩野照雄さんの居場所が判ったんです」

松平は驚いたように目を見開く。わたしは続けて言った。

「あのあと、広瀬瑞穂さんに聞きました。しぶしぶでしたけど、教えてくれましたよ」

「ほんとに？」

「ええ、本当です」

わたしはそう言いながら、松平の顔を覗き込む。

「少し驚いてらっしゃいますね。広瀬さんが狩野さんの居場所を知っていて、私に教えるのはおかしいですか」

「いや、そんなことないよ。まあ、それならいいけど……なんで俺にそんなことを？」

「え？　だって、知りたがってましたよね、狩野さんの居場所を。『俺が会いたいくらいだ』って仰ってましたよ。お世話になったお礼に、それをお伝えにきたんですが」

「ああ、そうだっけ……」

松平はそう言うと、ぼりぼりと頭を掻く。わたしはふっと笑った。

「松平さん。私に隠していることがありますね」

松平はハッとした表情でわたしのほうを見た。余裕ぶった態度をしている人ほど、この手の揺さぶりには弱い。

「何言ってんの。ねえよ、隠してることなんか」

「本当にそうですか」

「本当だよ……っていうか、判った。カマかけてるんだろ」

「カマ？」

「適当なこと吹いて、照雄の居場所を聞き出そうとしてるんだろ。それ、失礼じゃない？　ここまで散々協力してあげた相手に、そういうことするかね」

松平は怒ったように言う。

「もういい？　帰ってよ。そういうことする人とは話したくない」

「では、狩野さんの居場所を教えてください」

「では、の意味が判んないんだけど。照雄の行き先は瑞穂が教えてくれたんだろ？　さっきの台詞《せりふ》、嘘だったわけ？」

松平の口の端が歪む。少し余裕を取り戻したようだった。

「森田さん。探偵だって言ってたけど、無能すぎない？　何も知らない相手にカマかけてまで情報取ろうとするなんて。もっと歩き回って捜しなよ」

「情報は集めてます。いまも、こうして。狩野さんの居場所はどこですか」

「だから、何度も言うけど、照雄の」

「誰が狩野照雄さんの話をしましたか？」

わたしは言った。

「私が聞きたいのは、狩野瑞穂さんの居場所です」

松平の表情が変わる。そのことを自覚したのか、松平はすぐに平静を装い出したが、その演技は稚拙だった。

「何を言ってるんだ。狩野瑞穂って。誰のことだよ」

「いままでの文脈を踏まえて、誰のことだよというのはおかしいですよね。狩野照雄さんと結婚した、旧姓・広瀬瑞穂さんのことです」

「何を根拠にそんなこと言ってるんだ」

「そもそも、いくつかおかしなことがあったんですよね」

わたしは、頭の中で話す順序を整理した。

「まず、昨日の会合です。あれは、何のために行われたんでしょうか？」

「あんたが瑞穂のことを捜してたんだろ。それで」

「その割に、あまり有益な会ではありませんでした。わざわざ集まったにもかかわらず、瑞穂さんは情報を出すのを渋っていた。そんな彼女から、唯一自発的に出てきた情報がありました」

「何のことだよ」

「狩野照雄さんのことをこれ以上捜しても意味はない、ということです。おふたりは私にその情報を刷り込もうとして、昨日の会合をセットした。違いますか」

図星を指されたのか、松平の表情が固まるのが見えた。

「そういうときは、適度に有益な情報もまぜこぜにしておくんですよ。狩野照雄さんの居場所を知らないとわざわざ伝えてきたということは、知っているということです。なぜそのことを隠そうとするのか。利害をともにする、近い関係だからでしょう」

「だからって、なんで夫婦だって言えるんだ。ただの友人かもしれない」

「ほかにもあります。朱里さんと狩野さんのつながりを質問しているときに、瑞穂さんはあからさまに不快そうでした。それはそうですよね。現夫と、昔の彼女の話を聞かされているんですから」

「そんなの……あんたの勝手な主観だろうが」

「もうひとつあります」。わたしは指を一本立てる。

「一昨日お会いしたとき、松平さんはこう言いましたね。『広瀬瑞穂……懐かしい名前だな。いま、そんな名前を聞くとは思わなかった』。これはどういう意味ですか？」

「どういうって……ずっと会ってなかったってだけだよ」

「その割に、連絡はすぐに取れ、翌日には川崎で集合している。私も最初、おふたりが疎遠だったからそう仰ったのだと思っていましたが、そうでないとすると意味は全く違ってくる。つまり、広瀬さんは苗字が変わっているんです。結婚してね」

松平の表情が、さらに青ざめた。

「しかし、昨日お会いしたとき、瑞穂さんは『広瀬瑞穂』と名乗った。結婚しているのなら、なぜ本名を隠すのか。本名を言うわけにはいかなかったからです」

「旧姓で活動している人間だっているだろ」

「ということは、瑞穂さんは結婚した上で、旧姓で社会活動をしているんですか？」

松平は首を振った。

「ていうか、全部憶測だろ、それ。理屈は通ってるかもしれないが、証拠はどこにある」

わたしは黙った。松平は虚勢を張るように言う。

「全部含めて、カマかけてるんだろ？　あんたの想像は、筋が通ってるよ。だからなんだ？　そう思うなら、その方向で調べりゃいいだろ」

「松平さん。私は、警察じゃない。探偵なんですよ」

わたしは身を乗り出した。松平が少し怯えた表情になる。

「裁判に提出するために、正統な証拠を集める必要はない。ある程度の確度の推理で充分なんです」

「何言ってやがる」

「探偵のやりかたを教えてあげます。私はいまから、広瀬瑞穂さんを捜します。即日集まれたのだから、地方ではなく、川崎周辺に住んでいるんでしょう。聞き込みをしていればいずれ見つかります。そして見つけたら、あなたに居場所を聞いたって言います」

「なんだと？」

「はい。広瀬さんはあなたに裏切られたことになる。私の予想では、そこに狩野照雄さんもいる。ふたりを怒らせたら、どうなるでしょうね」

松平が青ざめる。

「あんたには、見つけられない。困ってるから俺のところにきたんだろ」

「いま見つけられていないだけで、いずれ見つけます」

「嘘だ。大体、本当に見つけられるんなら、こんな茶番はする必要がない。あのふたりのことを見つけられないから、そんなことをやってるんだ。そうだろ」

「あのふたり？」

わたしは薄く笑った。相手の傷口をえぐる笑みになるよう、表情を調整する。松平が真っ青になるのを見て、わたしは立ち上がった。

「帰ります」

「え？」

「証言しない相手に時間は使えません。有益なお話を、ありがとうございました」

「ちょっと待てよ。照雄たちの居場所を、聞いていかなくていいのか？」

「はい。もう一度言いますが、私は探偵ですから。方法は、いくらでもあるんです」

不敵に見えるよう、笑みを作る。松平の恐怖が深まっていくのを感じる。わたしは立ち上がり、踵《きびす》を返した。

「判ったよ、言うよ」

松平を支えていたものが折れる。その音が聞こえた。

「照雄たちの居場所は、知っている。その代わり、俺が教えたと言わないでくれ。それでいいか？」

「情報源の秘匿は、探偵の基本です」

振り返る。どこか安心した松平の表情が、そこにはあった。

10　みどり

狩野照雄の家は、川崎から南武線に乗り一駅の、尻手《しって》にあるマンションだった。見たところあまり新しいマンションではないが、入り口はオートロック式になっている。照雄の部屋は、四〇二。

わたしは集合ポストを見た。四〇二には特にネームプレートなどは出ていない。中を覗いてみると、通販のカタログが見える。宛名に「狩野瑞穂様」という名前が見えるのを確認し、マンションから離れる。

今日は、下見だ。照雄と話すにしても、彼を揺さぶるための武器がもう少しいる。わたしはマンションに背を向けて、駅に向かって歩きはじめる。

スマートフォンを取り出し、マンションの名前を検索した。このところ何度も見た賃貸情報サイトが引っかかり、部屋の間取りが出てくる。２ＤＫで、四十六平米。瑞穂とのふたり暮らしだとするのなら、充分にゆとりのある広さだった。

――照雄は、誘拐事件の犯人なのだろうか。

歩きながら、わたしはそのことを考えていた。

もしも照雄が犯人だった場合、動機は何なのだろう。

最初に考えられる動機は、やはり身代金だ。だが、身代金が要求されたのなら、事件のあとに菊池香織がそれを証言しているはずだ。量刑も段違いに重くなる。

身代金の要求はあったが、菊池香織がそれを黙っている。その可能性はないだろうか。

例えば香織に家族がいたとしたら、狂言誘拐という線もあるかもしれない。香織と朱里と照雄の三人はどこかでつながっていて、香織は朱里に我が子を誘拐させる。香織は身代金の肩代わりを家族に頼み、用意できたそれを三人で分ける。

だが、香織にそんな家族はいない。親族との縁は切れており、藍葉は父親にすら一度も会ったことがないという話だ。大体、被害者と加害者がつながっていたなど、警察が見逃すはずがない。

念のため、香織の金の動きを調べておくくらいは、してもいいだろう。不自然な金の動きがなければ、可能性をひとつ消すことができる。

わたしはそこで、もうひとつの可能性に思い至る。

――朱里と照雄が、充分に関係を修復できていなかったとしたら？

いままでわたしは、朱里と照雄が協力関係にあるという前提で推理をしてきた。だが、ふたりは一度別れている。『オーキッド』では「人殺し」という言葉もぶつけている。

ふたりが敵対的とは言わないまでも、充分に信頼関係がなかったとしたらどうだろう？

何かが見えてきた気がする。わたしは、思考に沈み込んでいく。

その瞬間、ものすごい力で、後ろに引き倒された。

背中から地面に叩きつけられ、後頭部が打ちつけられた。鈍い痛みが走り、息が止まった。何が起きているのか判らず、頭が割れるような痛みの中、わたしは必死に周囲を探った。

「おい」

声が聞こえた。氷を口に突っ込まれたように、冷たい感じがした。

「お前か、探偵っていうのは」

男の顔が、視界に現れた。

狩野照雄だった。

ぐいっと襟首を摑まれ、持ち上げられた。抗《あらが》えないくらいの力だった。襟が首に食い込み、軽い首吊りのような状態になる。喉《のど》の奥が、蛙のように鳴った。

「俺の何を調べてる」

照雄と目が合う。その瞳の冷たさに、わたしはぞくっとした。

暴力を振るいなれている男には、何度も会ったことがある。自分は暴力が得意だと自任している男も、たくさん見てきた。狩野照雄の目は、そういう人間の目とは違っていた。暴力を振るう必要があるなら振るう——人を傷つけることに対する葛藤《かっとう》の浅さが、瞳に貼りついていた。

——やられる。

女だからと、手加減をする人間には見えなかった。鞄の中の武器を摑む余裕もない。襟首を摑んでいる照雄の手に、力が入る。わたしは諦めて、目を閉じた。

「照雄、やめなよ」

横から、女性の声がした。目だけを動かしてそちらを見ると、香水の匂いを漂わせた瑞穂が立っていた。

照雄の手からは、力が抜けない。「やめなって、こんなクズの相手」。もう一言、瑞穂が言ったのをきっかけに、ようやく力が緩んだ。わたしは重力に抗えず、地面に投げ出される。

「おい」。瑞穂の声が降ってきた。

「何考えてんだお前。こんなところまできやがって。警察に行くぞ、この野郎」

瑞穂の怒りに満ちた目が、こちらを見下ろす。迫力があったが、それだけだ。シンプルで単色の怒り。そこには、照雄の目にあったような深淵《しんえん》を覗き込むような感じはない。

「なんだよお前、その目は」

瑞穂の怒りに触れているうちに、わたしはだんだん落ち着いてきた。視線をずらし、照雄を見る。

照雄は表情のない目でこちらを見下ろしている。背が高い。百八十センチはあるだろう。高校時代の写真もいい体格をしていたが、あのとき以上に全身の筋肉が盛り上がっていて、胸板も厚い。体格のよさと目の暗さ。そのバランスの悪さが迫力を生んでいる。松平に、密告されたのだ。

情報源は秘匿すると約束したものの、万が一にもわたしの口から自分の名が漏れることを心配したのだろう。それよりは、自白をしたほうが傷が浅い。冷静になった松平は、そう思い直した。

その判断は、理解できた。この男に目をつけられたら、何をされるか判らない。

わたしはもう一度、身体を持ち上げられた。瑞穂に胸ぐらを摑まれていた。

「舐《な》めてんのか、てめー」

頭が冷えたのだろうか。照雄の口調が変わっていた。「だって、こいつ」。瑞穂が抗弁するように言ったが、照雄が彼女の手を握ると、わたしを摑む力が弱まった。わたしは三度、地面に投げ出される。

照雄がわたしを見下ろして言った。

「帰れよ。人の過去をごちゃごちゃ探るのはやめろ。判ったな」

照雄は踵を返した。瑞穂はわたしを睨《ね》めつけたあとに、その後ろについていく。

どっと、全身に汗をかいていることに気づいた。純粋な恐怖に怯《おび》えるのは、久しぶりだった。何かを怖がるなんて、一体いつ以来だろう。

——ああ。

わたしは、思った。

——楽しいな。

自分の中に浮かんできた感情に、わたしはぞっとした。馬鹿な。さすがにどうかしている。そんな言葉を自分にぶつけても、その感情は消えない。むしろ強まり、身体の中を巡り続ける。

恐怖。楽しさ。楽しさを覚えることへの恐怖。生まれてしまった感情を抑え込むように、わたしは胸に手を当て続けた。

11　藍葉

「あら？　あなたは、この前の……？」

『マルーン』に入ると、ママさんが少し目を丸くした。お店はこの前と違って混んでいる。奥の小さなテーブルが一席、空いているだけだった。

「すみません。お酒飲めないんですけど、お邪魔していいですか」

「いいわよ。何か食べていきなさいよ」

ママさんはそう言って、空いている席に案内してくれた。

「あの」

私は、意を決した。

「あの、朱里さんの絵、もう一度見せてもらえませんか」

「ん？　ああ、あれね。ちょっと待っててね」

ママさんはそう言って、奥に引っ込んでいった。

黒須さんに駄目出しを受けてから、私はどんな色を塗ればいいのか全く判らなくなっていた。文化祭のような感じといっても、私の中学には文化祭がなかったので、よく判らない。わいわいとした感じと言っていたが、私はわいわいと塗ったつもりだった。

しばらくして、ママさんが『オーキッド』の絵を持ってきた。「きちんと保管しようと思ってね」。絵は、額縁に入っていた。

画用紙に貼られた、たくさんの色……。

──好き。

この絵が、好きだ。原色によって彩られた花壇。色と色とがぶつかって、溶け合わずにせめぎ合っている。その緊張感。緊張感の中から生まれる、弾けるような美しさ。

──駄目だ。

見とれているだけじゃ駄目だ。もっと細かく、この絵を見ないと。

最近読んでいる色彩学の本を思い出しながら、絵を見ることにした。この色合いは、なぜ生まれているのだろう。

ひとつ気づいたのは、どの色も鮮やかな色が使われているということだ。灰色の混ざったぼんやりとした色はなく、青も赤も緑も、彩度の高い色が使われている。こういう色と色とをぶつけると、ちかちかと目に痛い色合いになる。『オーキッド』にもそういう面があったが、一方で、目に痛い美しさというのだろうか、独特の美意識があるのだ。

補色、というものがある。

色相環といって、色の関係性を円にした表がある。その円の反対側にあるのが、補色だ。#FFFF00《Yellow》の補色は#0000FF《Blue》。#FF0000《Red》の補色は、#00FFFF《Cyan》。並べると、互いに引き立てあって緊張感が生まれる色合いだ。黒須さんの画集にあった、ゴッホの『夜のカフェテラス』という絵では、夜の青とカフェの黄色が補色になっていて、鮮烈な効果を生んでいた。『オーキッド』も、よく見ると多くの色の中で補色がぶつかり、色同士を引き立てあっている。

この絵には、ベースとなっている色がない。あらゆる色がフラットに並べられて、ぶつかりあっている。だから、落ち着かない。それも、緊張感を生んでいる原因だ。

私は、情報を読みとれるようになっている。

みどりさんが言っていた。情報を読みとれるのは、技術だ。そして、技術は個性の内側に入るものだ。前の私なら、朱里さんの絵からこんなに細かい情報を読みとることはできなかった。

もっと勉強を積んでいけば、もっと深くこの絵を知ることができる。そうすれば、私にも、朱里さんのような色彩を作れるのかもしれない。そのことを考えると、胸がどきどきする。

私は絵を見続ける。色を目の奥に焼きつけるように、じっと絵を捉《とら》え続けた。

「君、中学生？」

気がつくと、テーブルを挟んだ反対側に、スーツを着たおじさんが座っていた。

「こんなとこで何やってるのかなー？　中学生がこんなところきちゃ、駄目じゃない？」

頬がピンクになっている。酔っ払ってるみたいだ。#B22222《FireBrick》。茶色と赤がブレンドされた色に、#FFC0CB《Pink》のような鮮やかな色が混ざっている。私は『オーキッド』に目を落とす。絵の魔法みたいなこの色彩に比べ、おじさんの顔色は、見られたものじゃない。

「口が利けないの、君？」

「こらこら、坂本《さかもと》さん、絡まないの。この子はご飯を食べにきてるだけだから……」

ママさんが間に入ってくれる。坂本さんと呼ばれた男の人は、それでも止まらない。

「それは判ってるけど、こんなに露骨に無視されると、温厚な俺も腹立つわけよ。ただの世間話だよ？　おじさんとデートしようとか、そんなこと言ってるわけじゃないよ？」

「坂本さん、判ってますから。ほら、私と飲みましょう。あっちのテーブルで」

「君さあ、馬鹿にしてる？　俺みたいなおじさんとは話す気が起きない？」

話す気がないわけじゃない。ただ、せっかく満ちた私の中の色が汚れる気がして、その顔を見たくないだけだった。でもたぶん、そんなことを言ったらこの人はもっと怒るだろう。黙るしか選択肢がない。

からん、からん。入り口のドアが開き、誰かが入ってくる音がした。それと同時に、私の頭に何かが降りかかった。

ごとり、と固いものが右手に当たる。見ると、それは氷だった。

水をかけられた——額縁に水がぽたぽた垂れるのを見た瞬間、それに気づいた。

私は叫んでいた。慌てておしぼりを取り、こぼれた水を拭く。この絵が、濡《ぬ》れてしまったら……！

「調子に乗るなよ、ガキ」

水を拭き上げ、額を逆さにする。幸い額縁のガラスは思ったよりも水を通さなかったようで、下の画用紙は濡れていない。よかった。私はほっと一息をつき、坂本さんのほうを睨んだ。

そこで、私は固まった。彼の背後に、大きな男性がいた。

「お前、いまなんて言った？」

坂本さんが振り返る。その身体が強張《こわば》った。

そこにいたのは、浅川さんだった。

「なんか言ってたよな、そこの子に。聞いてやるから、もう一度言ってみろよ」

すごい迫力だった。浅川さんはにやにやと笑っている。だけど、怖い。ママさんも、何も言えずに呆然《ぼうぜん》としている。

「なんだよあんた、関係ないだろ……」

「いいからもういっぺん言ってみろって。調子に乗るな、クソガキだったか？」

「いや、その……」

「それとも、おじさんとデートしたいのか、この子と？」

「いや、それは言ってない。『デートしよう、だったか？　デートしようとは言ってない』とは、言いましたが」

「デートしたくないってことか？　俺の友達に魅力がないって言いたいのか、お前？」

「いや、あのね、違いますよ。デートしようとは言ってないけど、デートはできるならしたいです。でも、デートしようとは言ってない」

「何言ってんだこの野郎」

浅川さんの声が低くなる。

「水なんかかけやがって。コップ一杯だな。同じ分だけ流してみるか？　血でもよ」

「いや、血って、あなた……」

「表出ろよ、お前」

「浅川さん。もういいです」

私は言った。怖かったけれど、止めないと、よくないことが起きると思った。

「私は大丈夫です。絵も、大丈夫でしたから」

「いいのか？　殺してやってもいいぜ」

「殺さなくていいです」

「だとよ。命拾いしたな、お前。大人しくそっちで飲んでろ」

坂本さんは弾かれたように立ち上がり、向こうの席のほうに行ってしまった。

「クズに絡まれて災難だったな」

浅川さんが私の正面に座ると、横からママさんがハンカチを出してくれる。私はそれを受け取り、顔を拭った。浅川さんは相変わらずにやにやとしていたが、さっきまでの迫力はもうなくなっていた。

「菊池さん。今日はどうしてこんなところに？」

「あ、ちょっと仕事で悩んでて……。朱里さんの絵を見たくなって。浅川さんは、お食事ですか？」

「気に入っちまってな、この店。居心地がいい」

浅川さんが何も言わないうちに、ママさんがウィスキーのセットを運んでくる。ママさんがグラスに氷を入れるのを見ながら、浅川さんが言った。

「その後、みどりと会ってるのかい」

私は首を振った。最近、仕事のほうで色々考えることがあって、みどりさんと連絡を取っていない。調査はどこまで進んだのだろう。みどりさんの、あのふわっと柔らかい緑色の雰囲気が懐かしい。

「なあ、菊池さん」

浅川さんの声が、少し変わった。

「これは俺からのお願いなんだが……みどりに、あんまり無理をさせないでくれないか」

「え？」

浅川さんはウィスキーを傾けながら言う。

「失踪人《しっそうにん》の調査ってのは、いい結果に終わらないことも多い。こんなんだったら会わなかったほうが、よかった。相手が見つかったあと、後悔する依頼人も多い」

「そうなんですか？」

「人は、消えた相手に対して幻想を持つからな。時間とともに、幻想は膨らんでいく」

浅川さんはグラスをテーブルの上に置いた。

「それよりも、みどりだ。あいつは昔から、無茶をする人間なんだよ。探偵の仕事を、ビジネスというよりはライフワークとしてやってるようなところがある」

「それは、趣味でやってるってことですか？」

「似てるが、ちょっと違う。たぶん、絵描きが絵を描くのと同じだ。俺にはよく判らないが、絵描きは金はもらうが、金が欲しいという理由だけで描いてるわけじゃないだろ？　仕事でやってるのと同時に、生きる意味とか、深いところでの充足とか、そういうのを求めてやってるはずだ。あいつにとって、探偵がそれなんだよ」

私は画家じゃない。でも、世の画家たちが、ただの仕事でやってるわけではないことは、なんとなく判る。

「だが、絵描きならいい。絵を描いてて、誰かに刃物で襲われるやつはいないからな。

まあ、悩んで首吊るやつはいるだろうが」

「探偵は、刃物で襲われることもあるんですか」

浅川さんは頷いた。そして、ぽりぽりと頬を掻いた。

「俺は昔、あいつに命を助けてもらったことがあるんだよ」

「命、ですか？」

「昔の話だがな」

浅川さんの声の質が、ふっと変わった。

「あいつと一緒に働いていたころだから、もう八年くらい前の話だ。俺たちは、二十代の女から依頼を受けた。ある女性の居場所を調べてくれという依頼だ。話を聞くと、その女は被調査人《マルヒ》の友人で、ことあるごとに金を貸していたんだが、それが五百万くらいまで膨らんだところで逃げられたそうだ。住居も職場もすでに去ったあとで、どこに行ったか判らない」

「それを、おふたりが担当したんですか？」

「そうだ。女は随分と準備がよくてな。被調査人《マルヒ》の顔写真とプロフィール、五百万円の借用書まで、調査開始の段階ですべて揃っていた。相手の居場所は、三日で割り出すことができた。被調査人《マルヒ》は東京から茨城のほうに移り住んで、結婚をしていた。簡単な調査だった。あとは報告書をまとめるだけ……というときになって、みどりが突然変なことを言いはじめた。この結果は、報告しないほうがいいってな」

「そうだ。見つけ出した被調査人《マルヒ》は借金をして逃げるような人物には見えない、ってことだった。あまりにも周到に調査の準備がされていたことも、気になったらしい。だが、そんな曖昧な理由で報告をしないというわけにはいかない。それで、俺たちは報告の順序を変えることにした。被調査人《マルヒ》が結婚をしていることを最初に報告したんだ。そしたら、女はその瞬間に豹変《ひょうへん》した」

「え……？　なんでですか……？」

「女はストーカーだったんだよ。その女性のな」

ストーカー。私にとって非現実的な単語だったが、このところ非現実にも慣れてきた。

「この業界では、ストーカーの手伝いというのはご法度だ。二〇一二年に逗子《ずし》で起きたストーカー殺人では、手伝った探偵が逮捕されて有罪判決を食らってる。準備が周到だったのは、あちこちで断られてるうちに依頼内容が磨かれていったんだろう。まあ、仕事としてはパーになったが、犯罪の片棒は担がずに済んだ」

「それが、みどりさんに助けてもらったことなんですね」

「いや、違う。話はここからだ」

浅川さんはウィスキーを傾ける。結構飲んでいるのに、その顔色は何も変わらない。

「その半年後、忘れていたころに女から連絡があった。話したいことがあるから、誰にも言わずにひとりで家にきてくれないかってな。当然断ったが、女は何度も何度も電話をかけてくるようになった。こっちもいい加減頭にきてな。警察に相談すればよかったが、そんなことより乗り込んで黙らせてやると俺は決めた。俺も若かったんだな。相手は女だし、暴行されたとか因縁さえつけられなきゃ大丈夫だろうという驕《おご》りがあった。俺は録音機を回しつつ、女の家に行った。金持ちっぽい大きな一軒家だったよ。そこで女は、ある頼みごとをしてきた」

「再調査、ですか？」

「殺人だよ」

殺人。その単語は、非現実に慣れてきた私にとっても、強く響いた。

「自分のものにならないのなら、相手を殺してくれ。そういう依頼だった。少し驚いたが、まあ……ぶっちゃけて言うと、実はそれも想定の範囲内だった」

「え？　探偵って、殺人もやるんですか……？」

「んなわけないだろ。探偵と殺し屋の区別がついていない人間が、世の中には多いんだよ。想定外なのはここからだ。女は、これで殺して欲しいと言って凶器を出してきた」

浅川さんはそう言って、ハンドサインを作った。拳銃《けんじゅう》のサインだった。

「改造銃じゃない。どこで手に入れてきたのか知らんが、ガバメントの純正品だった。正直、驚いたよ。身体にも震えがきた。性別関係なく、ぶち切れてるやつは最強だからな。俺はさっさと逃げようとしたが、逃げられなかった」

「逃げられない……？」

「女はいきなり俺に拳銃を向けてきて、撃ったんだ」

浅川さんは右肩をとんとんと叩いた。そこに命中したと言いたいようだった。

「俺は探偵をやる前は警察官だったんだが……拳銃っていうのは使うほうも怖いんだ。誰かを撃つとかいう以前に、持ってるだけで怖いし、たとえ弾の入ってない拳銃であっても、銃口を誰かに向けたりしようもんなら震えるくらい怖い。それなのに、あの女は何段階も飛び越えていきなり撃ってきた。ああ、こりゃ死んだと思ったよ。どっと後悔が押し寄せてきた。まだまだ、やりたいことがあったのにってな」

「それで、どうなったんですか」

「みどりがきてくれた」

浅川さんはそう言って、難しい表情になった。

「みどりが、俺をつけてきてくれて、家の外で待っていたんだよ。あいつは銃声が聞こえた瞬間、窓を破って中に入って、女を制圧してくれた」

「拳銃を持ってる相手にですか？　そんな危ないこと……」

「あとでみどりは言ってたよ。自分が入っていったときには、女は放心状態だったって。拳銃を一発撃ったことで、目が覚めたんじゃないか、ってな。ただ、あいつがこなかったら、そのまま殺されてたかもしれない」

浅川さんはそう言って、ウィスキーを傾ける。変わらず、難しい表情をしている。

「みどりさんは、浅川さんにとっての恩人なんですね」

何気なく言った。その言葉に、浅川さんは顔をしかめた。

「確かにそうだ。あいつには借りがある。あいつもあそこで命を落とす危険があった。だけどな」

「だけど？」

「まあ、その話はいいんだが……」

浅川さんは口をつぐんでしまう。なんだろう？　何の話か、私にはよく判らなかった。

「最初の話に戻るぜ。みどりが変なことに足を突っ込んでいそうだったら、菊池さんのほうで止めてもらえないか。これ以上は調査をしなくていいとか言われれば、あいつも身を引くだろう」

「私が調査を頼んでいるのが、悪いことなんですか」

「悪くはない。ただ、ちょっと怖くてな。仕事を覚えるにつれて無茶はしなくなっていったが……何か、昔のあいつに戻ってるっていうか、嫌な予感がしてな」

「そうですか……」

「頼んだぜ、菊池さん」

私は頷いた。でも、どの段階で止めればいいのだろう。自分に、そんな判断ができるだろうか。

絵に目を落とす。みどりさんがいなければ、見つけられなかった絵。私が朱里さんを求めるのが、よくないことなのだろうか。

過激な色彩に塗り分けられた花壇が、私を責めてくる感じがした。

12　藍葉

「起きてます？」

「ふぁ……はい」

翌日の昼休み。私はそう言われ、目をごしごしとこすった。

昨晩、浅川さんと別れて家に帰ってからずっと彩色をしていて、気がついたら朝になっていた。ほとんど眠っていない。

「菊池さん、言いましたよね」

昼休み。私はゴーイングホットの会議室で、黒須さんと会っていた。近くにきたついでに、打ち合わせをしよう。提案してくれたのは、黒須さんだった。

黒須さんはタブレットに目を落としている。そこには、今朝送った最新のイラストがあった。

「こういうものじゃ駄目だって、檜山くんから連絡が行ってますよね？　文化祭みたいな、わくわくしたものにしてくれって」

黒須さんは指先で画面を叩きながら言う。『オーキッド』をベースに、今度こそ納得が行くものができたと思っていたのに、『コタン』の反応は同じだった。

「すみません……でも、私はこれがいいと思うんです。最初に送ったものは、正直、つめが甘かったと思います。今回は、納得が行くまで色を塗りました。もう一度、考えてもらえませんか」

「菊池さん、これはフリーマーケットのチラシなんです。芸術作品じゃないんです」

「でも……私にはこれが、わくわくするイラストなんですけど……」

黒須さんはふーっとため息をつき、タブレットをスリープにする。画面が暗く落ちる。自分の絵に、墨を塗られたような気がした。

「以前は菊池さんの自由に、とは言いましたけど、プロジェクトにも状況ってやつがあるじゃないですか。檜山くんたちが物言いをつけてきた時点で、完全に自由にやるって話はなくなったはずです。菊池さんは、それでもこの仕事をやりたいと言いましたね？」

「言いました。でもあれは、糟屋さんがひどい仕事をしてて……」

「糟屋さんって誰ですか」

「うちにきているアルバイトの人です」

「なんだかよく判りませんけど……。とにかく、こっちの事情も理解してください。顧客の注文に応《こた》えるというのは、デザイナー……というか仕事の基本だと思いますよ？」

「見てください」

黒須さんがタブレットを離さないので、私は自分のスマホを起動して見せた。最新版のイラストが、そこには映し出されている。

「たくさんいる人と人とが、うるさくなりすぎないように、色遣いに気をつけました。補色は互いを引き立てます。だから、補色が隣同士にならないように、色を考えました」

「菊池さん」

「使う色の彩度を落とすと、ぼんやりしてしまいます。だから、彩度の高い色をたくさん使って、くっきりした画面を目指しました。空には #00FF00《Lime》を使って……」

「菊池さん」

黒須さんはそう言い、私の手からスマホを取る。

「ちょっと落ち着きましょう。菊池さんのこだわりはよく判りました。菊池さんが表現者であることも、判りました」

「どういうことですか」

「自分の中に理想像を持っている。そして、そこを目指して作品を作っている」

その通りだった。そこまで判ってくれているのに、黒須さんは、どうして。

「でも、やりたいことをやってそれが仕事になるというのは、ごく一部の天才か、長いキャリアを積み重ねて、顧客の信頼をたくさん獲得してきた人間だけですよ。僕は菊池さんが天才かどうかまでは判りませんけど、キャリアが浅いのは同意してくれますよね」

「キャリアの浅い人間は、どうすればいいんですか」

「顧客の求めるものを、確実に出す。同時に、その中に自分の個性を混ぜていく。その両方をやって、信頼を積み上げていくしかないですよ」

苦手だ。それはつまり、空気を読むということだ。黒須さんの要求は、#FF0000《Red》も#FF4500《OrangeRed》も#DC143C《Crimson》も全部「赤」でくくってしまうような、曖昧さがある。顧客の求めるものを出すのなら、全部色を指定して欲しい。私の個性が欲しいのなら、全部私に決めさせて欲しい。採点の基準が曖昧なテストは、私に向いてない。

「菊池さん。世の中のデザイナーって、みんなそうやってますよ。顧客の求めることをヒアリングして、理解して、その枠の中で自分の表現をして遊ぶ。全部自分のやりたいようにやってたら、却って不自由じゃないですか？」

「私はそう、思いません」

「でも、見せていただいたイラストは、前にレストランで見せてくれた、あの絵に似てますよ。あの、花がたくさんある切り絵」

　黒須さんはそう言って、私を覗き込む。

「菊池さんは、あの絵に囚《とら》われているんじゃないですか。あの絵、あの色遣いを理想だと考えて、それを模倣している。これからの仕事、全部その色遣いでやるつもりですか？　それはそれで、不自由なことだと思いますけど」

　そうなのだろうか。理想がはっきりとしているのなら、それをひたすら極める。そういうデザイナーがいても、いいんじゃないだろうか。

「とにかく、もう一度考えてください。でないと、この仕事は引っ込めざるを得なくなります。菊池さん、僕は意地悪をして言ってるんじゃないですよ。仕事を引き上げることは、簡単なことです。それをしたくないから、こうやって説明してます。わざわざここにも足を運んでいる。それは、判ってくれますよね？」

私は頷いた。判っていなかったけれど、いままでの人生で作られてきた私の性格が、身体を動かした。こういう態度を取っていれば、丸く収まる。

「あのう……」

会議室のドアが開いて、雁部さんと成貴さんが顔を出した。

「大丈夫ですか？　その、うちの菊池が」

「大丈夫です。仕様の認識に齟齬《そご》があったので、それを摺《す》り合わせていただけですから」

「それならばいいんですが……」

雁部さんはそう言って、ちらりと私に視線を送る。その意味はよく判らなかったが、黒須さんに向けられた視線とまるで違うものだということくらいは判った。

「じゃ菊池さん、期待してます。期待に応えてください。僕はこれからも、菊池さんと仕事がしたいですから」

黒須さんは私の手を握る。その言葉は、嬉しいはずなのに嬉しくなかった。その手は、温かいはずなのに、温かくなかった。


二時間、私はモニタの前で白黒の線画を見つめていた。

文化祭。わいわいとした感じ。自由な空間。フリーマーケットの楽しさ。お金と品物が行き交う活気。『コタン』のブランドイメージにあった、若くて開放的な感じ。

檜山さんから「再度確認しますが」というコメントつきで、たくさんのリクエストがきていた。それは私にとっては、xとかyとかzとかが書かれた、難しい方程式にしか見えなかった。しかも、これは学校の勉強じゃない。参考書の最後をめくれば答えが書いてあるわけではなく、自分で証明法を発見して、自分で解かなければいけない。

――私の個性って、なんだろう。

問いかけを自分にぶつけると、即座に声が返ってくる。『オーキッド』。色彩の部屋。色と色との衝突を、美しいと感じる感性。それが、自分の個性だ。

でもそれは、本当に私の個性なんだろうか。

両方とも、元の作品を作ったのは私じゃない。私は、朱里さんが作ったものをいいと感じ、それを真似しているだけに過ぎない。

私の中には、絵がない。

黒須さんは私のことを「表現者」と呼んでいたけれど、違う。私は表現者の真似をしていただけだ。壁の向こうにいるふりをしていただけだ。あの「枠」は、朱里さんの作ったものを再現しようとしているから、作れているのだ。前に『コタン』に提出したモノトーンのイラストも、朱里さんのものを見習っただけだった。私がゼロから作ったわけじゃない。

こんな悩みにぶつかるのは、初めてだった。好きだったはずの『オーキッド』。それを見るのが辛い。鮮やかな蘭の茎が、喉元に絡みついてくるようだった。

「さっきからぼーっとして、何やってるんですか」

隣から糟屋さんが、私のモニタを見つめている。

「お客さんに怒られて、何を描けばいいか悩んでる。でしょう?」

「違います。怒られてません」

「手伝ってあげましょうか? それ、何のイラストです?」

「フリーマーケットで使うチラシ、のイラストです」

「なあんだ、フリマ。そんなもの、適当でいいじゃないですか。チラシなんて何枚刷るか知りませんけど、どうせ大半がゴミ箱に捨てられるんですから。悩むだけ時間の無駄ですよ。ちゃっちゃっとやりましょうよ」

糟屋さんは、自分のモニタに向かう。今日の彼はアダルトサイトのバナーを作っていたが、相変わらず仕事はいい加減だった。巨乳の女の子の上に載せる「驚異の新人登場」という文字の色が、背景のベッドルームや女の子の下着と全然合ってない。

「ねえ。その仕事、僕にくださいよ」

糟屋さんが手を動かしながら言う。「え?」と私は問いかけた。

「だって、菊池さん、僕の仕事が不満なんでしょ? なら、取り替えましょうよ。正直、このバナーの仕事より、そっちのほうが面白そうだし。菊池さんが悩んでる仕事を、僕がやる。不満を持ってる仕事を、菊池さんがやる。WinWinだと思いません?」

そうなのかもしれない。一瞬そんなことを考えて、私は頭を振った。この仕事を他人に任せたりしたら、それこそ黒須さんに見捨てられてしまう。

でも、私がこのままやっても、見捨てられてしまうのではないだろうか。

ぞっとした。仕事を失うことは怖くない。色でつながっている関係。それが消えてしまうことのほうが、よほど怖かった。

「はっきりしませんねえ」

糟屋さんは鼻で笑い、自分の仕事に戻っていく。残されたのは、色のない線画だった。

作業が進まない中、久々にみどりさんからメールがきたのは、終業の一時間前だった。

13　みどり

「わざわざきてもらって、ありがとう」

鐘ヶ淵にあるカフェで、わたしたちは会っていた。最初に藍葉の家を訪れたときに調べておいた店の情報が、役に立った。

「それで……家にあるものは全部持ってきましたけど、どうですか……？」

家に古い預金通帳があったら、持ってきて欲しい。わたしは藍葉にそんな依頼をしていた。幸い、藍葉の母親は引っ越しの際に古いものを残していたようで、昔の預金通帳は揃っていたようだ。

「ありがとう。ちょっと中身を見させてもらうね」

「はい……」

理由は言っていない。藍葉は釈然としない様子だったが、一式を渡してくれる。

通帳は十三冊あった。そのうちのひとつは藍葉の口座で、残りはすべて菊池香織名義で作られている。わたしはそのひとつを開いた。

一昨年の通帳だった。金銭状態は良好だ。フリーランスらしく収入こそ月によってまちまちだが、きちんと貯金を積み上げられている。

「あの……その、お母さんの口座が、何か事件と関係してるんでしょうか……？」

「まだ判らない。ちょっと気になることがあってね」

わたしはそう言いながら、通帳を次々とめくっていく。誘拐事件が起きたのは、二〇〇六年九月。

その時期の通帳を見つけた。わたしは、事件当日の金の流れを見た。

通帳に、特におかしな入出金記録はなかった。

「お母様の口座は、これだけかな？」

「え？　どういうことですか……？」

「これ以外の銀行や証券会社、そういうところに口座を開いている可能性はない？　判る範囲でいいんだけど」

「私が知ってるのはこれだけです。最近のことは、よく判りませんけど……」

わたしは再び手許に視線を下ろす。

誘拐が起きた日には、出金も入金も、記録自体がない。その前後にも目立った動きはなく、念のためその年の年末まで見てみたが、最後まで見ても通帳に異変はなかった。

表立っての金銭の要求も、裏での金の受け渡しもない。やはり、あの事件は、身代金誘拐の事件ではないのか。

もともと薄い可能性だったが、そう結論づけざるを得ない。ということは、あの事件は、何か個人的な動機に基づいたものだ。

わたしの頭の中に、ひとつの事件像が浮かび上がりはじめていた。

「あの……大丈夫ですか？」

藍葉が心配そうに声をかけてくる。わたしは微笑みかけた。

「大丈夫。ごめんね、自分の世界に入っちゃって」

「いえ……そんなことないです。すみません、こちらこそ」

藍葉は視線を落とす。どうしたのだろう？　最初から気になっていたが、いつもより元気がない。頼んだサンドイッチも、一口も手をつけずに置きっぱなしになっている。

「藍葉ちゃん、何か悩んでるの？」

聞くと、藍葉は静かにうつむいた。無理に聞き出さないほうがいい。わたしは口をつぐみ、テーブルの上のお冷やに口をつけた。

しばらく沈黙が流れる。沈黙を気詰まりだと感じなくなってから、どれくらい経つだろう。わたしはリラックスしたまま、藍葉の言葉を待った。

「みどりさん、ごめんなさい」

最初に口から出てきたのは、謝罪だった。

「みどりさんは、朱里さんを見つけるためにずっと動き回ってくれてるんですよね。なのに、私は全然違うところで悩んでます、いま」

「どうしたの？　別に調査だけしてるわけじゃないよ。子供の相手もしてるし、家事もしてる。人間の生活だもの。色々あるのが当たり前だよ」

「みどりさん……」

藍葉が顔を上げる。

「ちょっと、相談させてください」

「相手がどういうものを求めてるか、それが判らないんだね」

藍葉の相談をひと通り聞き終わり、わたしは言った。藍葉はこくんと頷く。

「私がいいと思っているものと、お客さんがいいと思っているものが食い違ってるんです。私、こういうときにどう対応すればいいか、判らなくて」

「いままで、こういう仕事はやったことがないの？」

「はい。成貴さんに言われたことだけを、ずっとやっていたので」

藍葉はそう言ってうつむいてしまう。

「私、本当に駄目だなって思って。朱里さんと違って、私は色々な絵を描き分けるセンスがなくて。自分の中に絵がないっていうのが、とても辛くて、それで……」

「藍葉ちゃん、落ち着こう」

藍葉はコミュニケーションが得意ではない。客の要望と、自分がすべきこと。それを摺り合わせることができないのだろう。絵のことはよく判らないが、そういう作業ならば、手伝える気がした。

「お客さんは、君の絵がいいと思って注文をくれたんだよね。ということは、必ず君の中にいいところがあるはずだよ。パニックになってると、自分を正当に評価できなくなっちゃうから、まず平常心を取り戻すことが大事」

「私、パニックになってますか」

「なってるね。さ、深呼吸、深呼吸」

「深呼吸、深呼吸……」

藍葉はそう言うと、すーっと息を吸い込み、ゆっくりと吐き出す。それをしつこく、何度か繰り返す。本当に、素直な子だ。

「君が塗った線画っていうのを、見せてもらってもいい？」

藍葉は頷いて、スマートフォンの画面を見せてくれる。

ひと目見て、その意図が判った。朱里の絵の模倣だ。藍葉の塗った絵は、『オーキッド』にそっくりだった。

「朱里さんの絵のパクリだっていうのは、自覚してます。でも、私、ああいう絵が作ってみたいんです」

「この仕事の前に、もうひとつお客さんに出したんだよね。その絵はある？」

「はい……。これも、真似なんですけど……」

草原の絵が、白と黒のモノトーンで彩られている。これも確かに、朱里の作った猫の絵に影響を受けているようだった。

ふたつの絵を見ていて、わたしはあることに思い至った。

「私、絵のことはよく判らないけど……よく描けてると思うよ、このふたつは」

「ほんとですか？」

「物事には必ず、いい面と悪い面がある。確かにこれは、朱里さんの絵の真似かもしれない。それが悪い面。なら、いい面は？」

「いい面？　そんなの、あるんですか」

「真似をできる技術があるってことだよ」

藍葉は意外なことを言われたように目を丸くした。

「探偵だって一緒だよ。尾行調査だって聞き込みだって、最初から上手くできる人なんかいない。みんな先輩の仕事を見て、真似て、それから独自のやりかたを摑んでいく。藍葉ちゃんは、デザインをはじめてどれくらいなの？」

「ちょうど一年です」

「なら、まだ真似る段階だよ。それでこれだけできてるんだから、充分じゃない？　私だって、真似から抜け出すまで三年くらいはかかったもの」

実際にそうだった。現場で揉まれ、自分なりの調査方法が判ったと思えたのは、入社してから四年目のことだ。

「藍葉ちゃんには、真似る技術はある。いままでだって、上司に言われた仕事はできていたんだよね。言われたことをアウトプットする技量は、君にはあるんだよ」

「でも……今回は、言われてる内容がよく判らなくて。お客さんの注文があって、私の個性も出してほしいとか言われて、それで」

「個性、ってところで悩んでるんだね。でも、それは考えなくていいと思う」

「考えなくていい？　どういうことですか」

「やっぱり探偵の仕事と同じだよ。型にはめようとしても、人間って簡単にはまらないから。ベタなものを作ろうとしても、藍葉ちゃんの個性はにじみ出てくると思う」

わたしは言った。

「だから、こう考えてみたらどう？　まず、個性とか考えずに、お客さんの要望通りのものを作ってみる。その際に、真似る対象を変える」

「真似る対象を……」

「そう。絵は、朱里さんの絵以外にも色々あるでしょ？　その中から、今回の仕事の雰囲気に合うものを選べばいい」

わたしは力づけるように言った。

「探偵の仕事もそうだけど、意外と身近にあるものが参考になるかもしれないよ」

「身近、ですか」

「そう。使えないと思っていた証拠が、使えたりね。何か思いつくものはない？」

藍葉は頷いた。何かに気づいたような様子だった。

14 藍葉

みどりさんに悩みを相談してよかった。私はそう思いながら、自転車を飛ばしていた。

──藍葉ちゃんには、真似る技術はある。

冷静に考えてみると、その通りだった。朱里さんの絵を真似することはできたのだし、成貴さんに頼まれていたアダルトバナーの仕事、あれも言ってみれば成貴さんの指示を真似て作ったものだ。

涼子さんにも言われたことがある。私が仕事をすると、色が上手くまとまると。私の中に絵はないかもしれない。でも、それは外側から持ってくればいい。

自転車を停め、アパートの外階段を駆け上がる。部屋に入り、パソコンを起動する。

私は改めて、檜山さんからきていたリクエストを読んだ。

──文化祭。わいわいとした感じ。自由な空間。フリーマーケットの楽しさ。お金と品物が行き交う活気。『コタン』のブランドイメージにあった、若くて開放的な感じ。

ブラウザを立ち上げ、「文化祭」でネットを検索する。色々な学校の文化祭の写真が出てくる。それらを手当たり次第に見ることにした。

楽しそうにしている高校生たち。それを見ると、学校で上手くやれなかった自分をつきつけられるようで、少し辛い。でも、これは必要な作業だ。私は深呼吸を続けながら、写真を見続けた。

そのまま十五分ほど写真を見続けたが、あまり参考になりそうなものはなかった。ネットに上がっている文化祭の写真は、どこかの一般人が撮って上げているものばかりだ。確かにわいわいとはしているのだが、なんだか雑然としているし、そのままチラシに使えそうなものは全然ない。

「うーん……」

何かないだろうか。私が参考にできるものは……。

──意外と身近にあるものが参考になるかもしれないよ。

「あった」

閃《ひらめ》いた。黒須さんにもらった、画集。私はベッドの下に転がっている本を拾い上げ、手に取った。

黒須さんに画集を贈られてから、私はことあるごとに本を開き、絵を楽しんでいた。

一番のお気に入りはマティスの『赤い部屋』だったが、これはエキセントリックすぎて今回の仕事には使えない。パラパラとめくっていると、黒須さんが好きだというユトリロの絵が目に入ってきた。

ユトリロの絵は、基本的には白を基調にした淡い色合いが使われている。黒須さんの好きな『コタン小路』もそうで、綺麗な絵だったが、このままでは文化祭のようなわいわいとした感じが出ない。私は画集をめくった。何か、合う絵はないだろうか。

――見つけた。

ユトリロの『セント＝ベルナール教会』という絵だった。街や道の風景画ばかりを描いているユトリロにしては珍しく、この絵では人物が何人か登場し、芝生と青空を舞台に開放的な雰囲気が描かれている。

私は秋山さんから送られてきた線画を見た。地面には何も描かれていなく、特に色の指定もない。これを、『セント＝ベルナール教会』のような緑で塗ったらどうだろう？空は抜けるような水色にする。緑と水色は、色相環では近くにある色だ。全体の色が近いものでまとまるのなら、小物ではそれ以外の色が使える。反対側にある #FF0000《Red》や#FF00FF《Magenta》は、人物や商品のほうに使えば、アクセントになるはずだ。

アイデアがまとまっていくことに、私は自分で驚いていた。私が考え出したはずなのに、風が私の中を通り過ぎていくようにイメージが組み上がる。私は、こういうこともできるんだ。

あとは、やるだけだ。

私はパソコンと向かい合った。

結局そのまま、ほとんど眠らずに彩色を続けた。もう少しで終わりという状態を抱え、私はゴーイングホットに出社して作業を続けることにした。

人物の色。売り物の色。地面に敷かれたシート、空、雲、芝生。ユトリロの絵を参考にひと通り色を塗ってみたが、そのままではバランスが悪い。でも、いけると思った。ここまで下地ができていれば、あとは調整をするだけだ。

「お、今日はちょっとマシになってるじゃないですか」

背後から、出社してきた糟屋さんが話しかけてくる。

「心を入れ替えて、真面目にやりはじめましたね。昨日のイラストより、いいですよ」

「確かに、心は入れ替えました。でも、昨日も真面目にやってました。そこは一緒です」

「じゃあ、何が変わったんです？」

「個性です。個性が、変わっただけなんです」

「はあ？」

糟屋さんはじっと私を見つめて、自分のパソコンを起動する。よく聞こえなかったのだろうか？　まあ、それならそれで別に構わなかった。

私は画集を手にした。作業の手が止まるたび、私はユトリロのほかの絵を見ることにした。色遣いを参考にするというより、道を固めるためだった。私が彩色しているイラストは、朱里さんの作品のようなトリッキーなものではない。言ってみれば、正攻法の、「当たり前」のイラストだ。よくある当たり前を、当たり前にやる仕事。一番普通の道を歩いて行く怖さを、ユトリロの絵が支えてくれる。

「いただいた彩色をもとに、イラストを修正しました。ご確認ください」

イラストレーターの秋山承子さんからメールがきたのは、私が彩色を完成させて送った二時間後だった。見ると、私が塗った色をもとに、線画が微妙に修正されていた。地面は芝生になっていて、人の数も少し減っている。

承子さんの意図が、私には判った。最初のイラストでは、人の数が多すぎたのだ。そのせいで色が溢れすぎてしまって、ごちゃごちゃとしてしまっていた。

色は、不思議だ。大量の色を使えばカラフルになるかというと、そうじゃない。私は中学のころ、音楽室で触ったピアノのことを思い出していた。鍵盤《けんばん》をたくさん叩けば叩くほど、音はどんどん濁っていってしまう。きちんとした組み合わせ、きちんとした順番で叩くことで、そこに綺麗な和音が生まれる。

色も同じだ。私が最初に作った「枠」は、ただの雑音だった。朱里さんの作ったあれは、そうじゃない。一見ごちゃごちゃしたものに見えても、あの部屋には、きちんとした順番で、きちんとした音が鳴っていた。だから、あんなにも激しくて、あんなにも綺麗だったのだ。「当たり前」の彩色をすることで、私はそのことに気づきはじめていた。

承子さんは線画を修正するのに合わせ、色も微調整してくれていた。イラストレーターの仕事というのは、こういうものなのだろう。イラストと色を行ったりきたりしながら、全体を作っていく。本来はひとりでやるはずの仕事なのに、今回は私とのキャッチボールになっている。

わくわくした。私と承子さんは、会話ができている。成貴さんとやっていたときみたいな、指示書を通じた会話じゃない。色を通じた会話だ。

もっとたくさん、こんな仕事をしてみたい。

ペンを握る手に力が入った。私は、タブレットに書き込みをはじめた。

15　みどり

探偵が最初に晒《さら》される試練は、住宅地での「立ち張り」だ。

張り込みは車の中で行うのがベストだが、急にはじめなければいけない場合や、車を停めるスペースがない場合は、その場で立って張り込みをはじめる。人通りの少ない住宅地で、衆目の好奇に晒されながら立ち続けるには、強い精神力がいる。これに耐えられずに探偵を辞める人間も多く、サカキエージェンシーではここを越えられるかが最初の関門と言われている。

今日も暑い。全身から汗の匂いが立ち上り、わたしはハンカチで額を拭う。

藍葉は、上手く行っただろうか。絵の相談をされたときは面食らったが、仕事人としてそれなりに的確なアドバイスが送れたとは思う。最後には、彼女は何かを掴んだような表情をしていた。彼女は彼女で戦っている。今度は、わたしの番だ。

そこで私は、マンションから出てきた人影に気づいた。足音を殺し、そちらに近づく。

「狩野照雄さん」

時計を見ると、午前の十時。ちょうど一時間ほど立ったことになる。照雄の目に、マッチ棒を擦ったように光が灯《とも》った。

「お前は……こんなところで、何を」

「少しお話をさせてください」

わたしの言葉に取り合わず、照雄はスマートフォンを取り出す。ロックを解除し、通話のアイコンを叩くのが見えた。

「こんなことで一一〇番したら、文句を言われるのは狩野さんのほうですよ。私は何も法に触れることはしていません。民事不介入でシャンシャンになるだけです」

「交番でそれを言え」

「誘拐事件の、真相が判りました。聞きたくないですか」

照雄の指が止まった。電話はもうかかってしまっているようだった。照雄はゆっくりと、通話をキャンセルする。わたしはそれを見届けてから、言った。

「どこか、入りましょうか」

駅前のファミリーレストランに入り、わたしは照雄と向き合っていた。

「今日はお仕事はいいんですか」

「休みだ」

照雄は私のことを睨めつける。

感情が読みづらい。わたしを見据える温度の低い瞳からは、情報が読みとれない。

「それで……なんだ、誘拐事件の真相って。あれは朱里がおかしくなってやった事件だろ。いまさらなんだ」

照雄はそう言って煙草に火をつけた。前に彼に摑まれたときには、煙草の臭いはしなかった。特別な何かのときだけ、彼の周囲には紫煙が漂うのかもしれない。自分も煙草を吸おうかと思ったが、安い共感が買える相手ではなさそうだった。

昨日一日、五反野と川崎大師で調査を行ったが、新しい情報は得られなかった。事件の真相は、おぼろげにしか見えていない。だが、もう時間がなかった。あとは照雄にぶつかるしかない。

「その前に、ひとつ。狩野さんは、朱里さんの現在の居場所を知りませんか」

「知らん」

「調べようと思えば、調べられますか」

「調べようと思わない。これは何の話し合いなんだ？」

照雄は煙草の煙を吐きかけるように、ふーっと吹いた。わたしはそれを真正面から浴びる。副流煙のざらついた臭いが、鼻腔《びこう》を撫《な》でた。

「失礼しました。あの事件についての話です。あの事件は、実は公表されているような事件ではないんです」

照雄は、いまのところ平然としている。些細な変化も見逃さない覚悟で、わたしは続けた。

「はっきりと言えよ。なんだよ、公表されてるような事件じゃないって」

「被害者の菊池藍葉が、目撃しているんです。犯人の家を」

わたしは声をひそめた。

「あの事件は、こういうことになっています。朱里さんは路上で藍葉を誘拐したあと、車に乗せ、近くの駐車場にいた。ところが、実際は犯人の家に運ばれているんです。駐車場では入出庫の記録が取られてるでしょうから、その車で運ばれたわけじゃない。恐らくもう一台車を用意していて、それで運んだんです」

「だからなんだ」

「問題は、誰がそんなことをしたのかということです。朱里さん本人や家族が車をもう一台用意していたとしたら、警察にバレます。しかも、藍葉が見たという家は、当時朱里さんが住んでいた家ではなかったようなんです。つまり、関与している第三者がいる」

照雄が煙草をもみ消した。

「あなただったんじゃないですか、狩野さん」

照雄は答えなかった。苛立《いらだ》っているようだが、表情に大きな変化はない。

「あなたと朱里さんは、高校時代につきあっていたんですよね」

「あいつとは別れた」

「でも、北千住の酒場にまで、あなたは押しかけています。その後、あなたは五反野のアパートに住んでいます。誘拐事件の話を大家の四ノ宮さんとしたときには、ショックも受けていたとか。随分、執着されていたようですね」

照雄の表情に一瞬驚きが浮かび、次には怒りで染まった。彼に睨まれるのは少し肝が冷えるが、感情が漏れ出るのは悪くない。

「結婚後の朱里さんが、狩野さんとよりを戻していたら？　あの事件は、ふたりの共同犯罪ということになる。ただ、その場合、動機が見当たりません。被害者の母親の香織は身代金の要求などされてなく、変な金の流れもない」

照雄は次の煙草に火をつけた。何気ない風を装っているが、こちらの言葉を待っている。

「被害者の藍葉には、暴行された形跡もなかった。性犯罪目的でもない。そして彼女は、わずか二時間で解放されています。被害者は何のために誘拐されたんでしょうか」

「いちいち聞くな。話を進めろ」

「『ほどこし』には、こういう教義があるようですね。『自己を捨てて他人のために生きろ。それを行うことで愛を溜めることができる』」

照雄の動きが止まった。

「朱里さんは、あなたに愛の証明をしていたんじゃないでしょうか」

「そもそも、気になっていることがありました」

照雄は動きを止めたまま、わたしを見ている。内心はよく判らない。

「朱里さんは高校二年になり、突如非行に走り出しています。それはなぜですか」

「……覚えてねえよ、そんなこと」

「では、ご自分のことはどうですか。狩野さん。あなたは朱里さんと時期を同じくして、荒れていった。『ほどこし』教団が解散したからです。あなたの家庭は荒れ、あなた自身も荒れていった。一見、カップル同士が影響を及ぼし合っているように見えます。でも、本当にそうだったんでしょうか。朱里さんはそれまで、悪さに一切手を染めていなかったと聞きます。彼氏が荒れたからと言って、一緒に荒れたりするものでしょうか」

照雄は苛立った表情でこちらを見ている。わたしはそれを受け流して言った。

「誰かにやらされていたのなら筋が通る。あなたがやらせていたんじゃないですか」

「何、言ってやがる。何を根拠に……」

「ここで『ほどこし』の教義に戻ります。『自己を捨てて他人のために生きろ。それを行うことで愛を溜めることができる』。あなたは家庭が荒れる中で、何かに支えを求めました。それが朱里さんに向いてしまった。自分のために犠牲になり、愛を証明しろ。あなたは朱里さんに、そう命じたんじゃないですか」

「いい加減にしろ。俺はあのクソ宗教を憎んでいたんだ」

「憎んでいても、それから離れられないことはあります。虐待されて育った子供が、自分の子供に虐待を繰り返してしまうことがあるように。幼いころから自己犠牲を強いられたあなたは、それ以外に愛情を表現する方法を知らなかったのではないですか」

照雄の怒りが、さらに増したようだった。いい傾向だった。

「朱里さんはそれに応え、やりたくもない非行をやらされていた。それだけではなく、殺人現場や火事の起きた場所に行かされたりもした。事件マニアなる人種は存在しますが、彼女は西新井ではそんなことはやっていない。精神的な犠牲を払っていたんです」

しかし、と続ける。

「そんなことには限界があります。耐えかねた朱里さんは東京に逃げました」

照雄は二本目の煙草をもみ消した。叩きつけるような消しかただった。

「川崎を捨てた彼女を、あなたは追いかけていました。朱里さんは庇護《ひご》を求めるように、客だった梨本豊と結婚します。しかし、その家もその家で崩壊した家庭でした。あなたがたはよりを戻す。五反野のアパートで、あなたの部屋に入る若い女性が目撃されています。それは、朱里さんだったんじゃないですか」

「俺はあいつと会っていない」

「しかし、不倫はなかなか大変なものです。時間の流れが経過するごとに、あなたたちは昔のような関係に戻っていった。そしてあなたは要求したんです。愛を証明しろと。当時の朱里さんにとって最も辛いことは何か。不妊治療をしてもできなかった子供を、攫《さら》ってくることです。朱里さんは犠牲を払い、あなたへの愛情を表現しようとした」

わたしは身を乗り出した。

「そう考えれば、あの奇妙な誘拐事件にも説明がつく。朱里さんに誘拐をさせる、それだけが目的だった。だから、二時間で終わったんです」

照雄は何も言わず、わたしを見つめている。

「あなたは朱里さんの絵がお好きだったそうですね。朱里さんは、藍葉を連れ込んだ部屋を飾り立てていました。つまり、共犯者は朱里さんに部屋を飾る許可を与えていた人間です。そして、そんな目立つ部屋に藍葉を連れ込んだということは、ほかに部屋がなかったということです。五反野のアパートは、1Kの小さな部屋だった」

照雄は反応を見せない。怒りは消えたようだった。黙ってわたしを見つめている。

「いいんですか、狩野さん」

仕方がない。わたしは松平と同じ手段を使うことにした。

「あなたがこういうことをやっていたことは、公表されていません。ご家族や警察に行きますよ。再捜査がはじまるかもしれない」

「勝手に行ったらどうだ。俺はそんなこと、やっていない」

照雄の表情は、何も変わらない。みるみるうちにわたしの脅しに巻き込まれていった松平とは、対照的だった。

わたしは、疑心暗鬼に襲われた。

細かいところは詰められていないが、大筋では合っていると考えていた。だが、照雄はどんな推理をぶつけられてもびくともしない。肝が据わっているせいなのか。それとも、わたしが、間違っているのだろうか。照雄はわたしの内心を見透かすように言う。

「大体、俺は朱里に非行なんかさせてない。むしろ、止めようとしていた」

「では、朱里さんは、なぜ非行に？」

「知らねえよ。俺が止めても、あいつは聞かなかった。色々あったんだろ」

「おかしいですよ。あなたがそんなに朱里さんのことを思っていたのなら、朱里さんはどうしてあなたを捨てて東京に行ったんですか」

「しつこいやつだ」

照雄はふーっと息を吐いて言った。

「それを言えば、俺の前から消えるか？」

わたしは頷いた。「聞きたいなら教えてやる」。照雄はそう前置きして言った。

「堕胎だよ」

何を言われたのか、よく判らなかった。

「朱里は、俺との子供を堕ろしたんだ」

「堕胎……？」

考えてもいなかった理由だった。わたしは照雄の表情を見る。

嘘じゃない。照雄は、真剣だった。

「高三のときだ。あいつから、子供ができたと言われた」

照雄は三本目の煙草に火をつけた。

「考えてもみない、突然の告白だった。ただ、前触れがあったのは覚えてる。少し体調が悪そうだったからな。あいつは、川崎を捨てて、東京に行かないかって言った。それで三人で暮らそうと。あいつは、温かい家庭に飢えていた」

「温かい家庭……」

「俺は、あいつの期待に応えられなかった」

照雄は平然とした表情を保ったまま言った。

「俺はあいつに告白されたとき、言葉に詰まった。そのときに思い知ったよ。クソみたいな家庭に生まれちまったと思っていたが、そのクソすらも捨てる覚悟がなかったことを。あいつは、俺の気持ちを敏感に読みとっていた。少し経ったら、もう堕ろしてた。そして、東京に」

「『人殺しのくせに』というのは……」

「そのことに決まってるだろ。俺の勝手な言葉だ。もうあいつの気持ちを取り戻せないことは判っていたが、俺は必死だった」

照雄の読みとれない表情から、哀しみがにじみ出てきていた。

「高校時代、あいつが荒れていって一番辛かったのは、俺だ。犯罪をするたびに、俺がそばにいるせいであああなったのかって悩んだよ。誘拐なんてやらせるわけ、ないだろ。確かに五反野には住んでいたが、あいつを追いかけるうちにあっちで仕事が見つかっただけの話だ」

「でも、大家の話では」

「ショックくらい受けるだろ。俺と出会わなければ、あいつはあそこまで堕ちなかったかもしれない。あのとき、俺が一緒に暮らそうと言っていれば」

照雄はそう言って、煙草をもみ消す。過去の選択を消そうとしているかのようだった。

――そういえば、境内でよく見かけた気がしますよ。あの女。

突然、声が蘇った。そうだ。喜多村のおばさんが言っていた。

朱里は一番仏教的なものを嫌っていたと、松平が言っていた。その割に、朱里はよく西新井大師に出没していたのだ。わたしの頭には、答えが浮かんでいた。

水子の供養だ。

――厄除《よ》けで有名な寺だ。もっとも、交通安全から七五三まで、百貨店のようになんでもやってる。

浅川さんの言葉だ。確か、境内の片隅に水子地蔵の建物もあったはずだ。

堕胎してしまった自らの子を、そっと偲《しの》ぶために、朱里は西新井大師に通っていたのではないか。

そのときだった。わたしは、後ろから肩を摑まれた。

振り返る。そこにいたのは、瑞穂だった。

「てめー、何やってんだよ、こんなところで……」

瑞穂は血走った目でわたしのことを見ている。「瑞穂、やめとけ」。照雄の声がした。

「五反野のアパートで会ってた女ってのは、こいつだ。朱里じゃない」

わたしは照雄に向き直った。

「あの時期、こいつも東京に出ていたんだ。そこで一緒になった。もう朱里のことなんかほとんど考えないようになっていた」

「それは……本当ですか」

「そこに証拠がいるだろ」

わたしは照雄が指差した方向を見た。そこで、わたしは目を見開いた。

瑞穂の陰に隠れるように、ふたりの子供が立っていた。

ふたりとも男子で、理よりも随分大きい。上の子は小学校高学年に見えた。

「今年で十一歳と、九歳だ。あの誘拐事件は何年前だ？」

「十一年前……」

「あの事件のときには、もう妊娠していた。確かに胸は痛んだが、それだけだ」

その場にいる全員の視線が、自分に注がれる。

ふと、ふたりの子供たちと目が合った。

子供たちは、射貫《いぬ》くような視線でわたしを見ていた。父と母に迷惑をかける人間に対する、無垢《むく》な敵対心。

「瑞穂。帰るぞ」

照雄が立ち上がる。そして、わたしのことを見下ろして言った。

「俺たちのことにこれ以上構うな。昔は色々あったが、俺たちは静かに暮らしたいんだ」

言葉を出そうとして、喉の奥で詰まってしまった。言うべき言葉が出てこなかった。

「……絵を」

わたしは、そう口にしていた。

「絵を、持っていませんか」

「絵？」

「朱里さんが描いていた、絵を。持っていたら、見せてくれませんか」

「すべて捨てた。もういいだろ？　いい加減、解放してくれ」

照雄はそう言って、踵を返した。子供たちが、わたしのことを睨んでいる。その瞳を見ているのが怖くて、わたしはそっと目を逸らした。

16　みどり

大師前駅から少し歩いたところにある和風カフェで、わたしはパフェを食べていた。

昔から体重の増減が激しい体質で、炭水化物を抜くとあっという間に体重が落ちるが、少しでも食べすぎるとすぐに身体がむくんでしまう。あまり糖質の多いものは取りたくなかったが、疲弊した身体が糖分を欲していた。

パフェをつついていると、正面の席に男性が座る。浅川さんだった。

「久しぶりだな。生きてたか、みどり」

「一週間しか空いてませんよ。その前は七年も会ってなかったじゃないですか」

「劫《こう》って知ってるか？　仏教で使う時間の単位だ」

「知りません」

「劫は、年に換算すると、四十三億二千万年になる。ほとんど地球ができてから、いままでくらいだ。だが、梵天《ぼんてん》様にとっては違う。ただの一日にしかすぎないんだ」

「だからなんですか」

「時間は相対的なもんだ。$E=mc^2$」

「そんな大袈裟《おおげさ》な話ですか」

思わず笑ってしまった。どん底まで沈み込んでいた気持ちが、少し晴れた気がした。

「それで、今日はどうした。こんなとこに呼び出して」

わたしは、浅川さんの目を覗き込んで言った。

「情報屋を、紹介してもらえませんか」

浅川さんの表情が変わる。真剣な眼差《まなざ》しには、怒りの成分が少し含まれている。

「情報屋は使わない。そういう方針だったんじゃないのか」

「方針を変えます。より朱里を見つけやすい方策を取る、ということです」

「サカキで使ってる情報屋を当たれよ。なぜ俺を頼る」

「個人で請けている仕事で、会社の伝手《つて》を使うのはまずいんです。判りますよね？」

「随分困ってるみたいだな」

わたしは頷いた。

照雄の線から朱里を追う流れは、失われた。時間もなく、打てる手は残されていない。

「だから、方針を変えようとしています。情報屋を使って、直接、朱里を捜す。浅川さん、手伝ってもらえませんか」

「なあ、みどり」

「依頼人と距離を取れ、それが長生きのコツだ。そう言いたいんですよね」

「説教くらいさせろ。榊原みどりともあろう人間が、何を執着してる？　らしくないぞ」

「別に身の破滅を懸けているわけじゃないです。私なら、藍葉ちゃんの助けになることができると思ってるだけです」

「だが、結果は出てない。普通の所在調査なら、もう諦める頃合いだぜ」

「諦める前に、やっておきたいことがあるだけです」

「金は、どうするんだよ」

「藍葉ちゃんに請求します」

「ボランティアじゃなかったのか。いいのかよ、勝手にそんなことを決めて」

「大丈夫です。もともと彼女は、私に発注しようとしてたんですから」

「だといいがな」

次の瞬間。浅川さんは、ばさりと封筒を机の上に置いた。

Ａ４判の書類が入る封筒だった。厚さは薄い。わたしはその意味を理解し、言葉を失った。

「浅川さん。まさか、これ」

「お前が俺のところにきた最初の日に、照会しといた。お前がこうして頼んでくることなんか、最初から織り込み済みだよ」

浅川さんには余裕がある。彼のその態度に、わたしは少し気分が悪くなった。

「いくらですか。請求してください」

「俺が勝手にやったことだ。お前には借りがある。金には換算できないほどのな」

「それでしたら、受け取れません。お金を払わせてください」

「独り身なもんでな、無駄金が余ってるんだよ。もう金も支払っちまったし、お前がいらないなら、シュレッダーにかけるぞ」

浅川さんが封筒を差し出してくる。中を見てみたかったが、これを受け取るのはやりすぎだ。浅川さんは構わず、封筒から中身を取り出した。わたしは目をつぶった。

「梨本朱里の現住所は」

耳を塞《ふさ》ごうとしたが、駄目だった。情報という蜜《みつ》の甘美さを、自分は知ってしまっている。しばらく蜜にありつけていない身体が、それを求めていた。

「判らなかったよ」

「判らなかった?」

わたしは目を開けた。浅川さんは頷く。

「梨本豊の戸籍謄本は手に入れられたがな。朱里のものは、手に入らなかった」

浅川さんはA４の用紙のコピーを見せてくる。わたしは観念し、それに目を通した。

梨本豊の戸籍には、朱里の名前が、『除籍』という文字とともに載っていた。離婚をしても、戸籍主側――この場合は、豊が手続きをしない限り、結婚時の戸籍に履歴情報が載り続ける。朱里の欄には、新本籍として東京都足立区の住所が記載されている。

浅川さんはもう一枚の紙を見せてくる。それは、朱里の除籍謄本だった。わたしはその内容から、朱里の取った行動を想像した。

朱里は逮捕後に裁判にかけられ、執行猶予がついて釈放された。その後彼女は離婚をし、一時的に足立区に住んでいたのだろう。そして、ほどなくして引っ越していった。

離婚をすると、新しい戸籍を作ることができる。足立区での新戸籍は、そのときのものだ。朱里はその新戸籍から、引っ越し先にさらに転籍をしている。だから、足立区に残っている朱里の戸籍は、戸籍謄本ではなく除籍謄本という形になっている。

除籍謄本に書かれた朱里の新たな本籍地は、北海道の函館《はこだて》市だった。

「朱里は北海道に住んでいるんですか」

「本籍地なんか当てにならんが、たぶんな。除籍謄本通りなら転籍後の戸籍は函館市で管理されているはずだし、そこでの附票を見ればもう少し追えるだろうが、そこまでは俺の情報屋経由では取れなかった。足立区の住民票がないかも聞いてみたが、保存期間が過ぎていて取れなかったそうだ」

浅川さんは身を乗り出した。

「みどりよ。もう諦めたらどうだ」

最初から、この話をするのが目的のようだった。

「俺たちは万能じゃない。十一年前に消えて、それ以来行方が判らない人間なんて、見つけられなくて当然だろ。顧客が無尽蔵に調査費を出してくれるならできるかもしれないが、あの女の子にはそんなことは無理だ」

「まだ、可能性は……」

サカキエージェンシーが使っている情報屋を当たる。情報屋には得手不得手がある。もしも、得意分野だったのなら。

わたしはそれを口にしようとしてやめた。会社の人脈を使うわけにはいかないし、クビ覚悟で使ったとしても確実とは言えない。

「求不得苦《ぐふとくく》。求めるものが得られないことは、確かに苦しい。だからこそ、失踪人の所在調査という仕事が成立するわけだ。だが、見つけられたからと言って、苦がなくなるとは限らない。得たいと思っていたものが、得てみたら実はそうじゃなかったってこともある」

「……よくある話です」

「見つかりませんでした。すみません。それで終わりにしろよ」

わたしは、川崎大師で見た仏像を思い出していた。降魔印を結んだ仏像。悪魔《マーラ》に襲われたゴータマは、その誘惑を断ち切り、悟りを得た。

藍葉は戻るべき家庭を持たない。そんな彼女のために、やれるだけのことはやっておきたい。そんな気持ちがある。

でも、果たして。わたしは自問自答する。

川崎に行ってからの調査は、藍葉のためにやっていたつもりだった。だが、本当にそうなのか。誘拐事件の真相を知りたい。暗幕の奥にある秘密を、顔を突っ込んで見てみたい。そういう気持ちも、紛れもなく自分の中にある。

どちらも自分だ。自分の、本心だ。

ゴータマならば、ここで調査を終えるだろうか。こんな中途半端な状態で、調査を打ち切ることができるだろうか。たとえ、それが賢明な判断だったとしても。

「もういいだろ。お前もあの子も、日常に帰れ」

わたしは悩んだ。悩んだ末に、ゆっくりと頷いた。


「お疲れ様、みどりさん」

日本酒の入ったお猪口《ちょこ》を、司が傾ける。盃《さかずき》を合わせて飲むと、果物のように甘い香りが、舌先に広がっていく。空いたところに、司がまたお酒を注いでくれた。

「こうやって晩酌するのも、久しぶりだね」

言いかたによっては、嫌味になりかねないと思ったのだろう。司の口調には、そうならないような気遣いが含まれていた。

「ごめんね、家を長いこと空けちゃって。司さんには、感謝してるよ」

「去年は、みどりさんにだいぶ負荷がかかってたし。これくらい、なんでもないよ」

司は理が眠っている方向に目線をやってから、手酌で盃を満たした。

「それで……調査はどうだったの？」

「ん？」

「よかったら聞くよ。なんか、吐き出したそうじゃない」

司はやっぱり、わたしのことによく気づいてくれる。

週明けには、藍葉に調査の報告をしなければいけない。失敗の報告は、いつだって気が重い。一度胸の内を吐き出させてもらって、できることなら軽く慰めてもらいたい気持ちがあった。

　わたしは話した。誘拐事件のこと。藍葉の家庭のこと。調査のこと。藍葉の作っていた「枠」のこと。司はわたしの話を丁寧に聞いてくれた。会話の技術は、高くはない。でも、すべてを丁寧に聞いてくれる司の態度が、わたしにはありがたかった。

「……っていう感じ。司さんに負担をかけたのに、今回は、惨敗だよ。来週、藍葉ちゃんに報告するの、気が重いな」

「負担は別に構わないけど……」

　司の手にはタブレットがある。気に入ったのだろうか、そこには藍葉の「枠」が表示されている。

「みどりさん」

「何？」

「ほんとは、最後まで調査をしたいんじゃないの？」

　司は裏表のない人間だ。その言葉は、疑問の形を取った嫌味などではなく、純粋な疑問だった。

　本心からの疑問に本心を返したら、答えた側の要望が通ってしまう。わたしは首を振った。

「したくないよ。もう、充分すぎるほどやった」

「話を聞いてると、まだ調べる余地はあるんじゃない？　そもそも、その狩野って人は、本当に犯人じゃないんだろうか」

「事件に深入りしない。期限がきたら撤収。それが探偵の原理原則だよ」

「でも……」

「大体、司さん。私の希望はどうなるの？」

わたしは笑みを作った。

「家を長く空けちゃった。その埋め合わせがしたい。私の希望はそれだよ」

本心だった。だが、人間の心とは、一色で塗り潰されているわけではない。様々な色の中から選び出した、本心のかけらだった。

「なら、いいんだ。変なことを聞いてごめん」

わたしは微笑んで、残りの日本酒を傾けた。

リビングを出て、シャワーを浴びる。このところ歩き回ったせいで代謝がよくなっているのか、お湯を少し浴びるだけで身体が奥のほうまで火照ってくる。程よく温まったところでシャワーを止め、バスタブに腰掛けた。

——もっと、いたい。

もっと、探偵の現場にいたい。藍葉が巻き込まれた事件の真相を、最後まで調べてみたい。そんなかけらもまた、自分の中にある。

朱里は堕胎をしていた。ということは、「子供がどうしても欲しかった」という朱里の証言は、本当だったのだろうか。あの事件は報道されている通りの事件で、藍葉が色彩の部屋を見たのは、ただの夢だった。それならば綺麗に説明がつく。

でも、そんなことがあるだろうか。藍葉の作っていた「枠」は、かなり具体的だ。もっと時間をかければ、真相を知れるかもしれない。そう、あと一ヶ月もあれば……。

「馬鹿」

わたしはシャワーから冷水を出し、それを頭から浴びた。

バスルームを出て、タオルで身体を拭く。鏡を見ると、このところの調査で全身が少し引き締まった感じがした。ずっと天気もよかったので、肌も焼けている。束の間の楽しみと、少しだけ痩せた体型。それが、この調査の成果だ。それで充分だと思うべきだ。

「みどりさーん」

リビングから声が聞こえる。わたしはタオルを身体に巻き、司の下へ向かった。

「何。ちょっと着替えてからでいい？」

「これさ……」

司はタブレットを見ている。藍葉が作っていた「枠」の写真が映し出されていた。

「それがどうしたの？」

「いや、こういうものをどこかで見たことがある気がして。これ、家の中にあったんだよね」

司は言った。

「本棚じゃないかな、これ」

「本棚？」

「そう。この長方形が並んでる形、本の背表紙に見えるんだけど」

縦長で、色とりどりの紙が、八段にわたり整然と並んでいる。かなり巨大なもので、幾何学的なオブジェのように見える。

――バッグに小物をつけてたり、お手製のブックカバーを作っていたり。

『マルーン』のママが、言っていた言葉だ。朱里は、本に自作のカバーを掛けて読んでいた。そして。

本棚。つい最近、大きな本棚を見たばかりだった。あの場所は。

わたしは、司のほうを見た。

個性とは、情報の受け取りかただ。ミステリー小説のマニア。そういう人種には、そういう人種だけに見える世界がある。

「司さん……」

わたしが言いたいことを察したのか、司は優しく笑ってくれる。

何も言わないほうがいい。判っていたのに、わたしは言葉を止められなかった。

17　藍葉

「お疲れ様、菊池さん」

仕事明けの夜、私は黒須さんと会っていた。北千住のバーで、常連の人しか入れないらしく、看板も出ていないお店だった。時刻は二十二時を過ぎている。

「ぎりぎりだったけど、なんとか間に合いましたね。でも、いいイラストになったと思います。秋山さんも、安心したはず。今日は打ち上げと行きましょう」

カウンターの並びで、黒須さんはグラスを合わせてくる。私はコーラの注がれたコップで、それを受けた。

「綺麗なカクテル……」

黒須さんの持っているカクテルの鮮やかな色彩に、私は惹かれた。脚の長いグラスに#00FFFF《Cyan》の液体が入っていて、#FF0000《Red》のチェリーが載っている。

「ブルーラグーン。好きなんです、これ」

「反対色ですね。お酒とさくらんぼ」

「ん？　確かに水色と赤ですね。すごいな菊池さん、よく気づきましたね」

「色の彩度も違います。そうか、だからこんなに、綺麗なんですね……」

お酒とさくらんぼは、反対色としてお互いの色を高めあっている。そして、彩度の低いお酒の上に浮かんださくらんぼには、くっきりとした存在感がある。

嬉しかった。十六進数でしか捉えられていなかった色というものを、こんな方向からも見られるようになっている。私の個性は、より深くなったのだ。

「黒須さん、ありがとうございました」。私は言った。

「黒須さんに色々教えてもらったおかげで、とても勉強になりました」

「どうしました、急に」

「そのカクテルの綺麗さを、こんな風に感じられるのが嬉しいんです。私、黒須さんに会えてよかったです。本当にありがとうございました」

「いえいえ……。花が開くというのは、花が本来持つ強い生命力のおかげです。太陽や水も必要ですけど、それはサポートにすぎません。菊池さんの持つ才能が、開花したんですよ。それに、そもそもは、菊池さんが作っていた、あれのおかげですよ。あの色のイメージがあったから、僕は菊池さんに目をとめることができた」

そういえば、最初の出会いはそうだった。朱里さんの部屋を模倣していた、「枠」のイメージ。

あれから何度か「朱里さん」にメールを送っているが、返事は一度もこなかった。送信エラーになっているわけではないので、メールは届いているはずだ。連絡をくれないということは、私に会いたくないのだろうか。

みどりさんには悪いけれど、会えなくてもいいのかもしれない。私はそんなことを思っていた。朱里さんに会えなくとも、朱里さんのあの部屋は、私に素敵なものを運んできてくれた。黒須さん。色のつながり。色を、もっと深く読むための技術。

充分、だと思う。私はこの現状に、なんだか納得してしまっていた。

「菊池さん」

黒須さんが言った。

「飲んでみます？　そんなに気になるのなら」

黒須さんの悪戯《いたずら》っぽい笑みに、私は少し驚いた。黒須さんにこんなことを勧められるとは、思いもしなかった。

「駄目ですよ、黒須さん。私、まだ未成年ですし……」

「弱いお酒だから、平気ですよ」

「黒須さん」

「マスター。ブルーラグーン、レモンジュース多めで」

黒須さんはバーテンダーのおじさんに向かって、指を一本立てた。私の話を聞いていたはずなのに、おじさんはお酒を混ぜはじめる。どうしたらいいのか判らない。

「菊池さんは、デザイナーになりたいんですか」

カウンターの奥に並んでいるお酒の瓶を見ながら、黒須さんが聞く。

「なれるかは判りませんけど……でも、今回の仕事は、とっても楽しかったです」

「デザイナー、ピアニスト、映画監督に小説家。表現の方法は全部違いますけれど、芸術の根っこは同じです。インプット、ですよ。お酒の味ひとつにしても、知るのと知らないのとでは、描く色が違います。出す音も、撮る映像も違う」

つっと、私の前にカクテルが置かれた。#00FFFF《Cyan》と　#FF0000《Red》。綺麗な反対色……。

「一生に一度の機会ですよ、菊池さん」

「え？　何がですか」

「ブルーラグーンはどこのバーにもありますが、このマスターの作るブルーラグーンは、ここでしか飲めません。成人してから飲むこともできますが、それは三年後。三年間、チャンスを失います。その間に、マスターの気が変わって店を畳んでしまうかもしれない。大地震がきて店がなくなるかもしれない。一生に一度の機会というのは、毎日あちこちに転がっているんです。それをきちんと摑めるか否かで、インプットの質が変わる」

「でも私……まだお酒を飲める歳じゃないですし」

「チャンスの神様には前髪しかない。デザイナーになるのなら、機会を大事にすべきだ」

そこまで言われると、それ以上断わるための言葉が出てこなかった。私は、カクテルグラスの細い脚を摑む。刃物のような冷たさが、すっと指先に走った。

引き寄せられるように、私はお酒を口に運んだ。

「なんですか、これ……」

美味しかった。いままで飲んできたジュースや炭酸飲料が白黒の新聞だとしたら、ブルーラグーンは彩色された水彩画だった。お酒の中に入っているたくさんの色が、口の中で弾ける。私は手が止まらず、くくっとブルーラグーンを飲んでしまう。

「ちょっと、そんな一気に飲んだら駄目ですよ」

黒須さんの声が遠くから聞こえる。私の前に、新しいグラスが置かれた。「ほら、水もきちんと飲んでください」。私は言われるがままに水を飲んだ。

　少し時間が経った気がする。気がつくと、私の前に新しいカクテルが置かれていた。その見た目に、私はびっくりした。グラスの中に、七つの色の層ができていた。

「レインボーというカクテルです。腕のいいバーテンダーでないと作れない。菊池さんに見せてあげたかった」

　芸術品みたいに美しかった。七つに分かれた色の層が、バーの間接照明を受けて自ら発光しているみたいに輝いている。#00FFFF《Cyan》、#FFFF00《Yellow》……。

「ストローで飲むんです。ゆっくりと、色の間を行き来しつつ、それぞれの味を楽しみながら」

　挿さっているストローをくわえ、少しすすった。その瞬間、蛇に嚙《か》まれた気がした。ブルーラグーンとは違い、レインボーは口の中で暴れるくらいに強烈だった。

水も飲まないと。手を伸ばした。水のグラスはやけに遠くにあって、届かなかった。

白い、天井が見えた。少し灰色がかった、明度が低めの白。#DCDCDC……。

身体を起こす。私は、大きなベッドの上にいた。明度の高い、綺麗な、白いシーツ。

「大丈夫ですか」

大丈夫じゃない。頭が痛い。頭の中を鼠が走り回っているみたいだ。

ベッドの脇のテーブルセットに、人影があった。黒須さんのようだった。ここはどこだろう？　明かりが落ちていて、周りがよく見えない。

「少しずつ飲んだほうがいいって、言ったじゃないですか。麦茶じゃないんですから、あんなにごくごく飲んだら駄目ですよ」

黒須さんはそう言って、私のほうに近づいてくる。

「菊池さん」

黒須さんの声の調子が、いつもと違って聞こえた。黒須さんはベッドの脇に立ち、私を見下ろしてくる。知らない人が話をしているみたいな感じがして、怖かった。

「世の中で一番綺麗なものって、なんだと思いますか」

「綺麗なものですか？　判りません……。宝石、とかですか」

「才能、です」

黒須さんはそう言って、私の頭に手を置く。

「優れた才能は、何よりも美しい。そういうものに出会えるのは、人生の喜びです」

その手が、くしゃくしゃと私の髪を撫でた。

「最初からこうしようと思っていたわけじゃありません。それは理解してください。バーで菊池さんと話していて、つい、こうしたくなっちゃって」

「こう、って……」

「帰りたければ、帰っていいです。無理やりっていうのは、本意じゃないですし、厄介なことにはなりたくない。でも、本心を言えば……今日の菊池さんは、とても魅力的なんです。抵抗できないくらいに」

黒須さんが何を言ってるかくらい、私にも判った。くしゃくしゃ。黒須さんの指が、私の髪を掻きわける。

黒須さんの手つきは、優しかった。いままでこんな風に私は、誰かに撫でてもらったことがない。優しさを受け取りながら、私は目を閉じた。

痛い。

私と黒須さんはつながっていた。けれど、こんなつながりかたじゃなかった。私たちをつないでいたものは、色だったはずだ。

くしゃ、くしゃ。黒須さんの手は、気持ちよかった。黒須さんの手は、痛かった。優しさを感じれば感じるほどに、私の中の痛みも強くなっていった。

「でも、黒須さん」

私はごまかすように言った。

「黒須さん、言ってましたよ。女性を手に入れても、切りがないって」

「その通りです。女性を次々と漁《あさ》るのは、意味がないことです」

「ですよね。だから……」

「僕は女性が欲しいんじゃない。綺麗なものを追い求めたいだけなんだ」

ふっと、黒須さんの顔が近づく。唇に、おかしな感触がした。キスをされたのだと判ったのは、彼の顔が遠ざかるのが見えたときだった。

照明を落としたみたいに、気持ちが暗くなった。

——別にいいのかもしれない。

暗がりに落ちていく心の中で、ふと、そんな言葉が浮かんだ。

黒須さんが私のことを欲しがっているのなら、別にあげてもいいのかもしれない。色彩心理学。画集。お仕事。いままで黒須さんにはたくさんのものをもらってきた。それを返す番だ。

それに、冷静に考えてみると、黒須さんはそういう対象として、別に問題ない気がした。いままで見てきた男の人の中では一番いい。中学や高校にいた同級生とは全然比較にならない。それに、私がそれをすれば、仕事の発注も増やしてくれるだろう。私なんかでも、会社に貢献できる。

私は決めた。

黒須さん。

いいですよ。

そう言おうとした瞬間だった。

ベッドの脇から、マリンバの音が鳴り響いた。私と黒須さんは顔を見合わせる。私のスマホへの着信だった。

「藍葉ちゃん、夜遅くにごめんんね。ちょっと、聞きたいことがあって」

「みどりさん？」

電話口の奥から、息を呑《の》む音が聞こえた。

「酔っ払ってるの？　藍葉ちゃん」

引き戻された気がした。みどりさんは、たった一言で私の異常に気づいてくれた。

「ちょっと、そこどこ？　声が吸い込まれてる感じがする」

「……どこかのホテルかな。どこだろう……酔っ払って、気がついたらここにいて」

「酔っ払ってって……大丈夫？　無理やり誰かに飲まされてるの？」

「黒須さんとお話をしてたら、なんだか流れでお酒を飲むことになっちゃって。それで、ふらふらになって、起きたらここに……」

私はスマホを耳から離した。黒須さんのほうに向き直る。

「すみません。私、帰ります。いまの黒須さん、ちょっと変です。私も、たぶん」

「ちょっと待ってください。それ、誰ですか。誰と話してるんですか」

「探偵さんです。とても、腕のいい」

探偵……。黒須さんはそう呟いて、声を失う。

私はくしゃくしゃになった髪をかき混ぜ、元に戻す。部屋は暗いが、さっきまでの暗闇の怖い感じはなくなっていた。

「さようなら、黒須さん」

頭を下げた。彼との間にあった確かなつながりが、断ち切られた気がした。

部屋を出る。黒須さんは、追いかけてこなかった。

第4章

1　みどり

川崎大師の駅を降り、わたしはまた参道を歩いた。日光がぎらぎらと肌を照りつける。考えてみると、この調査をはじめてからずっと晴れている。探偵業と肌のケアは、つくづく相性が悪い。

目的の家まで歩き、インターホンを押す。はい？　と、応答する声が聞こえる。

「早見さん。以前お会いしました、森田です」

「ああ、森田さん。こんにちは」

早見詩乃の家は一階が居酒屋になっていて、二階が住居になっている。「少し話をしたい」と言うと、詩乃は一階に下りてきてくれた。

「その後、朱里のほうはどうですか。見つかりそうですか」

「ちょっと苦戦してます。でも、見つけられるかもしれません」

わたしは前置きをしてから言った。

「早見さんは、美術部だったんですよね。『Mise à jour』には、行ったことが？」

「私ですか？　分不相応であまり行ったことはないんですけど、二、三回くらいは」

「どういう印象をお持ちでした？　あの店について」

詩乃は首を捻《ひね》る。

「うーん、あまり覚えてないんです。でも、いいギャラリーだったと思います。ほら、商店街の中のギャラリーとか珍しいですから、お客さんも結構入ってましたし」

「朱里さんがそのギャラリーに通っていたというのは、有名な話だったんですか。早見さんは、もう中学三年のころには交流がなかったんですよね」

「有名ってわけじゃないですけど、私は知ってました」

「朱里さんと店主の三瀬さんが話しているところを、ご覧になったりしたとか？」

「んー、それは記憶にないですけど」

「朱里さんから三瀬さんの話をされたとか？」

「いや、そういう記憶もないなあ。おかしいな、なんで朱里が通ってたって記憶してるんだろう」

「三瀬さんと早見さんは、あまり交流がなかったんですね」

詩乃が申し訳なさそうに頷く。まあ、構わない。最初から都合のいい情報に出会えることなんか、ごく稀《まれ》なケースだ。

わたしは言った。

「なんでも構いません。三瀬慎一郎について、どういう印象を持ってますか？」

浅川さんから電話がかかってきたのは、昼過ぎだった。詩乃の家をあとにし、聞き込みをしている最中だった。

「調査からは手を引いたんじゃなかったのか」

開口一番、浅川さんは不機嫌そうに言った。

「藍葉ちゃんから聞いたんですか。調査を続けるって」

「そうだ」

「私の知らないところで、いつの間に仲良くしてるんですか。全く、隅におけないな」

「お前に関係ない。説明しろ。どういうことだ」

「最後のひとあがきです。これで当てが外れたら、諦《あきら》めます」

「なんだよ、ひとあがきって」

「朱里の共犯者が判ったと思うんです」

沈黙が伝わってくる。少しだけ、こちらの正気を疑っているような色があった。

「朱里が川崎にいたころ、彼女が通っていたギャラリーがあったんです。そこの店主の三瀬慎一郎。彼が共犯者なのではないかと思っています」

「誰だよ。三瀬？」

「十一年前、月島《つきしま》にギャラリーを構えていた人間です。朱里とは絵画仲間でした」

　わたしは、ネットで調べた結果を報告した。

『Mise à jour』のウェブサイトには移転の履歴が載っているわけではなかったが、いまの時代は検索をすれば二次情報が引っかかる。検索の結果、事件当時、彼が中央区の月島に店を構えていたという情報が引っかかった。二十年前に引っ越したと言っていたが、その先は東京だったのだ。

「月島？　西新井からだと遠いんじゃないのか」

「首都高を使えば、三十分で行けます。二時間という犯行時間には収まる」

「収まるったって、そんな遠くに運搬したんじゃ、現地でほとんど時間は使えないだろ」

　浅川さんもまた、探偵だ。彼もこの話に惹《ひ》かれつつある。

「動機はなんだよ。誘拐のスリルを楽しみたかっただけ、か？」

「ちょっと違います」

　わたしは言った。昨晩からずっと考えていることを。

「朱里への復讐《ふくしゅう》が、動機だったんだと考えてます」

「どういうことだ」

「朱里は、高校時代に狩野照雄という男とつきあっていました。その照雄が、三瀬のことを襲って、彼の手を怪我させたんです。三瀬は画家を志望していましたが、絵を描けなくなってしまった」

「その話、裏は取れてるのか」

「取れてます。それ以来、三瀬は朱里とは縁を切ったと言っていました。ところが、切れていなかったんだと思います」

「それは、お前の想像だな」

「想像です。ただ、三瀬が怪我をした時期から、朱里は突如非行に走っています。狩野に命じられてやったのだと思っていましたが、そうじゃない。朱里は、三瀬に命令されていたんじゃないでしょうか。三瀬は朱里に悪行を犯させることで彼女に復讐していた。彼女は東京に出て、一旦《いったん》三瀬との縁を断ち切ります。でも、豊との結婚後、どこかで三瀬と再会してしまったんです。そして、再度そういうことを命令されるようになった」

「復讐のために、か？」

「はい。あるいは、三瀬は朱里を追い込むことに、嗜虐《しぎゃく》的な興奮を覚えていたのかもしれません。その果てに、あの事件があった。そう考えると、事件が短時間で終わったことも説明が……」

ちっ。大きな舌打ちの音が聞こえた。

「らしくねえって言ってるだろ、みどり」

胃のあたりに、冷たいものを感じた。

「やはりなまってるな。お前の話なあ、面白いんだが、匂いを感じないんだよ」

「匂い、ですか」

「苦の匂いだ。言っただろ。そんな遊び目的で、危ない橋を渡らせる人間がいるか」

「渡らせる人間もいます」

「可能性の話をするなら、裏を取れ。取ってないだろ」

「三瀬に直接会って、ぶつけます。反応を引き出せれば、真実が見えるかもしれません」

言っていて、少し胸がうずいた。照雄のときにそれをやって、痛い目を見たばかりだ。

浅川さんの声が、一層低くなった。

「お前、手をひくつもりはないんだな」

「すみません。最後に、これだけは調べるつもりです」

「だったら、らしくないことをするな。お前は足で稼ぐ探偵だろ。ちまちまと理屈をこねくり回しやがって」

「はい……」

「足を使え。動き回れ。そうすれば、お前に勝てる人間はそうはいないよ」

電話口から、軽く笑い声が聞こえた。少しほっとした。本気で怒っていないとは判っていながらも、浅川さんの怒りは心臓に悪い。

「判りました。もう一度、集めてみます。三瀬にぶつけるための材料を」

「賢明だ。あと、その三瀬ってやつに会いに行くときは、俺も呼べ」

「そんなことまで浅川さんの手を借りるわけにはいきません」

「お前を危険な目に遭わせるわけにもいかないんだよ。約束しろ。犯人に会いに行くときは、俺もつれていく」

「じゃあ、それで、いままでの貸しは、なしにしてもらえますか」

すかさず言った。浅川さんは沈黙し、そして、少し寂しそうな声で言った。

「仕方ない。もう充分だろ」

「判りました。約束します」

疲れが飛んだ気がした。わたしは電話を切り、再び歩きはじめた。

2　藍葉

目が覚めると、床に倒れていた。ピンポン、ピンポンとインターホンが鳴っている。私は起き上がり、時計を見る。時刻は昼の一時を過ぎていた。

届いたのは、段ボール六箱分の本と、本棚だった。

——あの「枠」は、本棚じゃないかな？

みどりさんから電話口で言われた瞬間、頭の中で記憶が弾《はじ》けた。

色とりどりのブックカバーが巻かれた本。それらが、棚にたくさん差さっている光景。そのイメージは、記憶の中の「枠」とぴたりと一致した。

——そういう事情なら、僕の本を貸しましょうか。

電話口で、みどりさんの旦那《だんな》さんから言われたのだ。子育てが一段落するまで本棚は実家に預けてあるから、好きに使っていいという。私はその言葉に甘えることにした。ネットで買った、百色入っているという折り紙も一緒に届いた。私が使っていたのは十四色だったので、一気に七倍の色を使えることになる。

荷物を部屋に並べ、ぐっと背伸びをした。今日から、世間は三連休だ。この三日間、引きこもって本棚を作るつもりだった。

段ボール箱から文庫本を取り出し、座卓の上に置く。折り紙を二枚出す。綺麗《きれい》な#0000FF《Blue》の折り紙を二枚セロテープでつなげ、文庫本に巻く。空っぽの棚にそれを差すと、何もない空間に光が灯《とも》った気がした。

目を閉じる。あのときの、色彩の部屋が瞼《まぶた》の裏に蘇《よみがえ》る。一歩、近づいた感じがした。朱里さんの作った、あの部屋に。

そのとき、スマホに着信があった。見ると、黒須さんからの電話だった。

出ていいのか判らず、しばらく放っておくと、電話は切れた。寝ている間に何回か着信があったようで、留守番電話に伝言も入っていた。たぶん、黒須さんのことだ。「昨日は酔っ払っててすまなかった」とか、謝ってきそうな気がする。

少し、胸が痛んだ。私たちは、もう元には戻れない。色でつながっていた私たち。そのつながりは、もう切れてしまったのだ。

ぐーっと、おなかが鳴った。冷蔵庫を見ると、生卵と牛乳しかない。棚の続きを作りたかったが、この状態では三日は持たない。私はスニーカーを履いて、部屋を出た。

コンビニに入り、食料を調達する。買い出しに何度も行くのは、時間の無駄だ。長期戦を考えて、おにぎりやチョコレートをたくさん買った。私は梅干しのおにぎりを齧《かじ》りながら自転車にまたがる。

——朱里さん。

心の中で唱える。

——私が本棚を作り終えたら、もう一度連絡をください。

私が色でつながっているのは、もう朱里さんだけだ。朱里さんと同じものを作れば、きっと連絡をくれる。根拠はないが、そう思った。

もぐもぐとおにぎりを咀嚼《そしゃく》する。空になった器が満ちるみたいに、体力が回復していく。私は自転車を飛ばし、家に戻った。

3　みどり

詩乃と別れたのち、わたしは三時間ほどぶっ続けで聞き込みを行った。夕刻、カフェに入り、タブレットとブルートゥースのキーボードを組み立てて、簡易パソコンを作る。

三瀬慎一郎の情報は、彼が商店街の隅にギャラリーを出していたこともあり、かなり集めることができた。

三瀬は、もともと医者の家系とのことだ。大師から少し離れた川崎駅付近の出身で、門前町の雰囲気が好きということで川崎大師のあたりでギャラリーをオープンしたらしい。父親が川崎駅のほうで開業医をやっているという情報も入手できた。

裕福な家系に生まれつつも、三瀬はたくましい人間だったようだ。川崎大師のギャラリーは、自分でかき集めた金でオープンしたらしい。ギャラリーは盛況で、観光地ということもあってか上手《うま》く回っていたとのことだ。

一九九七年。三瀬は狩野照雄に怪我をさせられてから、川崎を去っている。そのあとの足取りは聞き込みでは出てこなかったが、ネットで断片的に確認できる。

川崎の次に移転した先が、月島だ。これが二十年前。そこで十年ほど営業したのか、その次は、九年前に相模原《さがみはら》での目撃談が、個人のブログに投稿されている。その後、五年前に今度は横浜での口コミがツイッターに。そして、川崎に戻ってきたのが三年前。

月島については、店舗に行ったというブログが一件と、物好きがやっている画廊情報サイトが更新もされずに残っている。役に立ちそうなのは、ブログのほうだった。情報サイトには「東京都中央区」というところまでしか載っていなかったが、ブログには画廊の外観の写真があった。「月島へ散歩」というタイトルの記事が書かれた時期は、二〇〇七年。散歩の写真も載っており、電柱に書かれた住所からは「佃《つくだ》」という文字が読めた。これなら、当時ギャラリーがあった場所を見つけることができるかもしれない。

月島という場所は、人を隠すのには適している。これが隅田川を挟んだ銀座なら、路地が狭く隅々まで人で賑《にぎ》わっていて、誘拐した藍葉をどこかに連れ込んだりしたら人目につきかねない。月島は埋め立て地ということもあり、道幅も広く、表通りから一本入ると人通りの少ない場所も多い。

手帳を開く。西新井から月島までは、片道三十分。

藍葉は西新井で誘拐されてから、車に乗せられて近くの駐車場へ向かった。ここで睡眠薬を飲まされている。ここまで、十分。

朱里は藍葉を別の車に乗せ換えて、月島のギャラリーまで運ぶ。これに、三十分。

ギャラリーに連れ込まれた藍葉は、ここで色彩の部屋を見ている。ここの所要時間は措《お》いておく。その後、朱里は藍葉を連れ、もとの駐車場に戻っている。これに三十分。

朱里はその後、藍葉を元の車に乗せ換え、出庫して運転していたところを、職務質問をされて逮捕。これに十分。逮捕された時刻ははっきりしていて、誘拐事件の発生からきっかり二時間後だ。

差し引きすると、藍葉がギャラリーにいたのは、せいぜい四十分程度でしかない。ただ、人間はそんな機械のように効率よく動けない。睡眠薬にしてもすぐには効かないだろうし、藍葉を人目につかない形で動かしたのなら、目立たないようにタイミングを計る必要もある。実際は、ギャラリーで使えた時間は三十分くらいだろう。

「?」と、計算式の横に書いた。

別の車への乗せ換えなどを本当にやっているのなら、これは衝動的な犯罪ではない。だが、その割には藍葉がギャラリーに滞在していた時間が短すぎる。三十分。こんな時間で、何ができる？

——朱里さんは、自分にあの部屋を見せるために、私を誘拐したんじゃないでしょうか。

そんなことがあるわけないと思った藍葉の推理だが、それならば説明がつくというか、そうとでも考えないと、説明ができない。朱里は三瀬のギャラリーで、本棚の装飾をしていた。彼女は、藍葉の色彩感覚を何かの理由で知っていた。作品を藍葉に見てもらいたいがために、わざわざ誘拐を実行した。それならば、特徴的な部屋に藍葉を置いた理由も判る。

では、朱里はどこで藍葉の色彩感覚を知ったのか。もしかして。

藍葉は、朱里の娘……？

「馬鹿」

いましめのつもりで、そう書き込んだ。浅川さんの言う通り、材料がないところから推理を組み立てはじめると、変な方向に容易に飛んでしまう。そうやって真相に至ることができる人もいるのだろう。でも、それは自分の仕事じゃない。

——足を使え。動き回れ。そうすれば、お前に勝てる人間はそうはいないよ。

そう、それがわたしだ。浅川さんの言葉を握りしめるように、わたしは胸に手を当てた。

4　藍葉

気がつくと、私は天井を見ていた。

「あれ……」

身体を起こす。床を見回すと、おにぎりの包み紙が散乱していて、空になった麦茶のペットボトルが転がっていた。ぐっと背筋を伸ばすと、身体が鉄になったみたいにギシギシと鳴った。

時計を見る。十三時。窓の外に日光が見えたのは覚えているので、朝方まで作業をして、倒れてしまったらしい。私は洗面所に行き、顔を洗った。鏡の中の自分の顔は、さっきまで土の中に埋まっていたみたいな色をしていた。

本棚は、四分の一くらい完成している。

その出来栄えに、私は少し興奮していた。前になんとなく作っていた、ぼんやりとした「枠」とは違う。色。補色。反対色。彩度の差、明度の差。様々なことを考えて色を配置した本棚は、光を放っているように色が弾けていた。

くらっと、めまいがした。床に座り、おでこを触る。ちょっと熱い。昨日の夜から、ノンストップで本棚を作っていたせいだ。

少し、休むべきなのかもしれない。一流のアーティストは、寝不足で仕事をしないと、何かで読んだことがある。きちんとスケジュールの中に休憩を入れておくものだと。

立ち上がり、冷蔵庫に行っておにぎりを齧る。座卓に向かう。折り紙を出し、セロテープで留める。文庫本を取り出し、その大きさに折り紙を切る。

休んだほうがいい。判っているのに、身体が止まらなかった。早く本棚を彩り、朱里さんに見てもらいたい。私たちが色でつながっているということを、証明したい。

──いや。

違う。ひょっとしたら、それすらも、二の次なのかもしれない。

私はただ、作りたかった。理由は自分でも説明できない。ただ、作るために、作りたかった。

──やろう。

決めた。私は切った折り紙を、文庫本に巻いた。

5　みどり

街には匂いがあるが、月島はまた独特の匂いがする。東京湾に出張った古い埋め立て地で、下町の雰囲気を残しながら、新しいタワーマンションが建ち並ぶ。そのごちゃごちゃした感じを、潮風の匂いが上手く包んでいる。

ブログの写真をもとに、ひとつひとつ路地を潰《つぶ》していく。十一年も経つと街並みは変わっているが、電柱や道路など、インフラの部分はずっと残り続ける。写真が残っている以上、あとは根気と体力の勝負だった。

目的地を探し当てたのは一時間後のことだった。月島のほぼ全域を歩き、最後のほうに残った北東エリアに、その場所はあった。『Mise à jour』の跡地は、イタリアンのレストランになっていた。

「すみません、ちょっと前の店のことは判りませんね……」

応対に出てきた店長は、少し迷惑そうに顔をしかめる。夕暮れ時ということもあってか店はまだ混んでいないが、ディナーの仕込みに戻りたいという気持ちが顔に出ていた。

わたしは仕方なく、レジ横に売っていたラスクと紅茶のセットを買った。二千円の出費になったが、美味《おい》しそうなのがまだ救いだ。

「こちらのお店は、オープンされてからどれくらいなんですか」

「うちですか」

店長は商品を包みながら言う。さっきまでの面倒くさそうな態度と、客を歓待しなければならないという現実との整合性を取るのに、少し苦慮しているようだった。

「まだ一年です。月島はもんじゃが有名ですけど、築地《つきじ》も豊洲《とよす》も近いですから、魚介を仕入れるにはちょうどいい。イタリアンをやるには向いている土地なんです」

「十一年前にこちらで営業されていた『Mise à jour』ってギャラリー、ご存じですか」

「ああ、ギャラリーがあったことは聞いたことがあります。でも、何も判りませんよ。

私どもが入居する前は、ここはスペインバルでしたから」

「入居ということは、ここはテナントなんですね？」

「ええ、店子《たなこ》です」

店長の言葉に、少し拒絶の色が出る。管理会社や大家を聞かれても、答えられない。そんな意思が込められていた。

「ありがとうございます。今度、夫とご飯を食べにきていいですか？」

「はい？　ええ、お待ちしております」

もういいのか？　という拍子抜けした感じだった。わたしは構わず頭を下げた。

イタリアンの入居しているビルは、四階建てになっている。入店する前に、わたしはビルの名前を見ていた。「山村《やまむら》ビルディング」。恐らく、これは大家の名前だ。集合ポストの四階に「山村」という名前があった。大家が最上階に入居し、下の階をテナントとして貸しているパターンだ。

表に出て、外観を見る。ビルの隣には駐車場があり、白いベンツが停まっていた。中央区にビルを一棟持っている裕福さを考えると、大家のものである可能性が高い。だが駐車場には多少ゆとりがあり、通りに少しはみだせばもう一台駐車することもできそうだった。誘拐をした車がきても、ここに停めることができる。

駐車場を抜けたところに、ビルの裏口がある。わたしは中に入り、四階に向かった。「山村」というネームプレートがかかっているのを見て、インターホンを押す。返事がない。もう一度押したが、中からは物音ひとつ聞こえなかった。仕方がない。わたしは、表に出る。

イタリアンの店内から見えない場所に立ち、当時あった『Mise à jour』の姿を想像した。

三瀬のギャラリーが入るには、ちょうどいい大きさに見えた。あまり広くはないが、一般の住居よりは大きい。この規模の引っ越しというのは、金銭的にも肉体的にも重い作業だ。それをポンポンとやっているのだから、やはり事業は好調なのだろう。

本業が好調ということは、金のための事件ではないということだ。心理的な動機の犯罪。怨恨《えんこん》、愉悦。だが、着実に業績を積み重ねている人間が、恨みや楽しみのためといって、危ない橋を渡ったりするだろうか。

思考がぐるぐるとしはじめたところで、わたしは頭を叩《たた》いた。自分は足で調べると決めたはずだ。勢いに任せて方針を転換するのは、よくない。

スマートフォンをしまい、路上に立ち続ける。情報を得るためなら、何時間でも立つ。わたしはそう心に決めた。


ビルに入っていく人影を見たのは、それから三時間三十分あとのことだった。

もう夜になっている。疲れ切っていたが、わたしは人影を追いかけ、ビルの中に入る。

エレベーターは、四階で止まっていた。階段を上り、最上階へ向かう。

インターホンを鳴らすと、「はい？」という男性の声が聞こえた。わたしは待っている間に練った話をぶつけた。

「夜分遅くにすみません。私は榊原みどりと申します。以前こちらに入居していた、三瀬慎一郎さんについて伺いたいことがありまして」

「三瀬？」

「はい。一階のテナントでギャラリーをやっていた三瀬さんです。ご存じありませんか」

「ああ、はいはい。うちはもう関係ないですから。もうとっくに移転していきましたよ」

「ええっ、そうなんですか」

困惑した声を作った。インターホンの向こうからは、返答がない。巣穴に潜り込んだ獣を呼び出すように、話を続けた。

「実は当時、お店で絵を描いていた画家のかたを捜してまして。少し、お話を伺えませんか？」

「はあ？　知りませんよそんなの」

「些細《ささい》なことで構いません。少し、お時間をいただけませんか」

「悪いけど帰ってもらえる？　いま、忙しいんだよね。さよなら」

ガチャリという音がして、通話が切れた。心底不快といった感じだった。月島でかなり時間を使ったのに、成果なしは痛い。どっと徒労感が襲ってくる。

いつまでもいても仕方がない。気持ちを切り替えて階段を降りた。階下からトマトとニンニクのいい匂いが漂ってくる。仕事を切り上げてワインでも飲みたい気持ちが、むくむくと湧いてくる。

そこで私は、ひとつの違和感を覚えた。

——ああ、ギャラリーがあったことは聞いたことがあります。でも、何も判りませんよ。

なぜイタリアンの店主は、『Mise à jour』を知っていたのだろう。

『Mise à jour』が営業していたのは十一年前で、イタリアンが入居したのは一年前。間に十年もの年月が空いている。ひとつ前の入居者の情報くらいは知っていてもおかしくないが、間が空きすぎている。「何も判らない」のだから、店主が客としてきていた可能性もないだろう。

わたしは踵《きびす》を返した。いま降りてきた階段を、上がっていく。

ドアの前に立つ。わたしはもう一度、インターホンを押した。

「なんだよ、あんた」

苛立った男性の声が響いた。

「すみません。以前、『Mise à jour』でトラブルがありましたよね。正確に言うと、そのときの関係者を探しているんです。お話を伺えませんか」

わたしはじっと黙る。これは、賭けだった。

返事がない。男性の沈黙が、やたらと長く感じた。

「あんたもあの人に金を貸してたの？　全く、仕方のない人だな……」

金を貸していた。わたしはその言葉を聞き逃さなかった。

「そうなんです。五十万ほど貸してまして。三瀬さんは、ほかにもお金のトラブルを？」

「知らないの？　家賃は滞るし、変な債権者もくるしでこっちも大変だったんだよ。最後に全部精算してもらったけどね」

「そうだったんですか……」

「ていうか、あの人のことは知りませんよ。ちょっとお風呂《ふろ》入らなきゃいけないので、帰ってもらえます？　あなた、非常識ですよ」

すみませんと返事をする前に、受話器を叩きつけるような音がして通話が切れた。わたしは不通になったスピーカーに向かい、頭を下げた。

十年もの間が空いても店子に情報が伝わっている理由。それは、トラブルメーカーだったからだ。同じような問題を起こさないようにと、注意をされているのだろう。大家の不快そうな態度も、それが理由だったのだ。

三瀬は、金に困っていた。「変な債権者」がやってくるほどに。

階段を下りる。いまの話を受けて、確かめておきたいことがあった。わたしはスマートフォンを取り出し、電話をかけた。

「はい？」

コール音が鳴り、相手が出た。

「お忙しいところすみません。森田です」

「ああ、森田さん。どうしました」

「ちょっとお聞きしたいことがあって。五分くらい、いいですか、早見さん」

わたしは言った。浮かんだ仮説の、裏を取るために。

「朱里さんが三瀬さんの画廊に通っていたことを、早見さんが覚えている理由。それが、判った気がするんです……」


わたしは自宅に帰り、書斎でパソコンを操作していた。「三瀬　川崎　開業医」と検索エンジンに入力し、現れた検索結果を、上から順番に舐《な》めていく。

三瀬は月島でギャラリーを営業していたとき、資金繰りに困っていた。小さなものだが、それは足で勝ち取ったパズルのピースだった。彼は、川崎では上手く行っていたはずだ。だが、移転先では家賃の支払いにすら困っている。

三瀬は、父親と不仲だったのではないか。

まず考えたのはそれだった。関係が良好ならば、他人の金をつまむ前に家族を頼るのが普通だ。

三瀬の父親がやっている医院は、すぐに見つかった。川崎駅の近くにある『三瀬アイクリニック』という眼科だった。ホームページを見ると「医師紹介」という欄に、「Dr.三瀬吾郎《ごろう》院長」という名前で老齢の男性が載っている。三瀬慎一郎と瓜ふたつというほどではなかったが、面影が感じられる顔つきをしていた。

略歴を見ると、もう三十年も同じ場所で開業しているようだ。診療の内容も「多焦点眼内レンズを利用した白内障の治療」だとか、「前眼部三次元画像解析」だとか、先進医療を扱っている旨が書いてある。ウェブサイトのデザインも美しく、動画まで埋め込まれている。眼科はもともと儲かる職種だと聞いたことがあるが、ここまでウェブに手を回せる余裕があるというのは、繁盛している証《あかし》だ。

ウェブサイトの中には、ブログが開設されていた。ブログを開いたところで、マウスを操る手が止まった。


「当院院長・三瀬吾郎死去のお知らせ」


吾郎は前立腺《ぜんりつせん》がんの悪化で死去したらしく、それ以来この医院は臨時のスケジュールで動いているようだ。亡くなった日付は、二ヶ月前のものだった。

三瀬慎一郎のことを思い出す。人間はそんなものだと言われればそれまでだが、ギャラリーで本を読む彼には、喪に服しているような雰囲気は全くなかった。

医師には国家資格を取れば誰でもなれるが、開業医は世襲という側面もある。これだけ繁盛しているのなら、息子にも継がせたくなるものだろう。だが、医療スタッフの名前を見ても、「三瀬」という苗字《みょうじ》の医者はいない。

やはり三瀬慎一郎と、三瀬吾郎は、あまり良好な関係ではなかったのではないか。医者の道を突き進んできた吾郎は、自らが興した王国を、息子に禅譲しようと考えていた。だが、息子にはそんなつもりはなかった。画家になりたいと考え、医学の道に進むのを拒否し、あるときからギャラリーを開くと言い出した。ふたりは仲違《なかたが》いをし、それぞれの道を歩むことになる……。

首を振った。また、頭だけで考えている。使える情報を求めて、わたしはさらに検索を続ける。

探偵の技法のひとつに、ゴミ漁り《ガーボロジー》というものがある。被調査人《マルヒ》が出したゴミ袋を漁《あさ》り情報を得るというもので、わたしも過去、腐った生ゴミやペットの糞尿《ふんにょう》をかき分けて重要な情報を取ったことが何度かあった。

検索エンジンでの調査は、ゴミ漁り《ガーボロジー》に似ている。ほとんどが無駄な作業だ。それを恐れずに、ゴミ袋の中に手を突っ込むことが大事だ。

一時間ほど、「三瀬吾郎」「三瀬慎一郎」で検索をした。慎一郎の情報はネットにはあまりないが、父のほうは有名な眼科医らしく、写真から論文、講演の模様まで出てくる。フェイスブックのアカウントも発見した。

三瀬吾郎がフェイスブックでつながっている友達を、わたしは順番に見ていった。吾郎は交友関係が広く、二千人以上も友達がいる。関東圏に住んでいるか。親しそうか。聞き込みの効果が見込めそうな相手をピックアップしながら、閲覧を続ける。画面の閲覧で乾いた目をこすりながら、作業を進めていく。

その手が、途中で止まった。

「この人は……」

呟《つぶや》いていた。この人が、どうして吾郎とつながっている？　相手のアカウントに飛ぶと、吾郎が亡くなったことへの哀悼の意が書かれている。ふたりは、懇意な間柄のようだった。

わたしは、立ち上がっていた。

頭の中で、パズルのピースが次々にはまっていく。それは、いままでのように適当に捻り出したものとは、強度が違っていた。ひとつひとつのピースは、わたしが足を使って手に入れたものだ。それらが、ひとつの確かな絵を描き出そうとしていた。

時計を見た。時刻は二十二時を回っている。かなり遅いが、まだ間に合うかもしれない。わたしは、電話をかけた。

6　藍葉

夢だ。また、あのときの夢を見ている。

真っ暗な空間の中心に、私はいる。暗さの中に、少しずつ何かが見える。

それは、色だった。暗がりの奥。闇に滲《にじ》むように、ぽつぽつと色が見える。暗闇の中に点在する、星空のような、色、色、色……。
何度となく見た夢。もう覚えてしまった夢。
それが、いつもと違う風に見えた。
正面に見える、カオスのような色たち。いままでの私は、それをただ大きな混沌《こんとん》とし
か捉《とら》えられていなかった。でもいまの私は、それをきちんと細分化して、解釈し、自分
なりに再構築できる。
——起きてるの？
声がする。人の顔が、私を覗《のぞ》き込む。起きてます。私は言おうとしたが、口が上手く
動かない。
「きれい」
言葉が漏れる。違う。馬鹿。そんなことが言いたいんじゃないのに。
——これが、好きなの？
私は頷《うなず》く。そう、好き。好きです。その理由も、いまなら私なりに、説明できる。
——おいで。
私は立たされる。色の名前が背後から囁《ささや》かれる。
——誰にも言わないでくれる？　これのこと……。
私はもう一度頷いた。誰にも言わない。だから、お願い。私に、話をさせて……。

私は本棚を見上げていた。

頬に、水滴が垂れている。それが涙なのかただの汗なのか、自分でも判らない。

身体が動く。あれ、この夢の中では、身体は一切動かせないはずなのに。

そこで私は、これが現実であることに気づいた。眠っていたのか、ただ集中力が途切れてぼーっとしていただけなのかは、自分でもよく判らない。

本棚は、ほとんど出来上がっていた。

あと一段の半分が空いているだけで、棚の空間のほとんどが、色で埋め尽くされている。

綺麗。

主張の強い色、控えめな色、仲のいい色、仲の悪い色。色と色とがぶつかりあって、混ざりあって、衝突を起こしながらぎりぎりのところで調和している。

私は立ち上がる。そこで、どたんと床に崩れ落ちた。あれれ。指先が震えている。指だけじゃない。気がついたら、足も。

這《は》うことしかできなかった。キッチンに向かう。ぐーっと蛙の声のような音を立てておなかが鳴る。冷蔵庫を開けると、中は空だった。初日に買い出しをした分は、どうやら全部食べてしまったらしい。

私はシンクのへりを摑《つか》み、なんとか身体を起こした。水道水をコップに入れ、喉《のど》に流し込む。ただの水が、砂糖水のように甘い。私はもう一杯水を入れ、ごくごくと飲む。

ぐーっ。喉の渇きは癒《い》えたが、おなかは満足してくれない。このままでは、東京の真ん中で餓死をしてしまう。時計を見る。世間は三連休の最終日の正午になっていた。この三日間、本棚を作っていたことだけは覚えているのに、それと時間の経過が上手く紐《ひも》づいていない。

このまま外に出ても、コンビニまでたどり着く自信がなかった。私は近所のラーメン屋に電話をかけ、味噌《みそ》ラーメンを頼んだ。再び這って戻り、本棚に向き直った。

気になるところはまだまだある。私は #DC143C《Crimson》を引き抜いて、#FFFF00《Yellow》と入れ替えた。ほかにも、なんだか上手くはまっていない色を、順々に差し替えていく。作業を進めるにつれ、飢餓感が徐々に薄まっていく。少し離れたところから見る。また変なところを見つけて、色を差し替える。また離れたところから、見る。

この作業は終わらない。いつまでも、できてしまう。ものを作るということは、奥が深い。というよりも、この深さに、底なんかがあるのだろうか。ひとつ直すと、別のところが気になる。そこを直すと、今度は違うところが目につく。

——菊池さんが作っているものは、私にとってはもう過去の、不本意なものなのです。

「朱里さん」からのメールに、そう書いてあった。いまなら、その気持ちが判る。朱里さんはきっと、もっと色を調整したかったのだ。この深さの底に、手が届くまで。

私は本棚に向かった。気になるところを抜いて、差し替える。色をコントロールする感覚。でも、色に突き動かされているような気もする。私は、コントロールしているのか。されているのか。どっちだろう。

潜っていく。そんな感じがした。

深く。深く。深く。深く。底の見えない色の中に、潜っていく。

何も聞こえなくなった。私の世界は、色だけになった。

7 みどり

『Mise à jour』の前にわたしは立っていた。

強い雨が降っていた。調査をはじめてから、初めての雨だ。雨の向こうに見えるギャラリーは、どうしても十一年前の誘拐事件のことを想起させた。

わざわざきたというのに、今日は休業のようだった。入り口にシャッターが下りている。休業日の案内も出ておらず、定休なのかどうなのかも判らなかった。

ギャラリーは二階建てで、二階が住居のようだった。わたしは外階段から二階に上がり、インターホンを鳴らす。返事はない。ノックをしたが、やはり応答はなかった。

一階に下り、道路に出る。またここで、「立ち張り」をしなければならないかもしれない。そう考えたとき、一台のワンボックスカーがやってきた。

「あれ、あなたは」

赤のエスティマだった。ドアウィンドウから、三瀬慎一郎が顔を出した。

「おお、いつかの探偵さん。ご無沙汰《ぶさた》してます。今日は、どうしました」

「近くに寄ったもので。絵でも見たいなと思ったのですが、お休みですか」

「ちょっとやる気が出ないので、雨の海を見に行っていました。昼から営業しますよ。ちょっと待っててください」

三瀬はそう言うと、エスティマを駐車場に停めて降りてくる。わたしはさり気なく車に近づいた。

「この車、八人乗りですか」

「七人乗りです。仕事柄、大きなものも運搬しないといけないですからね」

「人も余裕で運べそうですね。お子さんができても、後ろの座席に寝かすことができそうです」

「子供の前に、結婚相手に恵まれませんけどね」

三瀬はそう言って苦笑する。調律を合わせるように、同じような苦笑で返した。

——慣れている。

と感じた。身を隠し、自分が張った暗幕の奥から、こちらを見ることができる人間。彼は、そういう人間だ。

「絵が見たいというのは、嘘なんです。すみません」

すでに知っていたように、三瀬は微笑む。

「今日は、三瀬さんに伺いたいことがあって参りました。十一年前のことで」

「ああ、朱里のことですか。まだ調べてるんですね。ですから、僕は朱里の行方なんか知らないですよ」

「違います。朱里さんのことじゃありません」

わたしは言った。

「十一年前の誘拐事件のことです」

三瀬の表情が、一瞬曇った。だが、次の瞬間にそれは、もとの爽《さわ》やかで飄々《ひょうひょう》とした表情に覆い尽くされてしまう。

「誘拐事件……朱里が女の子を誘拐したあれですよね。まあ、僕のほうで判ることがあればお話ししますが……入りますか？」

三瀬はにこやかな笑みを送ってくる。わたしも、それを受けるように笑った。こういう瞬間が、わたしは好きだった。偽の微笑み同士の、同調行動。

「ぜひお願いします」

8　藍葉

ぶつんと、頭の中で何かが切れる感じがした。堤防が決壊するように耳に音が雪崩込んできて、私は思わず耳を塞《ふさ》ぐ。

はっ、はっと、呼吸の音が聞こえた。自分が荒々しく呼吸をしていることに、そこで気づいた。酸素を貪《むさぼ》るように、私は息を吸って吐く。

本棚。色。その中に入っていって、少し深いところまで行ってしまっていたようだった。私はぺたんと床に座り、力を抜く。

——終わらない。

そう、感じた。この作業に、終わりはない。無数にちりばめられた十六進数。それを最適の位置に配するというのは、ものすごく複雑な方程式を解くみたいなもので、先が見えなかった。

本棚を見上げる。夢に何度も見た、色の混沌。その域には、私の作った本棚は達している気がした。でも、何かが足りない。色は激しくて綺麗だが、何かが欠如している。

——不本意なものなのです。

朱里さんの言葉は、こういうことを指していたのだろうか。いくら色を調整しても、必ずほかの部分が目についてしまう。底が見えない、色の奥。朱里さんはそれを途中まで覗いて、引き返してしまったのだろうか。

この本棚は、充分によくできている。子供のころの私なら、これを見て感動したはずだ。でも、いまの私には判る。この本棚は、完成していない。

ずきんと、おなかが響く。胃のあたりが激しく痛む。空腹が過ぎて、ついに痛みにまでなってしまったのだ。

味噌ラーメンはまだこないのだろうか。スマホを見ると、何件も留守番電話が入っていた。再生すると、家の前まできたがチャイムを鳴らしても誰も出てこないので帰った、あとでまた行くから料金は払ってくれ、というメッセージが、荒々しい声で入っていた。作業に没頭しすぎて、チャイムの音も聞こえなくなっていたみたいだ。

私は倒れこんだ。もう私のおなかも呆《あき》れ果てているのか、ぐーっと音を立てることさえしない。心臓がとくとく鳴っているが、そんなところに回すエネルギーですらもったいないと身体に怒られている感じがした。

まずは空腹をなんとかしないと、先に進めない。私は身体を起こした。

「あっ」

手から力が抜け、摑んでいたスマホがすっぽ抜けてしまった。スマホは部屋の隅のほうに飛んでいく。私はふらふらになりながら、スマホを取りに行く。

そこで私は、それの存在に気づいた。

スマホは、額縁の上に転がっていた。お母さんに電話しようとしてできなかったときに、壁から外した額縁……。

私は何気なく、額縁をひっくり返した。そこには、お母さんの撮ったメジロの写真が収まっていた。

「え……？」

思わず、座り込んだ。いつも見ていたはずの写真が、以前と違って見えた。

9　みどり

シャッターの下りた店内に、電灯が灯る。三瀬はギャラリーの脇にある冷蔵庫に向かい、ペットボトルのミネラルウォーターを差し出してきた。

「すみません。キッチンが二階なもので、お茶代わりにどうぞ」

「お気遣いいただいてありがとうございます」

もらったペットボトルを、さっと観察する。一度開けて封をした跡も、注射針を刺したような穴もない。わたしはペットボトルを開け、喉を潤した。

「それで、誘拐事件がどうしました？　朱里は、見つかったのかな」

三瀬が水を向けてくる。余裕があるように見えるが、本心はよく判らなかった。

長い話になる。わたしは頭の中で、話の順序を整理した。「十一年前のことです」。わたしは話をはじめた。

「あの誘拐事件の当時、三瀬さんは、中央区の月島に店舗を構えていましたね」

「月島……懐かしいな、好きな街でした」

「月島へ移転した二十年前。当時、三瀬さんと朱里さんは交流がなかった。そうですね」

「ええ。川崎を出てからは、もう連絡も取ってませんでしたよ」

「それは本当ですか、三瀬さん」

「はい？」

「月島へ移転したあとも、あなたと朱里さんは連絡を取っていたんじゃないですか」

三瀬は、よく判らないとでも言うように、首をかしげた。

「何のことか判らないな。何を証拠にそんなことを言うんです」

「証拠は、これです」

わたしは鞄《かばん》の中に手を突っ込んだ。防犯ブザーを取り出し、紐を引く。

大音量のアラームが鳴った。三瀬が耳を塞ぐ。わたしはブザーを三瀬に向かって放り投げた。三瀬は慌てたようにそれを受け取る。

「ちょっと、なんですかこれは！　止めてください、早く！」

わたしは三瀬に近づき、ブザーを受け取った。ボタンを長押しし、音を止める。そして、三瀬を見つめた。

「使えるんですね、右手」

不敵に見えるように、微笑んだ。三瀬は、ブザーを右手でキャッチしていた。

「怪我をして麻痺《まひ》が残ってる。そういう話じゃありませんでしたっけ？　その割には、器用に捕らえられた。使えますね、その手」

「これは……たまたまだ。たまたま、上手く行って」

「ごまかしても駄目です。私はさっきまでこのあたりで聞き込みをしていました。三瀬さん、あなたが右手を自由に使えることは、裏を取ってあります」

わたしはブザーをしまい、三瀬から離れる。彼は、不機嫌そうな表情をしていた。

「なぜ私に嘘をついたんですか。狩野照雄に襲撃されて、右手が使えなくなったなどと」

「あいつに襲われたのは本当だ。わけの判らない因縁をつけられて」

「答えになってませんよ」

わたしはもう一度微笑みを作る。

「私が朱里さんを見つけた際……彼女に右手が使えることが伝わると困る。だから、演技をした。違いますか」

三瀬の表情が固まった。わたしのほうをじっと見つめている。

「あなたは、朱里さんの絵を売っていましたね」

わたしは畳み掛けるように言った。

「三瀬さん。前に会ったとき、あなたは子供の絵など売っていないと言っていた。だけど、実際は店頭に並べていましたね」

「何のことか判らない。誰がそんなことを」

「美術部時代の、朱里さんの同級生です。あなたの店で、朱里さんが描いたらしき絵を売っているのを、その人は見ていたそうです。それがいまでも印象に残っていると」

朱里と三瀬のつながり。詩乃は、店頭に並んでいる絵から、それを類推していたのだった。電話で聞き出した内容だった。

「問題は、なぜ私に嘘をついたのかということです。別に朱里さんの絵を売っていようが、あなたが右手を怪我してなかろうが、そんなに大きな問題とは思えません。でも、あなたは嘘をついた。それはなぜか」

「……気まぐれ、ですよ。それに、中学生の絵を売っていたなど、画廊の沽券《こけん》に関わる」

「ご自分の弱さを開陳できることは立派だと思いますが、私の見立ては違います。理由はふたつあります。ひとつは、あなたが朱里さんに絵を描かせていたこと、それを私に知られたくなかった」

　わたしは続けた。

「朱里さんがこのギャラリーで絵を描いていたことは、みんな知っています。ただ、自発的に描くのと、誰かに描かされるのでは意味合いが異なる。朱里さんはあなたに、無理やり絵を描かされていた。違いますか」

「それこそ、何の証拠があって言うんだ。僕は、そんな……」

「非行です」

「非行？」

「朱里さんは、あなたが月島に移転したあとから、突如非行を繰り返すようになりました。それまでそんなことは一切していなかったし、転居先の西新井でもしていないのに、なぜそんなことをしたのか。あなたにやらされていたんです。狩野さんに右手をやられ、それで絵が描けなくなったと、脅されて」

わたしは言った。

「あなたは言ってましたね。朱里さんは寡作だった。心を大きく動かすような出来事がないと、絵を描けなかった。そんな人に描かせるにはどうすればいいか。無理やり、心を揺さぶればいい」

三瀬は黙った。じっと私を見つめている。

「朱里さんに犯罪をさせる。殺人現場、自殺現場、事故の現場を無理やり見させる。それはすべて、彼女に絵を描かせるためだったんです。あなたはギャラリーの経営者です。ひとつの才能を揺さぶり、その能力を引き出したかった。違いますか」

「くだらない推理だ。あんなもの、狩野の影響だろう」

「狩野照雄は、非行に走る朱里さんを止めようとしてました。彼の影響じゃありません」

わたしは身を乗り出した。

「ここからが本題です。あなたと朱里さんは、月島移転後もつながっていたんです。そのつながりは、朱里さんが東京に出てからも保たれていた。その証拠が、本棚です。『Mise à jour』には、画廊にしては珍しく、大きな本棚がありますね。その棚を、朱里さんが装飾していた」

「装飾？　本棚はあの通り、何の装飾もされていない」

「月島時代の話ですよ。目撃証言も探せば出てくるでしょう。何より、被害者が見ています。あのときの本棚を」

「被害者？　何のことだ」

「菊池藍葉。誘拐事件の被害者です」

「誘拐に僕が関わっていたと？　そう言いたいのか」

「関わっていたのではありません。あなたが主犯だったんです」

三瀬は呆れたように鼻を鳴らした。

「呆れてものが言えないな。話にならない」

「あの誘拐事件は、二時間で解決しています」

わたしは手帳に書いたメモを思い出しながら言った。

「西新井から月島まで被害者を運んだとなると、現地で使える時間は三十分くらいしかありません。でも、それでよかったんです。朱里さんに、誘拐をさせること。それが目的だったんですから」

三瀬の表情は崩れない。

「なぜ万引きでも暴行でもなく、誘拐だったのか。あなたは朱里さんが高校生のころに堕胎をしたことを、知っていたんです。結婚後、不妊治療をし続けていたことも知っていた。そんな彼女にとって、もっとも残酷な罪はなんでしょうか。幼児の誘拐です。あなたはそうまでして、朱里さんに絵を描かせようとした。それを隠すために、あなたは嘘をついたんです。朱里さんの絵を売ったことなどないと。右手が悪いふりをしたのも、そのためです。あなたの右手が悪くないと知ったら、朱里さんは共犯であるあなたを告発するかもしれませんからね」

三瀬はそこで、薄く笑った。

「さっきから何を言っているのか、判らないな」

三瀬の佇《たたず》まいに、余裕が戻っていくのが見えた。

「確かに、朱里は不幸になればなるほど持ち味を発揮した画家でした。僕がそういうところに魅力を覚えていたのは確かです。だから、なんですか。絵を描かせるために誘拐をさせた？　そんな危険なことを？　馬鹿馬鹿しい」

「それくらいあなたは、朱里さんの才能を買っていたんです」

「はは、そんな風に見られるのは、心外というか、光栄というか。だが、馬鹿げてますよ。才能のある画家は、ごまんといる。朱里に執着をする必要などない」

「でも、あなたは実際にやったんです」

「堂々巡りだな。証拠はなんですか。僕の発言の揚げ足取りが、証拠なのかな」

三瀬は嬉《うれ》しそうに笑いながら言う。わたしはその目を見続けた。

「まあ、でもひとつだけ言いますよ。不幸になったときの朱里の絵には、魔力のような魅力があった。それは、本当です」

その声は、猫を撫でるように優しかった。

「見せてあげたかったな。朱里が万引きをして捕まったあとの絵を。朱里はあのとき、青を使っていました。何種類もの青を使って、潰されそうな心を表現していた。殺人現場を見たあとの絵も、綺麗だった。死体までは見れなかったようだが、人が死んだ現場を見て何か感じるものがあったようだ。あのときの血のような赤は、綺麗だったな……」

三瀬の笑みが、歪《ゆが》んだ。

「朱里が堕胎したときの絵も、素晴らしかった。多彩な色の中に、真っ黒なものが描かれた絵でね。どうしても欲しかったが、それだけは譲ってくれなかった。もったいないことをした」

「それが動機です。あの誘拐事件の」

「警察に行ったらどうです？　病院のほうがいいかもしれないけれど」

三瀬は、心底嬉しそうだった。些細な変化をも見逃さないように、その顔を見続ける。

「そんなに睨《にら》んで、僕の心でも見透かすつもりですか」

三瀬を見つめ続ける。三瀬は椅子に深々と腰を下ろした。

「あなたの企《たくら》みは判っています。そうやって僕を揺さぶって、転ぶのを待っている。でも、僕は転びません。なぜなら、そんなことをやっていないからだ」

三瀬は不敵に笑った。

「いつもこんなことをやってるんですか。適当な脅迫をして、相手が転ぶのを待つ。くだらない仕事だ。もっと有意義に生きたらどうです」

見抜かれている。わたしは唾《つば》を飲んだ。

三瀬は得意そうに笑っている。わたしは彼の表情を、じっと見つめ続けた。

10　藍葉

——意外と身近にあるものが参考になるかもしれないよ。

私は、みどりさんの言葉を思い出していた。

メジロの写真。

調布市のポスターに採用された、お母さんの代表作。平凡でどこにでもある、普通の写真。

「いや」

違う。確かに、構図や全体の印象自体は、よく見る感じの写真だった。でも、ただ漫然と撮ったわけではない。『コタン』の仕事をしてみて、平凡に見えるものの中にも細かい計算がなされていることを、私は知っていた。

写真の中では、枝に留まったメジロがアップで撮影されている。#9ACD32《YellowGreen》と #FFFF00《Yellow》が混ざった色彩が、綺麗に出ている。だが、それだけとも言える。どこにでもある写真。砂山の上の一粒。私はいままでこの写真に対し、そんな評価を下していた。

でも、違う。お母さんは、背景に梅の実を一粒入れていた。

——対比をしているんだ。
#DC143C《Crimson》の梅の実と、メジロの #9ACD32《YellowGreen》。私は色相環を思い出した。赤と黄緑は、

補色というほどではないが、色相環の反対のほうにある色だ。お母さんの写真では、メジロと梅の実のふたつが、互いの色を引き立てあって、美しさを高めている。

梅の木なのだから、もっと花が満開になっている中で撮ることもできたはずだ。でも、お母さんは梅の実を一粒しか入れていない。それがメジロと相対して、絶妙なバランスを生んでいる。レタッチも含め、この写真は、そこまで計算されて作られている。適した大きさの梅の実まで、きちんと選んでいるのかもしれない。

私は、立ち上がっていた。

お母さんの部屋に向かう。大量にある置いていかれた荷物の間を通り、本棚からアルバムを引き出す。お母さんはお気に入りの写真をプリントアウトして、アルバムに保管している。

アルバムは全部で、二十冊ほどあった。表紙に日付が書いてあり、何年何月から何年何月に撮ったもの、という感じで管理がされている。私は一番新しいアルバムから、中身をめくっていく。

子供のころから、お母さんの写真は散々見ている。山の風景。海の風景。花、鳥、蝶《ちょう》、猫。アルバムには、その手のありがちな写真が延々と収められている。

――いや。

違う。いまの私には、これらの写真がただの写真でないことが理解できる。

例えば、アイドルグループを撮ったこの写真。

三人のアイドルの女の子たちが、紅葉の林の中にいる。#DC143C《Crimson》の紅葉に染まった林の中で、三人は思い思いの様子で佇んでいる。これ自体は、雑誌やCDのジャケットでよく見るタイプの写真だった。

だが、ここにも工夫がある。女の子たちは、#FFA500《Orange》のワンピースを着ていた。赤とオレンジは、補色というよりも、色相環の中では隣にある色だ。女の子たちは林の中に溶け込んでいるようでもあり、紅葉の上に浮かんでいるようでもあり、混ざるようで混ざらない。淡く幻想的に風景から浮かび上がる効果が、この微妙な色の違いによって生まれている。そういう風に、画面が設計されているのだ。

「そんな」

向日葵《ひまわり》と青空を撮った写真。トマトの畑を撮った写真。窓辺の黒猫を撮った写真。どれも、ありきたりでつまらないものだと思っていた。でも、いまの私には判った。どの写真にも、お母さんなりの意図がある。何気ない構図、ありふれた色遣いに見えて、素材のよさがきちんと引き立つように、画面がデザインされている。

——天才的っていうか、色が上手くまとまる感じ。

涼子さんの声を思い出した。

——藍葉に頼むと仕上がりがなんか違うんだよねー。

確かに、元のデザインがあれば、それを正しい形に直していくのは得意だ。それは、天性のものだと思っていた。でも。

それは、お母さんの影響だったんじゃないか。

お母さんから学んだ、技術だったんじゃないか。

私はアルバムをめくっていった。ありふれた写真。どこにでもあるもの。ずっとそう思っていたが、違う。判る。判る。お母さんが考えていたことが、いまなら判る。

――十一年前。

昔のアルバムの中に、ある写真を見た。

それは、私の写真だった。

子供のころ着ていた、キッズコート。それを着た、六歳の私。

私はカメラのほうを、真顔で見つめている。正直、可愛くなかった。無邪気さはないし、表情もない。何を考えているのかもよく判らない。子供のころの私は、四六時中こんな調子だった気がする。いつも同じ格好で、表情もなく過ごしていた。こんな子供の相手をさせられていたお母さんの気持ちが、少し理解できた。

「あっ」

そのときだった。

頭の中を、閃光《せんこう》が走った。

「まさか」

子供のころの私は、いつもこうだった。そう、いつもだ。誘拐されたあのときも……。

もしかして、朱里さんは……。

写真の中の自分が、視線を投げかけてくる。私は自分と目を合わせたまま、身動きが取れなくなった。

11　みどり

「さあ……もう帰ってください。そろそろ店を開けるから」

三瀬はそう言って、出口のほうを指差す。わたしは首を振った。

「待ってください。いままでの話は、ほんの前置きです」

「は？　なんですか？」

「三瀬さん、あなたの言う通りです。誰かに絵を描かせたい。そんな文学的な動機で犯罪を起こす人は、ほとんどいない。朱里さんに非行を促し絵を描かせていたのは本当でしょう。でも、誘拐事件は別だった。四苦八苦。一見詩的に見えても、人間の犯罪というのは生々しい欲望が横たわっているものです」

「何なんだ？　何が言いたい」

「動機は、金だということです。三瀬さん。あなたは、お金のために菊池藍葉を誘拐した。あの事件は、身代金誘拐事件だったんです」

三瀬の表情が固まる。彼の癖を見破った、と思った。読まれたくない内心があるとき、この男は過剰に防御態勢を取る。表情が消えたときは、図星を指されたということだ。

「三瀬さん。月島に出店していたとき、あなたの画廊は火の車だったみたいですね」

わたしは説明をはじめた。

「起業して、最初のうちは上手く行っていました。そこであなたは図に乗ってしまった。あなたは川崎から、東京の中央区という地価の高い土地に移転しました。観光地から住宅地へ移って、客層が変わったこともあるのでしょう。結果的にあなたの事業は赤字に転落し、店頭に借金取りが押しかけるようになった」

「また証拠もなしに適当なことを言うんですか」

「残念、大家だった山村さんの証言です。月島に移転後、高校生だった朱里さんに絵を描かせていたのも、彼女の引き出しが見たかったわけじゃない。お金のためだったんじゃないですか。ただ、月島であなたが抱えていた負債は、そんなものではまかなえないほどになっていた」

「言いがかりも甚だしいな……。まあ、聞き流しましょう。金が必要だったからなんなんです。だからって、身代金誘拐なんて。そんなことをするはずがない。誘拐なんて、ほとんど失敗するでしょう。朱里も失敗した」

「私もそう考えました。お金の調達方法として、誘拐はあまりにもリスキーです。通常、そんな方法は採らない」

わたしの肯定にも、三瀬は曇った表情を変えなかった。

「さっきも言いましたが、誘拐後朱里さんが月島にいた時間は、計算すると三十分ほどしかありません。これでは、身代金の受け渡しどころか、要求すら難しい。実際に、藍葉の母、菊池香織には、身代金の要求などをされた形跡がありません」

「あなた、自分で何を言ってるか判ってるのか。滅茶苦茶《めちゃくちゃ》じゃないか、言ってることが」

「私の友人の話を聞いてもらえますか」

わたしはふっと笑った。

「その友人は、実家が鹿児島にあります。両親は死んでいて、菩提寺《ぼだいじ》の墓の中に眠っている。ただ、実家を継いでいる長兄が、寄付の依頼を断って寺と揉めているんですよ。寺の側は、寄付をしないなら、墓は撤去すると言っているそうです。そこで、弟である友人が代わりにお金を払っている」

「何の話をしてるんだ？」

「あなたの話ですよ」

わたしは言った。

「あなたたちは藍葉を誘拐した。でも、身代金を彼女の家族には要求しなかった。別の人間にしたんです」

三瀬の表情。平静を装っている表面に、ひびが入ったような気がした。

「あなたは、自分の父親に身代金を要求したんです。三瀬吾郎さんに」

ひびが深くなる。わたしは続けた。

「誘拐犯罪を成就させるのは、確かに難しい。利害の対立する相手から金を奪わなければならないからです。ならば、利害を供にする相手から取ればいい。被害者の家族ではなく、自分の家族を脅す。川崎で開業医をされているお父様にとって、息子が幼児誘拐の犯人として逮捕されるのは、社会的に計りしれないダメージとなる。あなたはそれを脅迫に使った。藍葉を誘拐し、解放して欲しければ金を払えと、父親を脅したんです」

――あなたみたいな子供が、いればよかったのにね……。

藍葉は朱里にそう言われたらしい。しかし実際は、藍葉という個人が欲しかったのではなかった。子供は、誰でもよかったのだ。あの場所にいさえすれば。

「この方法を採れば、リスキーな身代金の交渉はいらない。たぶんあなたは、誘拐事件が起きたあの日、父親をギャラリーに呼んでいたんでしょう。そして、藍葉を誘拐し、そこに連れてきた。あなたは父親を脅す。誘拐事件は、時間が経過すればするほど、警察の捜査網も広がります。それを恐れた父親は、あなたにお金を払った。急に何千万もの金を用立てはできません。ＡＴＭから振り込める限度額、一千万くらいですか？」

なんで判る。そういう表情が、三瀬の顔に浮かぶ。

「振り込みを確認したあなたは、藍葉を解放する必要があった。でも、月島で解放するわけにはいかない。藍葉は、西新井の駐車場で、不妊に悩む朱里と一緒にいることになっているからです。あなたは別の車に朱里と藍葉を乗せ、西新井へ戻り、もとの車にふたりを乗せた。ふたりは出庫しました。だが、その後に誤算があった。朱里が警察の職質に引っかかり、逮捕されてしまったんです」

「朱里は、警察にそんな証言はしていない。うちにいた、なんて」

「ええ。朱里さんはひとりで罪を背負いました。それほど、彼女の贖罪《しょくざい》の念は深かったんです。藍葉が何も証言をしなかったこともあり、あなたの動きも警察に露見しなかった。そのせいで十一年間、この動きは表に出てこなかったんです」

「証拠は？」

三瀬は言った。道端に落ちている石を摑み、投げる。そんな風に。

「ぺらぺらと喋《しゃべ》っているが……証拠はどこにある」

わたしは鞄から、一枚の写真を出した。それを三瀬のほうに投げる。

「三瀬吾郎さん。あなたの父親ですね。最近お亡くなりになった」

「そんなことまで調べてるのか……。こそこそと、気味の悪い」

「問題は、お父上の横にいる人物です。ご存じですか」

三瀬が写真を覗き込む。知らないようだった。

自宅でのゴミ漁り《ガーボロジー》。その最中に見つけた写真だった。わたしを真相へと導いた、最後のピース……。

「彼は、芦田という弁護士です。お父上の医院の、顧問弁護士をやられています」

「その芦田に、何の関係があるんだ」

「百万円、です」

わたしは指を一本立てた。

「あなたのお父様が、藍葉に百万円を送っているんです。芦田弁護士経由でね」

「百万円だと？」

「ええ。きっと、お父上は長い間、慚愧《ざんき》の念に駆られていたんでしょう。お亡くなりになる前に、巻き込んでしまった藍葉に、慰謝料として百万円をお送りになった。身元は明かしていません。そんなことをしたら、自分が隠し通してきたことを白日の下に晒《さら》してしまうことになる。お父上は芦田弁護士を通じ、藍葉の行方を捜すために探偵を雇いました。それが、私の会社だったんです」

　わたしは続けた。

「裏も取りました。同僚を問い詰めたら、しぶしぶ裏取りしてくれましたよ。三瀬吾郎さんはなぜそんなことをしたのか。それを掘っていけば、あなたの犯罪に行き着く」

「はっ、その娘は、親父の隠し子か何かじゃないのか。親父は好色だったからねえ」

　三瀬の顔面は、真っ白になっていた。わたしはその表情をじっと見つめながら言う。

「でしたら、最後の手があります。警察に調べてもらうんです」

「警察が動くわけない。大体、もう時効だろ？　僕が犯人だとしても、誰も裁くことはできない」

「確かに未成年者略取の時効は五年です。でも、これは身代金目的の誘拐事件です」

　わたしは身を乗り出した。

「誘拐というのは、性質により時効が異なります。身代金誘拐は、刑法二二五条二項。

量刑は三年以上、無期刑まで。時効は、十五年」

わたしは挑むように三瀬を見た。

「私は足であちこち回り、物証を集めました。これをまとめて警察に出してもいい。十一年前は何も取っ掛かりがなかったので、あなたは逮捕を免れた。でも、あなたが犯人だという前提に立って捜査をしたらどうなるか。月島のテナントには藍葉の痕跡《こんせき》が残っているかもしれませんし、警察なら朱里を捜し出し、彼女へ聞き込みをすることもできるでしょう。あなたにつながる証拠は、山のように出てくると思いますよ」

わたしは言った。

「あなたは終わりです。三瀬慎一郎さん」

がたん。

音を立てて、三瀬が立ち上がった。

三瀬はゆっくりと振り返り、向こうに歩いていく。わたしは、その動きを見守った。

三瀬は、棚に飾ってある銅像を摑んだ。

「警察には行けない。あなたはここで、口も手も動かせなくなるからだ」

わたしは三瀬の表情を見た。その表情を見るだけで、少し震えがきた。スキンヘッドの浅はかな怒りとは違う。狩野照雄の、底しれない感じとも違う。長い探偵稼業でも、初めて見る。

それは、人を殺すか否か、迷っている男の表情だった。

——司さん。

——理。

ふたりの顔が、脳裏に浮かんだ。心臓が、どくんどくんと強く鼓動するのを感じる。目の前が暗くなる。ふたりの顔が、遠くに見える。

「馬鹿な真似はやめてください。誘拐の罪で済むところを、殺人までやるつもりですか」

「バレなければ無傷で乗り切れる」

「浅川さん！」。わたしは叫んだ。

「浅川さん！　助けて！　襲われてます！」

援軍がくると思ったのだろう。三瀬が、建物の入り口を振り返る。

何も、変化はなかった。外から駆けつける人間どころか、建物の外で人が動いている感じすらしない。三瀬は悠々と、こちらに向き直った。

「何なんだよ」

その目が見開かれた。わたしは防犯スプレーを出していた。

「だから、あなたは終わりですって。これは暴徒でも鎮圧できるスプレーです。屈強な軍人でも倒すことができる」

三瀬はじっとこちらを見ている。その目が、少し臆《おく》している。

わたしは一歩彼に近づき、スプレーのボタンに触れた。三瀬が、びくっと身構えるのが見えた。

スプレーからは、何も出なかった。

一瞬身構えた三瀬が、その構えを解く。

「……故障か？」

表情が歪む。殺意が、濃くなった感じがした。わたしは唾を飲み、一歩、二歩、後ろに下がる。

「脅かしやがって、畜生……」

わたしはもう一度、スプレーボタンに触れる。スプレーからは何も出ない。

「三瀬さん……。私を襲っても無駄ですよ。ここにくるっていうことは、同僚に言ってあります。私が失踪《しっそう》したら……」

「なら、どうしてそれを最初に言わない」

三瀬は冷静だった。一歩、また近づいてくる。

「襲っても無駄なら、なぜ最初に言わない。あんな大騒ぎをする必要はない」

読まれている。わたしは震えた。三瀬の一挙手一投足から、目が離せなくなった。

三瀬の表情。その瞳《ひとみ》の中に、色々なものが凝縮されていた。こんなものを、わたしは初めて見た。わたしはじっと、それを見つめ続ける。

「殺す」

自分に言い聞かせるように言う。殺意が、確定した感じがした。

「殺してやる」

三瀬はそう言い、床を蹴《け》った。

あっという間だった。迫りくる三瀬の表情が、視界一杯に広がった。

12　藍葉

本棚の前に立つ。私は、あのときの朱里さんのことを思い出していた。

――これが、好きなの？

朱里さんはそう言う。私は頷く。

――おいで。

座っていた椅子から立たされる。あのとき本棚は、少し遠くにあった。もっと近づいて見たかったのに、睡眠薬のせいだろうか、身体が上手く動かなかった。

なんで朱里さんは、私を立たせたのだろう？　私に作品を見せたかったからだろうか。

私はイメージをした。女の子が座っている。その子の前には、色彩の本棚がある。その子に作品を見せてみたい。でも、あまりじろじろ見られて、覚えられるのも困る。だから、少し遠くに立たせて、微妙に見せる。

だが、実際にそんなことをするだろうか？

――誰にも言わないでくれる？　これのこと……。

朱里さんは私に口止めをしていた。ということは、あの部屋のことは、本当は見られたくなかったのに、私はあそこにいた。

――一番左上にあるのが、やまぶきいろ。

あのとき、朱里さんの声はどこから聞こえていた？　私の、背後だ。

私が、あの部屋にいた理由……。

「やっぱり、そうだ」

勘違いかもしれない。でも、試してみる価値はある。あのときの朱里さんが、やっていたかもしれないことを。

空腹は完全に飛んでいた。私は再び、お母さんの部屋に入った。

クローゼットに向かう。お母さんはいらないものを家に置いて出て行った。私はお母さんの荷物を漁り、必要なものを探した。

「あった」

目的のものは、すぐに見つかった。私はそれを持って、部屋に戻る。

本棚に向かう。色を引き出し、別のところと差し替える。少し遠くからそれを見て、再び気になるところを洗い出す。もうここまできたら、できることはあまりないのかもしれない。でも、やれるだけのことはやっておきたかった。

三十分ほど色の入れ替えをしたところで、私は作業をやめた。そろそろ、仕上げに取り掛かるときだ。私は改めて部屋を見回した。誘拐されたときの部屋よりも明らかに狭いが、それは仕方ない。

あと、必要なもの。スマホで代用できるかとも思ったが、固定するためのスタンドがない。勝手に人のものを借りるのは気が進まなかったが、ほかに手段がない。

「お母さん」

ごめんね、借りるよと、心の中で言った。

私はお母さんの部屋に入り、カメラと三脚を探しはじめた。


「できた……」

出来上がった写真を見て、私はため息を漏らしていた。

予想通りだった。あの本棚がなぜ未完成だったのか。朱里さんがなぜ私をあの部屋にいさせたのか。たぶん、これが正解だ。

カメラからSDカードを取り出し、パソコンに向かう。スロットにカードを差し込み、写真を取り込む。朱里さんに、早くこれを送りたい。会ってくれるかは判らない。でも、きっと感想のひとつくらいはくれるんじゃないか。

「朱里さん」。私はメールの文章を打ちはじめた。

そのとき、マリンバの音が聞こえた。私のスマホへの着信だった。番号を見ると、かけてきたのは浅川さんだった。なんだろう？　もどかしい気持ちを抱えながら、私は着信に出た。

「もしもし？」

「菊池さん？　いま、話せるか？」

「浅川さん。どうしたんですか」

「ああ、ちょっと……みどりが病院に担ぎ込まれてね」

「病院？」

まさか。その単語に、身体が強張《こわば》った。

「いま治療を受けてるんだが、もしよかったら、きてもらえないか。場所は……」

浅川さんが続ける。私は震える手で、浅川さんの言葉をメモしはじめた。

13　藍葉

教えられた病院は、川崎駅の近くにある総合病院だった。私は電車を乗り継ぎ、東京を下って神奈川のほうに向かった。

エントランスに入ると、浅川さんが待っていた。私の姿を見るなり、手を挙げる。

「菊池さん、心配かけて申し訳ない。あの馬鹿のせいで……」

「どんな状態なんですか。みどりさん」

「さっき、治療が終わったところだ。いまは休んでる」

命に別状はない。そう聞いていたが、私は心配でならなかった。エレベーターに乗り、病室に向かう。浅川さんは大股《おおまた》でどんどん歩いていってしまう。ついていくのが大変だったが、私はその後ろに続いた。

「ここだ」

浅川さんに続いて病室に入る。そこには、ベッドに寝転がっているみどりさんがいた。声を失った。みどりさんは点滴をつながれて、力なく横たわっている。ぐったりとしていた。糸の切れた操り人形のように、弱々しく見えた。

「みどりさん……」

次の瞬間。その顔が、こちらを向いた。

「あれ？　藍葉ちゃん。わざわざきてくれたの？」

みどりさんの口調は、明るかった。よっこいしょ、と言いながら身体を起こす。

どうも、想像していたより遥かに軽傷のようだ。パジャマみたいな服を着て点滴を打っている以外は、みどりさんは普段通りの様子だった。

「大丈夫なんですか、みどりさん。絶対安静って……」

「大袈裟なんだよ、浅川さん。ちょっと疲れが溜《た》まってて、立ちくらみをしただけ。点滴打って寝れば治るよ、こんなの」

「菊池さん。こいつ、誘拐犯の居場所にひとりで飛び込んだんだよ」

浅川さんの声は、怖かった。怒りが私に向けられているものでないことは判るのに、怖い。

「誘拐犯って……朱里さん、ですか？」

「藍葉ちゃん、違うよ。朱里さんを操っていた首謀者。そいつのところにね」

「首謀者？」

「そう。さっきまで、そいつと話してた」

「その人と朱里さんが、共犯だったんですか」

「そうだよ。ちょっと長い話になるけど、いま、話そうか？」

聞きたかった。私は頷いた。

「判った」

みどりさんの口調が、しゃきっとした気がした。なんだろう？　フランクな感じが、一瞬で飛んだ。

「では、最初から話します。少し、お時間をもらいます」

私は、そこで気づいた。

これは、探偵の調査報告なのだ。

みどりさんは仕事として、真剣に話そうとしている。この報告だけは、友達みたいな感じでは聞けない。みどりさんが探偵として話そうとしている以上、私は依頼人として聞かなければいけない。

みどりさんの調査報告は、長かった。西新井と川崎を行ったりきたりしながら、少しずつ成果を積み上げていく。それは、私の本棚作りに似ている気がした。ブックカバーを巻いて、本棚に差す。それをひたすら繰り返す。みどりさんの調査は、朱里さんが作った本棚のように、様々な色に満ちていた。

「……それで、最後に三瀬慎一郎に私は襲われた。でも、助かった」

「どうやって助かったんですか」

「防犯スプレーを使ったの。藍葉ちゃんも、ひとつ持っておくといいよ。女性がぎりぎり正当防衛の範囲内で男を制圧できる武器は、防犯スプレーかスタンガンだからね」

「俺は連れてけって言ったんだよ。なのにこの馬鹿、ひとりで乗り込みやがって」

「ずっと浅川さんに頼りっぱなしでしたから。さすがにこんなことまで、頼めませんよ」

みどりさんはそう言って、にこりと笑う。

「三瀬は私への暴行で、いま取り調べを受けてる。十一年前の誘拐事件がどうなるかは、これからかな。捜査が再開されるには時間が空きすぎてるから、何も起きないかもしれないけど、君のところにも、警察が行くかも。騒がしくなっちゃったら、ごめん」

「それはいいんですけど……朱里さんは、見つかったんですか」

みどりさんは一枚の紙を差し出してきた。そこには、住所と電話番号が書かれていた。

「五年くらい前まで、三瀬は定期的に朱里さんの居場所を確認していたみたい。これが、三瀬から聞き出した情報」

「これが……」

住所には、北海道札幌《さっぽろ》市の住所が書いてある。電話番号は、携帯の番号だった。

「ちなみに、五年前の情報だけど、電話番号はいまでも使われてるよ」

「え？　なんで判るんですか」

「さっき、かけてみたから」

かけてみた。私はその意味を反芻《はんすう》した。

みどりさんは、もう朱里さんと会話をしたのだ。

「でも、朱里さんに言われた。君とは会いたくないって」

「え？」

みどりさんは、表情ひとつ変えずに言った。

「君に合わせる顔がないって。お願いだから、この連絡先を君に渡さないでほしい。そういう風にも言われた」

「そんな……」

「でもこれは調査だから、君に渡す。納得の行く形で、使うといいよ」

みどりさんはそう言って、私に紙を渡してくれる。その手は少し震えていた。

「ごめんね、藍葉ちゃん。君にとって、辛《つら》い結果になっちゃったかもしれない」

「みどりさん……」

「見つけることはできたけど、引き合わせられそうにない。それに……朱里さんは言ったんだよね。『あなたみたいな子供が、いればよかったのにね』って。それは文字通り、子供なら誰でもよかったってことだった。朱里さんたちの計画の中では、駒としての子供が必要だっただけだから」

私は紙を受け取った。一枚の紙が、ずしりと重かった。これを手に入れるまで、どれほどのことをしてくれたのだろう。

ここからは、私の番だ。

「みどりさん、違うと思います」

「違う？」

「はい。確かに、みどりさんの言ったような意味も、あったと思います。でも、あそこには、私がいる必要があったんです」

「どういうこと？」

「みどりさんは、前に言ってましたよね。攫《さら》ったはずの私を、なぜあんな特徴的な部屋にいさせたのかって。その謎が、解けてないと思うんです」

「確かに……月島のテナントはワンフロア丸々借りる形だったから、トイレもあるはず。誘拐した子供を閉じ込めるなら、そっちを使うはずだし……」

「私、判った気がするんです」

私は言った。みどりさんの目の中に、光が灯った感じがした。

14　みどり

「私も考えてみたんです。朱里さんが、なぜ私に本棚を見せたのかって」

藍葉はゆっくりと話しはじめた。

「最初私は、朱里さんが私に作品を見せたかったからだって考えてました。でも、みどりさんの言う通り、私と朱里さんは会ったこともありません。だから、この説はおかしいですよね」

「うん、その通りだと思う」

「ということは、別の理由です。私が、あの部屋にいなければいけなかった理由」

藍葉は、スマートフォンの画面を見せてくれた。それは、本棚の写真だった。

「私が作りました」

ひと目見て、素晴らしい完成度だと思った。色とりどりのブックカバーが巻かれ、極彩色に輝いている。『マルーン』で見た朱里の切り絵よりも、見事なオブジェに見えた。

わたしは藍葉を見る。これを、この子が……。

「でも、この本棚は、未完成なんです」

「未完成？」

「そうです。もっと言うと、あるものが加わると、劇的によくなるんです」

「あるもの……」

「はい。たぶん朱里さんは、攫ってきた私を見て、そのことに気づいたんです」

藍葉はそう言って、もう一枚の写真を見せた。

「あの日、朱里さんが見ていた光景です」

　そこには、藍葉が映っていた。

　極彩色の本棚を前に、藍葉が立っている。藍葉は本棚を見つめていて、写真はそれを背後から捉えている。わたしはひと目見て、その写真から目が離せなくなった。

「黒、です」

　藍葉は、真っ黒なコートを着ていた。

「お母さんのコートを借りました。黒は、お母さんの一番好きな色です。私は子供のころから、よくこういうコートを着させられていました。烏みたいで嫌だなって思ってたんですけど……朱里さんは、そこに目をつけたんです」

　藍葉が誘拐されたときの映像。彼女は、黒いキッズコートを着ていた。

「黒は、特別な色です。マティスの『赤い部屋』という絵では、女の人の着ている黒が、ほかのすべての色を引き立たせています。朱里さんはあのとき、気づいたんです。極彩色の本棚の前に、黒を置いたらどうなるか。そして、それを試したくなったんだと思います。だから、私をギャラリーに連れ出した」

「そうか。三瀬は父親と交渉をしてたはず。振り込みの確認に外にも出ただろうから、その目を盗んで……」

「そこで朱里さんは、私が起きていることに気づきました。そして私を立たせて、背後に回ったんです。後ろから、この光景を見るために」

　極彩色の本棚を前に、黒を着た少女が佇んでいる。

弾けて爆発するような極彩色と、それらすべてを吸い込むかのような黒の対比。わたしはそれを見て動けなくなった。藍葉のような眼力を持っていなくても判る。色と色の究極の対比は、息を呑《の》むほどに美しかった。

「私は、あそこにいる必要があった。私は、朱里さんの作品の一部だったんです」

わたしは藍葉を見た。

言葉、だった。

コミュニケーション能力が低く、他人とつながることができない。菊池藍葉は、そういう子だった。でも、いまの彼女は、言葉を持っている。その言葉を使って、朱里の意図を読んでいる。

「朱里さんにこの写真を送ってみれば、会ってくれるんじゃないでしょうか。私に親近感を持ってくれて。どう思いますか？」

藍葉が覗き込んでくる。

朱里の絵を前に泣いていた藍葉のことを、思い出した。あのときに覚えた名前のない感情が、わたしの中に溢《あふ》れていく。

力強いものが藍葉に満ちている。わたしは彼女から、目が離せなかった。

15　みどり

結局、疲れが溜まっていたこともあり、一日入院することにした。司には迷惑をかけっぱなしだ。それでも彼は、そのことを迷惑だとも感じないだろう。だからこそ、帰宅したら彼のために時間を使わなければいけない。

部屋で病院食を食べ、ラウンジに向かう。育児からも家事からも仕事からも切り離された時間は、本当に久しぶりだった。わたしは給水器から紙コップを取り、水を入れて席に腰掛ける。スマートフォンも本も、病室に置いてきた。何ともつながっていないことが、この上なく贅沢《ぜいたく》に思えた。

ふと、わたしの正面に男性が座った。

「浅川さん」

彼の来訪を、わたしは予感していたのかもしれない。心があまり驚いていなかった。

「またお見舞いにきてくれたんですか。こんな夜に」

「ぎりぎり面会時間だ。さっきはゆっくり話せなかった」

浅川さんは、難しい表情をしていた。わたしは笑みを浮かべる。

「今回はお前もよくやったよ。まさか、本当に見つけ出すとは思わなかった」

「三瀬が連絡先を取っておいてくれたのがラッキーでした。関係が完全に断絶している可能性もありましたから」

「運も探偵には必要だ。それに、事件の真相を暴いたのは紛れもなくお前の功績だ」

珍しくストレートに褒めてくれる。わたしは少し反応に困った。

「少し歩こうか、みどり」

「歩くって……院内をですか？」

「外に行こう。有酸素運動をしといたほうが、ゆっくり寝られる」

浅川さんはそう言って立ち上がる。勝手に外出してはいけない気がしたが、許可を求めるのも面倒だった。

浅川さんは珍しく、わたしのことを気遣ってくれているようだった。いつもはぐんぐんと歩いて行く彼が、歩調を合わせてくれている。彼と同じ速度で歩くのが、新鮮だった。

病院を出たところに、小さな公園があった。浅川さんは道端にある自動販売機で缶コーヒーを買い、公園のベンチに腰掛けた。わたしは麦茶を買い、その隣に座る。「お疲れ様」と、缶とペットボトルで乾杯した。

「それで、復帰するのか、サカキエージェンシーには」

「はい、近々。今回のがいいリハビリになりました」

「今度は無茶するなよ。ひとりで犯罪者の巣に乗り込むなんて、自殺行為だ」

「判ってます。もう、こんなことをするのは最後です。会社での立場もありますし、後輩の教育もあります。もう、二度と無茶はしません」

「だといいがな」

浅川さんは軽くため息をつき、コーヒーを飲む。

「みどりよ」

囁くように言う。その声に、少し緊張があった。

「本当にお前、いま言ったことを守るんだろうな」

「はい？　守りますよ」

「本当だな。もう無茶しないと、仏様の前で約束できるか」

浅川さんはそう言って、胸ポケットからペンダントを取り出した。驚いたことに、そこには小さな仏像が描かれていた。

「どうしたんですか、浅川さん。そんなものまで持ち出して」

「だって、お前……」

浅川さんは口ごもる。

「わざとやられただろ？　三瀬慎一郎に」

わたしは、浅川さんを見た。見たことがないくらい、真剣な表情をしていた。

「県警内部の古い知人に確認を取った。三瀬は、こう証言してる。お前は、外に助けを求めたが、それでも誰もこなかった。次にお前に防犯スプレーを構えられたが、最初はボタンを押しても何も出なかった。だが、いざお前に襲いかかってみたら、いきなりスプレーが吹き出した……なんだよこれは」

「気が動転してて、上手くボタンを押せなかったんです」

「じゃあ、助けを求めたってのはなんだよ。俺の名前を叫んだらしいな。俺がいつお前に同行した」

「隙を作ろうとしただけです。深い意味はありませんよ」

「もうひとつある」

浅川さんは声を落とす。

「三瀬に、時効は切れていないと言ったらしいな。身代金誘拐事件だからって」

「ええ、言いました」

「だが、あの事件は身代金誘拐事件じゃない。営利目的の誘拐ってやつだ」

その通りだった。誘拐罪は、その方法によって細かく分類されている。身代金誘拐は認定条件が高く、被害者の家族や親族などの近しい人へ金銭を要求する事件に限られる。それ以外の金銭目的のものは「営利目的の誘拐」だ。刑も軽く、時効は七年。

「お前が知らないはずないよな。あの事件の時効は切れている」

「……はい。知ってました」

「ということは、お前は嘘をついてまで三瀬を脅したということになる」

さすがだ。浅川さんの仕事は繊細だった。笑いかけたが、浅川さんは取り合わない。

「自分を殺す人間の顔を、見てみたかった」

不安を押し殺しているような声だった。

「それがお前の目的だ。だからお前は三瀬の居場所にひとりで乗り込んだんだ。誘拐犯とふたりきりになり、相手をあの手この手で揺さぶるために。密室で、自分を襲わせるために」

浅川さんは語気を強めて言った。

「あの拳銃《けんじゅう》女のときもそうだったんだろ？　お前は俺のあとをつけてきた。いざというときに俺を助けようとする、そういう意図もあったと信じる。だが、それは半分だ。お前は見たかったんだ。誰かを殺そうとする人間が、どういう顔をするかを」

わたしは何も答えなかった。沈黙がどういう意味で彼に伝わるのかも、判っていた。

浅川さんは、ペンダントに手をやり、ぎゅっと握りしめた。

「悪魔《マーラ》」

「え？」

「ゴータマを誘惑した、悪魔《マーラ》だ。犯罪者を誘惑し、殺人を犯させようとする。普通の人間のやることじゃない。どうかしてるよ、お前」

浅川さんは身を乗り出す。

「お前、いつか本当に殺されるぞ。死ぬまでやるつもりか。家族はどうする」

「判ってます」

「何が判ってるんだ。せっかくまともな探偵になったと思ってたのに、この野郎」

声が震えていた。崩れそうなところを、ぎりぎり踏みとどまっている。そんな風に聞こえた。

「判ってます、浅川さん」

わたしは、きっぱりと言った。

「浅川さんの言う通りです。私は悪魔《マーラ》なのかもしれない。実際に、私を殺そうとする三瀬の表情は……素敵でした。あんなものは、見たことがなかった」

「みどり、お前……」

「拳銃女のときもそうです。浅川さんが助かったのは、本当に嬉しかった。でも、それとは別に、少しだけ残念でした。私が踏み込んだとき、あの女はもう殺意を失っていた」

浅川さんは、魔から身を守るように、ペンダントを握り続けている。

「三瀬に襲われている最中、家族の顔が浮かびました。私はもう、そちらへ戻れないかもしれない。一生危険を追い求めることでしか、満足できないのかもしれない。そんなことを考えて、少しだけ、目の前が暗くなりました」

でも。わたしは言った。

「でも……この調査を通じて、ちょっとだけ気づけた気も、してるんです」

「気づけた？　何にだ」

「ほかのことに、です」

わたしは目を閉じた。

そこにいたのは、三瀬ではなかった。

藍葉、だった。

朱里の絵を見て、泣いていた藍葉。

彼女なりの美を作り上げ、わたしの目を覗き込んだ藍葉。

　暗幕の奥に顔を突っ込む必要などない。藍葉が自然に見せてくれたそんな表情は、殺意に満ちた三瀬の表情に負けないくらい、魅力的だった。

「人が成長する瞬間って、素敵なんですね、浅川さん」

「あ？」

「いままでそんなことにすら、気づく余裕がなかった気がします。でも、これからはもう、大丈夫です。私はもう、気づきましたから」

「何言ってやがる、お前」

　わたしは少しだけ笑って、前を向いた。

　理はいま、どうしているだろう。

　理の顔が見たかった。もう大丈夫だ。これからは理と、きちんと向かい合うことができる。わたしはこれから、素敵な瞬間を、きっとたくさん味わうことができる。そんな予感が胸に満ちていた。

「なんでもありません。私の、個性の話です」

　夜風が頬を撫でた。目をつぶる。風の流れが、ゆったりとわたしの身体を包んでいった。

エピローグ

十一月の札幌は、いままでに知っている寒さとは次元が違っていた。コートを着ていても肌の中に寒さが染み込んでくるのを感じ、私は襟元を閉じた。

札幌駅から歩いて十分。時計台の前で待ち合わせようと言ったのは、私だった。ひと気のない場所でふたりきりで会うのは、少し怖い。名所なら少しは混んでるんじゃないかという計算があった。

白と赤の時計台。その前に、カーキのコートを着た女性がいた。

ドキドキと、胸が鼓動を打ちはじめる。記憶の中のあの人より、少し背が高かった。でも、間違いない。私があの人を、見間違えるわけがなかった。

「朱里さん」

目が、合った。

記憶の中の朱里さんは、当たり前だけどもっと若かった。でも、嫌な年の取りかたじゃない。ブックカバーをひとつひとつ巻いていくように、大切なものを丁寧に積み重ねてきたみたいな、そんな年月を私は感じた。

「菊池、藍葉さん……」

朱里さん。

言おうとしたが、胸が詰まって上手《うま》く言葉が出なかった。私は頭を下げた。

「ご無沙汰《ぶさた》してます。今日はきてくださって、ありがとうございます」

朱里さんは、難しい表情で私のことを見つめている。そして、おもむろに頭を下げた。

「菊池さん。以前はご迷惑をおかけしてしまい、本当に申し訳ありませんでした」

「朱里さん？」

私は手を振って言った。

「謝らないでください。私、そんなつもりじゃ……」

「いえ、なんとお詫《わ》びを申していいのか。本当に、本当に、申し訳ありませんでした」

「やめてください。私、朱里さんに感謝してるんです」

朱里さんが顔を上げる。その目が、少し揺れていた。

「何言ってるんですか、感謝なんて……」

「本当です。だって、素敵なものを色々いただきましたから」

自己開示。私は本心だけを朱里さんにぶつけた。

「あの、綺麗《きれい》な部屋です。私、あの部屋のことをずっと覚えていました。あんなに綺麗なものを見たのは初めてで、とても印象深くて。何度も夢に見るくらい、素敵でした」

「綺麗……」

「はい。朱里さんの絵も見ました。みどりさん……探偵さんに朱里さんのことを捜してもらっていたとき、一緒に見つけてもらったんです。とても素敵だと思いました。猫の絵も、蘭の絵も……」

「そういうものに出会えたから、私、誘拐されてよかったって思ってます。本当です。本当に、ありがとうございました」

「やめてください」

朱里さんはそう言ってかぶりを振る。

「やめてください！」

「そんなに気を遣わないでください。感謝なんてされる理由がありません」

「そんな、気なんて……」

「私のことを許さないでください。許しを得られるような、そんな人間じゃないんです」

「これを見てください」

私は、写真を取り出した。

本棚の前に、黒い服を着た私が佇《たたず》んでいる写真。これを送った直後、朱里さんから連絡があった。一度会って話がしたい。そう返信すると、しばらくして時間を作ってくれると連絡がきたのだ。

「これを見てくれれば、判るはずです。私は朱里さんが作ったものを必死でなぞりました。あの日、朱里さんが見ていた光景ですよね、これは」

朱里さんは難しい顔を崩さずに言った。

「こうやって会うのがよかったのか、いまだに悩んでいます。今日も、さっきまで迷ってました。でも、こんなものが、藍葉さんから送られてきて……こうしないと、決着がつかない感じがして……」

「私は、お会いできてよかったです」

朱里さんはうつむく。もどかしさを抱えたまま、私は言った。

「ちょっと、歩きませんか」


札幌にくるのは初めてで、私はその街並みに少し圧倒されていた。道幅が広くて、街の密度が低い。ぎゅっと色々なものが凝縮された東京に比べて、札幌は隙間があるというか、広がる光景に空気がたくさん含まれている感じがした。

「あれから、私、逃げたんです。北海道に」

私たちは肩を並べて歩く。朱里さんは、前を見ながら言った。

「全然、行ったこともない土地に行きたかった。最初は函館に行って。そこで少し水商売をして。資格試験の勉強をしながら、就職先を探して」

「いまは札幌にお住まいなんですか」

「結婚、したんです。五年前に」

朱里さんは、言いづらそうに言った。

「札幌の人と結婚して、こっちに」

「そうなんですか……。それは、おめでとうございます」

「子供もひとり、います」

少し、ショックだった。朱里さんには、私しかいない。私がいてあげないと、朱里さんは孤独なのではないか。心の奥で、そんなことを思っていたのかもしれない。

「子供を持ってみて、自分のしたことが本当にとんでもないことだって、実感できました。そのころから、藍葉さんの名前をネットでたまに検索するようになって。でも、特に何も見つからなくて」

「SNSとか、やってないですから」

「誤解しないでください。別に見つけてどうこうしようなんて、考えてなかった。それが、こんなことになるなんて……」

「私のほうも色々あって、あれを作ろうと思ったんです。本棚を作るのに、たくさん勉強しました。私、デザイナーになったんですよ」

「デザイナー？　だって……高校生ですよね」

「いまは学校に行ってなくて。でも、もう一度行こうかなって、最近思ってるんです。いいデザインを作るには、デザイン以外の勉強も大事かなって」

朱里さんと目が合う。朱里さんは少し哀しそうな目になった。

「私の、せいですね」

「はい？」

「私があの日、あんなものを見せなければ、普通に高校に行っていたかもしれないですよね。私は、藍葉さんの人生を滅茶苦茶《めちゃくちゃ》にしてしまった」

そうじゃない。そう言いたいのに、言っても意味がない気がした。

冷たい人。

そんな風に感じはじめていた。冷酷ということではない。いままでの人生で、冷たいものにたくさん触れてきて、身体が凍ってしまっている。そんな感じがした。

「朱里さんは、絵はもう描いてないんですか」

「はい。こっちにきたころから、描けなくなってしまって」

「また描いてください。私、朱里さんの絵が好きです」

「無理です。いまは自由に絵を描ける環境なのに、全然描く力がなくなってしまって」

「そんな、大丈夫ですよ。朱里さんにはすごい才能が……」

「ごめんなさい。無理なんです」

有無を言わさぬ口調だった。

――会わなかったほうが、よかった。相手が見つかったあと、後悔する依頼人も多い。

浅川さんの言葉が、頭の中で鳴った。

――人は、消えた相手に対して幻想を持つからな……。

風が吹いた。身体を蝕《むしば》むような冷たさが、一層強くなった気がした。

私たちは黙って歩いた。これ以上何を言えばいいのか、よく判らなくなっていた。こんな会話がしたいわけじゃなかった。私は、朱里さんと、もっと……。

ふと、私たちの目の前に、赤い煉瓦《れんが》の建物が現れた。その煉瓦の感じが、とても素敵だった。私がじっと建物を見ていると、朱里さんが口を挟む。

「北海道庁の旧本庁舎です。明治時代からある建物で……」

「綺麗な赤、ですね。さっきの時計台の赤も、綺麗だと思いましたけど」

私は呟《つぶや》いた。

「#CD5E3C」

朱里さんが、きょとんとした顔で私を見る。私は再度言った。ひとつの、十六進数を。

「#CD5E3Cです。あの色は」

「なんですか、それ？」

「ウェブの世界では、こうやって言うんです。赤、緑、青。光の三原色をブレンドした、十六進数。これで、たくさんの色を表現できます」

「たくさんの色を……」

朱里さんはそう言うと、少し黙り込んだ。じっと屋根を見て、そして、呟く。

「樺色《かばいろ》」

私は朱里さんを見た。朱里さんは、ほんの少しだけ、微笑んでいた。

「樺色です。あの色は、樺色」

「それ、日本の色の名前ですか」

「はい。私、和名が好きなんです。だって、赤って言っても、色々あるじゃないですか。色の和名ってたくさんあるから、そうやって表現したほうが正確ですし」

「私も、そう思います！」

胸が熱くなった。私は聞いた。

「じゃあ、さっきの時計台の赤は、なんですか。私は #EFAB93かなと思ってて」

「時計台？　ええと、宍《しし》色です。少し淡い赤で」

「じゃあ、赤煉瓦のてっぺんの、#7EBEABは？」

「あれは……青竹色です」

「じゃあ、じゃあ……」

色をやりとりしているだけだったが、私は楽しかった。朱里さんも楽しんでくれているのが判る。

私は夢を思い出していた。鉄紺、瑠璃《るり》、群青……。あのときは聞いているだけで、私は言葉を持っていなかった。でも、いまは違う。朱里さんの色に応《こた》えられる言葉を、私は持っている。

「じゃあ、あの葉っぱの #3A5B52は？」

「あれは、虫襖《むしあお》」

私たちは、色を交わしあった。

見たことがないくらい美しい星空が、上に広がっている。

「うわあ……」

嶺泊《みねとまり》展望駐車場。札幌から車で一時間ほどのところにある、海岸沿いの広場。「北海道にきたら、夜景も見ていってください」。朱里さんにそういって連れてきてもらった。

少し離れたところに、電波塔が建っている。波が岸を打つゆったりとした音が、遠くから聞こえる。上空には、星、星、星……。

本物の星空を、初めて見る気がする。それは東京で見る空とも、あの部屋で見た星空とも全然違っていて、仰ぎ見るその大きさに私は圧倒されていた。

「藍色の空ですね」

朱里さんが言ってくれる。星々が夜空を照らし、闇を藍に染め上げている。

「星って、ひとつひとつ、色が違うんですね」

私は言った。明るい星。暗い星。赤い星。黄色い星。ひとつずつに、十六進数をつけたくなってくる。ひとつひとつの星に違う魅力があって、私は目が離せなかった。

お母さん。

ふと、この景色を見せてあげたいと思った。星空に向かってカメラを構えるお母さん。ファインダーを見つめる、真剣な瞳《ひとみ》。その光景が、鮮やかに脳裏に浮かんだ。

「私、お母さんと何を話せばいいのか、よく判らなかったんです」

星空を見上げながら、私は言った。

「子供のころから、お母さんの気持ちがよく判らなくて。成長するにつれて、どんどん何を話せばいいのか判らなくなって……」

「それは……私のせい？」

「あの事件のせいというのも、あると思います。でも、私たちの性格の問題が、大きいです。お母さんも私も、人との距離がよく判らないのかもしれません」

私は朱里さんを見た。

「ちょっと気持ち悪い話、してもいいですか」

「はい？　別にいいですよ……？」

「あのまま、誘拐されたまま……朱里さんと一緒に過ごしていたら、どんな風だったんだろうって、私、たまに考えてたんです。私たちは、上手くやれたかもしれません。『あなたみたいな子供が、いればよかった』。朱里さんは、そう言ってくれましたし」

朱里さんは返事をしない。私は続けた。

「お母さんには、私なんかよりもっとふさわしい子供がいるんじゃないか……そんなことも思いました。私がお母さんのもとに生まれたのは、間違いだったんじゃないかって」

手に、温かさを感じた。朱里さんが私の手を、握ってくれていた。

「朱里さん。私たち、似てますよね」

「似てるって……色が好きだっていうところですか？」

「それもありますけど、名前です。朱里と藍葉。ふたつとも、色が入ってます。そんなこともあって、私はお母さんのもとで育つよりも、誘拐されたまま朱里さんと一緒にいたほうがよかったんじゃないかって、たまに思ってたんです」

でも。私は言った。

「あの本棚を作るうちに、お母さんのことも少し、判るようになりました。お母さんが撮った写真は、とても丁寧で、繊細で。いまなら、お母さんと向き合えるかもしれない。そんなことを、ちょっと思ってます」

「そうなんだ……。それは、よかったです。本当によかった……」

朱里さんはそう言って、ふっと笑う。嬉《うれ》しそうな寂しそうな、そんな笑いだった。

「お母さんの名前は、なんて言うんですか？」

朱里さんが、おもむろに聞いた。

「香織です」

「かおり。字は、どういう字？」

「香るに織るって書いて、香織です。匂いですよ。全然色じゃない。でも、いいんです。もうそんなことは、どうでも」

「香織……」

朱里さんは考え込むような表情になり、スマホを取り出した。何かを検索し、そして画面を見せてくれる。

そこにあったのは、色だった。

「これは、香《こう》っていう色です」

「こう？」

「そう。紅花とクチナシで作る色で、染めものにも使う、高貴な色」

朱里さんはそう言って笑う。

「ね、香織って名前にも、色が入ってますよ」

私はスマホを受け取った。

黄色とベージュの間のような色。少し地味で、一歩奥に下がっていて、それでも芯《しん》と主張がしっかりある、そんな色。星空の下で見る十六進数は、どの星にも負けないくらい綺麗に見えた。

私の中が、その色で満たされる。香色。それはなんだか、お母さんに似ていた。

「この色は、何色？」

朱里さんが、私を覗《のぞ》き込む。どこか、悪戯《いたずら》っぽい表情をしていた。

東京に帰ったら、お母さんに電話をかけてみよう。いまなら、たくさんの話ができる気がする。写真の話。絵画の話。色を間に挟んだら、私もお母さんとつながれるかもしれない。だって、私は朱里さんとつながっている。色を介して、つながっている。

私は、言った。

「これは、#EFCD9Aです」

解説

似鳥《にたどり》　鶏《けい》

「小説が書かれ読まれるのは、人生がただ一度であることへの抗議からだと思います」

有名なこの一節は北村薫《きたむらかおる》先生がデビュー作『空飛ぶ馬』（東京創元社）の単行本で語ったもので、小説を読んだことがあるすべての人間にとって実感的であるとともに、映画でも漫画でもない「小説のすごいところ」の一つを的確に説明する一文でもあります。人は誰でも学校で職場で家庭でウェブ上で友達の前でそれぞれ「別の自分」になりますが、小説を読むとピラミッドの宝物を求めて旅する羊飼いになれたり異世界で死ぬとタイムリープする高校生になれたりします。演劇や音楽をやればステージで「別の人になる」こともできますが、小説を読めば人前で発表しなくてもお家で、教室で、トイレで、電車の吊革《つりかわ》を摑《つか》んでページを開くだけでそれが可能です。なんとお得なんでしょう。

そして何よりすごいのが、小説は「自分とはものの見方、考え方が根本的に違う人」にもなれるというところです。同じ星空を見ても藍色《あいいろ》に見える人と#001E43に見える人がいるし、都会の星空は明るすぎて不健康だと感じる人と明るくてほっとすると感じる人がいるわけですが、普通に生活していると考えもしないような「自分以外」の見ている世界を、ページを開くだけで体験することができる。人生が一気に何倍にも、何十倍にも何百倍にも拡がります。素晴らしいことです。読み手にとっては。

一方、書き手にとっては大変なのです。地の文を担当する視点人物を「語り手」と呼んだりしますが、主人公の視点というのは作者本人の語りに極めて近いものです。つまり語り手が作者本人と全く違う人間であった場合、作者はその作品を書き始めてから書き終わるまで、ずっとその人をブレずに「演じ」続けなければならなくなるのです。これはそれこそ役者さんの役作りに近いものがありまして、時として作者本人も、イギリス人の主人公で書いている時はイギリス人っぽく、江戸《えど》町人で書いている時は江戸町人っぽくなったりします。『吾輩は猫である』を書いていた時の夏目《なつめ》漱石《そうせき》は猫っぽかったはずです。ですがそれだと困るのです。小説の文章を書くためには、ものごとを細密に観察したり、通常は見ないような角度を探して描いてみたり、言葉遣いや音韻のリズムで雰囲気を面白くしたり、ボーッと生きていると意識されないような「隠れ固定観念(制度とも言う)」を探し出してそこからずれた表現をしてギョッとさせたり、そういう「芸」をしなければなりません。つまり猫をやりながら同時にそういう芸もしなければならなくなるのです。二歳児の相手をしながらテロリストと戦ったり、タップダンスをしながら証明問題を解いたり、ブラヴァッキー中西《なかにし》のモノマネをしながら包丁の実演販売をするようなものです。ブラヴァッキー中西が何者なのかはよく分かりませんが。

したがって、大抵の場合、小説家は自分に近い人物を語り手にします。一見、年齢やセクシュアリティや出身地が違っても、ものの見方、考え方が、著者と同じなのです。面倒臭いからではなく、二歳児の相手をしたりタップダンスをしたりブラヴァッキー中西のモノマネをしながらでは文章内容の方に100%注力できないのではないかという恐怖があるからです（あと単に大変で時間がかかります）。結果として、程度の差こそあれ「この作者の書く主人公は全員同じような人」現象が起こるのです。書く側も分かってやっているんです。すみません。まあ結果的にそれが作家のカラーになるわけですから。北方謙三《きたかたけんぞう》が書くゆるふわ女子の主人公とか、辻村深月《つじむらみづき》が書く銀河帝国軍人の主人公とか読みたいですか？　超読みたいですね。

それ以外に、小説家、中でもミステリ作家という人種は往々にして自分自身はなるべく出さず、正体不明になりたがる傾向があります。[*1] 昔は本のカバー折り返し部分に著者近影と生年月日や出身地を含むプロフィールが載っていましたが、今は少なくなりました。漫画家さんなんかも自画像を動物や珍生物にする方が多いですよね。それどころか名前を性別不明にしたり、デビュー当時使っていた関数電卓から取ったり、[*2] アルファベット表記すると点対称になる謎の回文にしたりします。[*3] 読者に性別を誤解されると喜ぶという変な性癖がある人も多いです。みんな正体不明になりたいのです。それなのに主人公のキャラにはどうしても自分が出てしまうわけで、つまりそれだけ、自分から離れた主人公で「長編を一本やりきる」のは難しいのです。

にもかかわらず、作家・逸木裕《いつきゆう》は本作で、全く別の主人公二人を描き切ります。かたやウェブデザイナーで、天才的な色彩感覚を持ち、（作中に表記はないがおそらく）アスペルガー症候群らしき気配のある十七歳の少女・菊池《きくち》藍葉《あいは》。かたや育児休暇中の敏腕探偵で、極めて冷静に対人調査をこなす一方、自ら危険に惹《ひ》きつけられていくかのような危うさを持つ森田《もりた》みどり。目に映る色を「#EFCD9A」といったカラーコードで説明する藍葉はもとより、一見、落ち着いていて人あしらいが上手《うま》いように見えて、実は機械的冷淡さとも言うべき過剰な対人技術を持つみどりもかなり特異な人物造形で、二人が見る世界は平均的な人間のそれからだいぶ離れた、異質なものです。一人描き切るだけでも大変で困難な視点人物を、逸木裕は二人、綺麗《きれい》に描き分けます。しかも二人の人格と行動に全くブレがなく、これは作者自身のことを書いているのでは、と思うようなリアリティがあります。確かに「西村京太郎《にしむらきょうたろう》は最低五人いる」[*4]とか「中山七里《なかやましちり》は七人いるから『七里』。中山一里から中山七里までいる」[*5]とか言われるので、「逸木裕」が二人いてもおかしくないのですが、それだとしかし、作家「逸木裕」はデビュー作からみんな違った主人公を書いているので、作品の数だけ「逸木裕」が増殖していくことになっ

＊1　傾向も何も、自分本体に自信がないから小説家をやっている、というやつが多い。
＊2　乙一《おついち》。
＊3　西尾維新《にしおいしん》（NISIOISIN）。
＊4　都市伝説。
＊5　都市伝説。「中山七里」は飛騨《ひだ》川沿いの地名で、谷川の両側にすごい形の岩が続く景勝地。

てしまいます。これでは生活していけません。

それなのに、本作の主人公二人は「どちらも作者本人のことではないか」と思うほどリアルです。これは逸木裕作品の特徴でもあるのですが、藍葉が仕事で詰まった時に受けたアドバイスや、みどりが周辺住民から情報を訊《き》き出すシーンなど、「人間の扱い方」が非常に的確かつ考え抜かれており、「なるほど、こういう人はこういう風に対処するのか」と思わず頷《うなず》かされてしまいます。

加えて、逸木裕作品の登場人物にはちゃんと過去があります。

小説の批評などでは時折言われることですが、小説の登場人物は、たとえどんな端役であっても生きた人間です。つまり登場シーンになって突然ポッと存在を始めたわけではなく、どこかに両親がいて、どこかで子供時代を過ごし、あれこれの経験を経て成長し、然るべき理由または然るべき偶然があってその場にいるのです。たとえば生まれつき髪と目が緑色の人がいたら、その人はそれまで様々な誤解や偏見に悩まされてきたかもしれません。黒く染めてカラーコンタクトをしていた時期もあるでしょう。そこを考慮すれば、たとえ小説内では初登場で、主人公にとっては初対面であっても、主人公に「綺麗な髪ですね」というふうに言われたら、それに対する受け答えは慣れきってルーチン化しているはずです。そういう「物語外での時間の積み重ね」が、藍葉とみどりの二人からは滲《にじ》み出《で》ていて、そこが人物造形に説得力と厚みを生じさせています。その厚みは「リアリティ」という形で読者を物語にのめり込ませ、二つの別世界へ連れていってくれるでしょう。

本作は文庫化され、よりリーズナブルになりました。てのひらサイズで、いつでもどこでも可能な別世界への旅。しかも単純な人探しかと思いきや、進むにつれてどんどん不可解なことが判明していき……というワクワクの旅。やはり小説は最強のエンターテイメントだな！　と、読者に思わせてくれる一作です。

本書は、二〇一八年六月に小社より刊行された単行本を加筆修正のうえ、文庫化したものです。

本作はフィクションであり、実在の人物・団体等とは一切関係ありません。

星空《ほしぞら》の16進数《しんすう》

逸木《いつき》 裕《ゆう》

令和3年 12月25日　初版発行
令和6年 12月15日　再版発行

発行者●山下直久

発行●株式会社KADOKAWA
〒102-8177　東京都千代田区富士見2-13-3
電話　0570-002-301(ナビダイヤル)

角川文庫 22944

印刷所●株式会社KADOKAWA
製本所●株式会社KADOKAWA

表紙画●和田三造

●お問い合わせ
https://www.kadokawa.co.jp/（「お問い合わせ」へお進みください）
※内容によっては、お答えできない場合があります。
※サポートは日本国内のみとさせていただきます。
※Japanese text only

ISBN 978-4-04-109184-5　C0193

◆◇◇

角川文庫発刊に際して

角川源義

第二次世界大戦の敗北は、軍事力の敗北であった以上に、私たちの若い文化力の敗退であった。私たちの文化が戦争に対して如何に無力であり、単なるあだ花に過ぎなかったかを、私たちは身を以て体験し痛感した。西洋近代文化の摂取にとって、明治以後八十年の歳月は決して短かすぎたとは言えない。にもかかわらず、近代文化の伝統を確立し、自由な批判と柔軟な良識に富む文化層として自らを形成することに私たちは失敗して来た。そしてこれは、各層への文化の普及滲透を任務とする出版人の責任でもあった。

一九四五年以来、私たちは再び振出しに戻り、第一歩から踏み出すことを余儀なくされた。これは大きな不幸ではあるが、反面、これまでの混沌・未熟・歪曲の中にあった我が国の文化に秩序と確たる基礎を齎らすためには絶好の機会でもある。角川書店は、このような祖国の文化的危機にあたり、微力をも顧みず再建の礎石たるべき抱負と決意とをもって出発したが、ここに創立以来の念願を果すべく角川文庫を発刊する。これまで刊行されたあらゆる全集叢書文庫類の長所と短所とを検討し、古今東西の不朽の典籍を、良心的編集のもとに、廉価に、そして書架にふさわしい美本として、多くのひとびとに提供しようとする。しかし私たちは徒らに百科全書的な知識のジレッタントを作ることを目的とせず、あくまで祖国の文化に秩序と再建への道を示し、この文庫を角川書店の栄ある事業として、今後永久に継続発展せしめ、学芸と教養との殿堂として大成せんことを期したい。多くの読書子の愛情ある忠言と支持とによって、この希望と抱負とを完遂せしめられんことを願う。

一九四九年五月三日